Y *GAUCHO* O'R FFOS HALEN

Y *Gaucho* o'r Ffos Halen

Carlos Dante Ferrari

Cyfieithiad: Gareth Miles

Argraffiad cyntaf: Gorffennaf 2004

℗ cyfieithiad Cymraeg: Gareth Miles

Golygwyd y cyfieithiad gan Eiry Jones

℗ testun y nofel wreiddiol: Carlos Dante Ferrari

Cyhoeddwyd yn wreiddiol yn Sbaeneg yn yr Ariannin gan
Ediciones Escritores Argentinos de Hoy.

Cynllunydd y clawr: Javier Saboredo

Rhif Llyfr Safonol Rhyngwladol:
0-86381-922-2

Argraffwyd a chyhoeddwyd gan Wasg Carreg Gwalch,
12 Iard yr Orsaf, Llanrwst, Dyffryn Conwy, LL26 OEH.
℡ 01492 642031
🖷 01492 641502
✆ llyfrau@carreg-gwalch.co.uk
lle ar y we: www.carreg-gwalch.co.uk

Cyflwynir y cyfieithiad hwn i Moelona Drake, Tegai Roberts a Luned González, tair chwaer a wnaeth cymaint i hyrwyddo Cymreictod y Wladfa a'r berthynas rhwng y Wladfa a Chymru.

Geirfa a Nodiadau esboniadol

Geirfa

Campo: Maes, tir agored, y wlad
Chacra: Fferm neu dyddyn

Nodiadau esboniadol

FRANCISCO P. MORENO (1852-1919) Fforiwr, daearyddwr a naturiaethwr a'r cyntaf i wneud archwiliad gwyddonol o diroedd Patagonia. Ef oedd cynrychiolydd Gweriniaeth yr Ariannin mewn cyfarfod a gynhaliwyd yn Nhrevelin, Ebrill 30, 1882, pan bleidleisiodd Cymry'r Andes yn unfrydol i barhau'n ddinasyddion Archentaidd yn hytrach nag ymuno â Chile.

LUIS J. FONTANA (1846-1920) Milwr, naturiaethwr, fforiwr ac awdur a benodwyd yn Llywodraethwr cyntaf tiriogaeth Chubut ym mis Mai 1885. Rai misoedd yn ddiweddarach fe'i perswadiwyd gan Gymry'r Wladfa i arwain mintai dros y paith i gyfeiriad yr Andes i archwilio'r tiroedd yno a dyna sut y ffurfiwyd y *Compañía de Rifleros* o 30 o wŷr. Parhaodd y daith dri mis ac mae Fontana yn adrodd yr hanes yn ei lyfr *Viaje de exploración en la Patagonia Austral/Taith i archwilio De Patagonia.*

JULIO A. ROCA (1843-1914) Milwr a gwleidydd a fu ddwywaith yn Arlywydd yr Ariannin (1880-96 a 1898-1904). Trefnodd a chyfarwyddodd 'Ymgyrch y Diffeithwch' (1876-83) yn erbyn y cenhedloedd brodorol a heriai ymdrechion y Weriniaeth i gymryd eu tiroedd oddi arnynt. Bu'r 'Ymgyrch' waedlyd yn llwyddiannus ac ni feiddiodd y Brodorion wrthryfela fyth wedyn.

Nodiadau bywgraffyddol

Ganwyd CARLOS DANTE FERRARI yn ardal Bryn Gwyn, ger pentre'r Gaiman yn Nyffryn Camwy. Fe'i hyfforddwyd fel cyfreithiwr ac mae'n awr yn farnwr yn Llys Apêl Trelew. Mae o dras Cymreig ar ochr ei fam, wedi ennill sawl gwobr am farddoniaeth yn Eisteddfod y Wladfa ac yn ymfalchïo yn ei aelodaeth o Orsedd y Wladfa. Yn 2001 roedd *El Riflero de Ffos Halen* yn un o bump nofel (o blith 455) a gyrhaeddodd rownd derfynol cystadleuaeth genedlaethol i ddewis nofel gyntaf orau'r flwyddyn.

Mae GARETH MILES yn awdur dros ugain o ddramâu, trosiadau ac addasiadau a lwyfannwyd yn broffesiynol yn ystod yr ugain mlynedd diwethaf yn ogystal â phedair nofel, *Trefaelog* (Annwn), *Llafur Cariad* (Hughes a'i Fab), *Cwmtec* (Carreg Gwalch), *Ffatri Serch* (Carreg Gwalch) a thri chasgliad o straeon, *Cymry ar Wasgar* (Lolfa), *Tre-ffin* (Lolfa), *Romeo a Straeon Eraill* (Carreg Gwalch).

I

Roedd yr enw wedi'i beintio mewn llythrennau breision ar ochrau'r hen long hwylio a saernïwyd flynyddoedd maith yn ôl mewn iard yn Aberdeen. *MIMOSA.* Enw coeden y mae ei changau moesymgrymol, llaes yn rhoi siâp llong iddi. Nofiai yn awr ynghanol anferthedd yr Iwerydd fel boncyff brau a oedd bellach yn ysglyfaeth i fympwy'r gwynt a'r tonnau.

Mimosa. Gallai fod yn air hud, yn adduned a anfonodd rhyw bererinion mentrus – teithwyr yn eu breuddwyd eu hunain – ar draws y cefnfor i'r feinir yr ymserchwyd ynddi, i'r tir pell a dieithr, i'w swyno.

Gellid tybio bod gan yr ystyllod a'r trawstiau leisiau a bod y cefnfor yn cam-drin y llong er mwyn eu clywed yn ochneidio. Roedd y clecian enbyd a ddeuai o asennau'r hen chwaer yn ddigon i godi arswyd ar deithwyr nad oeddynt yn gyfarwydd â chastiau'r môr ond ni synnid aelodau profiadol y criw ei bod yn cwyno mor swnllyd. O hen arfer, ac yn sgil ugeiniau o fordeithiau cyffelyb, roedd eu clustiau wedi ymgyfarwyddo â'r cyngerdd diflas ac undonog. Gwyddent hwy fod y llong wedi dioddef poenydio gwaeth er pan lawnsiwyd hi.

Yn ystod y blynyddoedd diwethaf, bu'n hwylio mewn cylchdaith drionglog, ddiorffwys: o Loegr i Awstralia gyda thunelli o offer diwydiannol at wasanaeth y mwyngloddio oedd ar gynnydd yno; yn ei blaen, wedyn, tua'r Dwyrain, i nôl llond howld o ddail te, cynnyrch a ddaethai'n bwysig eithriadol yn fasnachol i'r Saeson erbyn canol y bedwaredd ganrif ar bymtheg; dychwelyd wedyn, gyda llwythi enfawr o'r nwydd yn ei howld, o Shanghai neu Fuchow, pellter o bymtheng mil o filltiroedd, ar drugaredd y gwyntoedd monswn a chyrchoedd môr-ladron Asia.

Yn ystod y blynyddoedd diwethaf, daethai'r trwyth newydd yn un o anhepgorion bywyd yn nhrefedigaethau Lloegr ac oherwydd hynny roedd llynges fasnachol helaeth wedi'i chreu i gyflawni'r teithiau aruthrol hyn yn ddiseibiant. Dyna fu hanes y *Mimosa* nes i'w pherchenogion ystyried efallai ei bod wedi blino gormod i allu gwrthsefyll rhagor o boenydio.

Heddiw, fodd bynnag, yn ystod un o'i theithiau tramor olaf, cludai lwyth hynod, gwahanol iawn i'r arfer a chyrchai tuag at borthladd nad oedd wedi ymweld ag ef erioed o'r blaen. Nid geriach diwydiannol na 'thrwyth yr Ind' oedd yn ei howldiau ac ar ei bwrdd ond cant a hanner a thri o bobl o bob oedran, a rhaid oedd i griw a oedd wedi'i hyfforddi i drin a thrafod sachau a chistiau ymwneud yn awr â theithwyr ac ymgymryd â chyfrifoldebau tra anghyfarwydd.

Mynnai'r teithwyr eu hawliau bob gafael ac roeddynt hefyd yn bobl ddigon od a chanddynt arferion, diwyg ac iaith a oedd yn ddieithr iawn i'r morwyr.

Dyrnaid o Gymry oedd yr allfudwyr hyn, ar eu hynt i ymgartrefu ym Mhatagonia bell. Roedd eu taith wedi'i hawdurdodi, fel roedd yn anhepgorol, gan Lywodraeth yr Ariannin, a oedd wedi neilltuo ar eu cyfer stribyn o dir yn nyffryn afon Chubut (neu 'Camwy', fel y'i henwyd ganddynt hwy, maes o law). Roedd dau o brif hyrwyddwyr y fenter, Lewis Jones ac Edwin Roberts, wedi mynd rhag blaen, rai misoedd ynghynt, i gwblhau'r trefniadau swyddogol yn Buenos Aires ac i baratoi tir yr addewid ar gyfer ei wladychu. Byddent hwy yn disgwyl am y fintai ar lan Golfo Nuevo, y 'Bae Newydd'.

Nid gorchwyl hawdd fu trefnu menter mor fawr. Roedd anawsterau a phroblemau wedi arllwys yn gawodydd trymion ar bennau'r trefnwyr hyd at y funud olaf cyn ymadael. Roedd adnoddau tlawd yr ymfudwyr, ac ofn yr hyn nas adwaenid, ynghyd â phropaganda negyddol carfanau a fwriadai adael Cymru am fröydd mwy dymunol, wedi peri i rai ohonynt dynnu'n ôl ar y funud olaf ac, o'r herwydd, roedd nifer y darpar drefedigaethwyr yn llai o dipyn na'r hyn oedd wedi'i arfaethu.

Ar ben yr holl helyntion hyn ac yn waeth na dim, nid oedd yr *Halton Castle*, y llong a gawsai ei llogi i hwylio o Lerpwl ddiwedd mis Ebrill, wedi cyrraedd y porthladd ar y dyddiad penodedig. Oblegid hynny, bu'n rhaid i'r pwyllgor a drefnai'r daith logi'r hen long hwyliau hon ar fyrder, er mwyn i'r fintai allu ymadael cyn i'r gost o'i lletya a'i bwydo yn Lerpwl fynd yn ormodol.

A dyna sut, felly, oherwydd argyfwng ac o anghenrhaid, a chyda mwy o ddyfeisgarwch nag o adnoddau, y gorfu i'r hen *Mimosa* newid ar frys ar gyfer cludo teithwyr. Ymhlith addasiadau eraill, roedd y seiri wedi hoelio ystyllod ym mharwydydd yr howld ganol, er mwyn gwneud stafelloedd ar wahân ar gyfer y gwrywod a'r menywod. Yn ogystal â hynny, roeddynt wedi llunio ychydig fyrddau, meinciau a chypyrddau ac ysgol ddi-lun a ganiatâi iddynt ddringo i'r dec.

Yn ystod yr addasu chwim a byrfyfyr, cawsai un manylyn ar wedd allanol y llong ei ddiwygio. Roedd daliadau piwritanaidd rhai o'r arweinwyr wedi peri iddynt gyfnewid blaenddelw'r llong – menyw ifanc, ddeniadol, lywethog, fronnoeth – am bigyn troellog, chwaethus, didramgwydd.

Pan fu iddynt lwyddo i adael doc Victoria, o'r diwedd, cawsai'r llong ei chystwyo gan dymhestloedd a'r teithwyr eu blino gan drafferthion mawr a mân, ond yn awr, bythefnos yn ddiweddarach, a hwythau yng ngolwg yr Ynysoedd Dedwydd (*Las Islas Canarias*) roedd y *Mimosa* fel petai'n benderfynol o gyrraedd Patagonia.

Tywynnai'r haul ar y prif ddec lle'r oedd rhai o'r darpar wladfawyr wedi ymgynnull i fwynhau'r awyr iach. Yn eu plith, safai Megan Thomas, geneth un ar bymtheg oed o Aberpennar, a gwên hawddgar ar ei hwyneb.

Nid oherwydd yr heulwen ac awel y môr yn unig y gwenai Megan; syllai'n serchus i gyfeiriad gŵr ifanc, golygus a hyderus a safai ynghanol cynulliad anffurfiol o bobl ifainc gerllaw'r *bridge* ac a ddarllenai mewn llais uchel ddisgrifiad o'r wlad ddieithr a ddisgwyliai amdanynt draw ymhell, bell yn neheudir yr Ariannin.

Dafydd Williams, llanc tal, main, un ar hugain mlwydd oed a anerchai'r bobl ifainc; teiliwr wrth ei alwedigaeth, ond dyn â'i fryd ar ymgymryd â gweithgareddau mwy arwrol yn y Wladfa Gymreig. Gwrandawai ei gyfeillion yn astud arno'n darllen dyfyniadau o *Llawlyfr y Gwladychwr* gan Hugh Hughes, un o arweinwyr y mudiad ymfudol, gan chwerthin am ben rhai o sylwadau smala'r siaradwr a chymeradwyo gyda brwdfrydedd ei ddatganiadau gwlatgarol. Fflachiai llygaid Dafydd Williams gyda rhyfyg anorchfygol gŵr ifanc sy'n meddwl ei fod wedi ei eni i arwain ac nad oes yr un anhawster na all ef ei oresgyn. Cafodd ei genadwri dderbyniad gwresog gan y cenedlaetholwyr ifainc.

Gwrandawai Megan mor eiddgar â'r un ohonynt. Gwefreiddiwyd hi gan eiriau tanbaid yr areithiwr ac fe'i llanwyd hithau â'r un argyhoeddiad bod hon yn fenter glodwiw a phwysig yn hanes y Genedl er bod hiraeth am Gymru yn llechu ymhlith y teimladau aruchel hynny.

Gydag angerdd yn ei lais, disgrifiai'r areithydd y llestr eiddil yr hwylient ynddo fel tamaid o Gymru a oedd wedi llwyddo i dorri'n rhydd oddi wrth Brydain Fawr. Disgleiriai ei lygaid wrth iddo haeru mai Cymru fechan oedd y *Mimosa*, yn hwylio dros y cefnfor a gwyntoedd bendithiol yn ei gyrru ymlaen dros y tonnau tua'r cyfandir yr atodai ei hun iddo, lle y câi hi a'i phobl fywyd rhydd a ffyniannus.

Cyfareddwyd Megan Thomas gan y perfformiad afieithus, theatrig, eithr nid gwladgarwch pur a enynnai ei gwên edmygus. Llethwyd yr eneth gan rym cyfrin ac anorchfygol na fyddai'n gadael iddi gysgu'n dawel am beth amser.

'Hei, Dafydd! Gad hynna'n awr,' gwaeddodd un o'r bechgyn. 'Adrodd *Y Deg Gorchymyn*! Der 'mlaen, der 'mlaen! Paid â gwneud inni erfyn arnot ti!'

'Ie, Dafydd! *Y Deg Gorchymyn*!' llefodd côr o leisiau.

Pesychodd Dafydd fel arwydd ei fod am gydymffurfio â'r cais a distawodd ei gynulleidfa ar unwaith. Mabwysiadodd y gŵr ifanc ystum awdurdodol, carthodd ei lwnc, crychodd ei dalcen, gwgodd yn fygythiol a chyda goslef bregethwrol i'w lais dechreuodd draethu ei aralleiriad ef o'r Dengair Deddf,

'Na wna i ti Wladfa Gymreig mewn un llannerch sydd dan y nefoedd uchod, neu y sydd ar y ddaear isod, nac yng ngwaelod y môr, na than y ddaear. Na ddysga iaith dy fam ac na chefnoga lenyddiaeth dy wlad. Canys myfi y Sais wyf ddyn eiddigus yn troi y Tenantiaid o'u ffermydd am genedlaethau, o'r rhai ag sydd yn dangos y gronyn lleiaf o annibyniaeth ysbryd . . . Na ladd Dic Siôn Dafydd . . . Na chymer o'r eiddot dy hun . . . Na rwgnach fod y Saeson yn trafod cenedl y Cymry fel y mynnont . . . Na chwennych wlad y Saeson, na chyfoeth y Saeson, na'u masnach, na'u llwyddiant, na'u mawredd, na dim ag y sydd yn eiddo y Saeson . . . '

Dilynid pob 'adnod' gan hyrddiau o chwerthin o du'r gynulleidfa, er mawr foddhad i'r 'pregethwr' a gymhellwyd i ddodi ei ddwylo wrth ei gilydd a chrymu ei ben i draddodi'r 'weddi',

'Sais mawr, yr hwn wyt yn byw yn Llundain, mae arnaf ofn dy enw. Mewn dyled mae dy deyrnas. Bydded dy ewyllys yng Nghymru fel y mae yn Lloegr. Dyro i ni ddigon o lafur a lludded a maddau i ni oherwydd cyn lleied ein cyflogau ein bod yn methu talu ein dyledion. Nac arwain ni i annibyniaeth, eithr gwared ni rhag y Gwladfawyr, canys eiddot ti yw Prydain, a'i gallu, a'i chyfoeth, a'i gogoniant, yn oes oesoedd. Amen.'

Wrth i'r bobl ifainc fynegi eu gwerthfawrogiad mewn modd na fyddai'n weddus mewn capel nac eglwys, sylwodd Dafydd

Williams ar yr edmygedd a dasgai o wyneb tlws a oedd wedi ei swyno er pan welsai ef gyntaf, yn Lerpwl.

Parlyswyd Megan wrth i lygaid Dafydd ddal ei rhai hi yn dotio'n ddigywilydd arno. Edrychodd y ddau i fyw llygaid ei gilydd am rai eiliadau nes i Megan grymu ei phen i guddio'i swildod.

Yn y cyfamser, heb iddynt hwy ill dau sylwi, daeth yr hwyl i ben gydag ymddangosiad annisgwyl y Parchedig Abram Mathews. Roedd ei bresenoldeb yn eu plith yn ddigon i beri i'r bobl ifainc dewi, ymddifrifoli a chiledrych ar ei gilydd yn euog oblegid mynegai ei wyneb, a oedd mor addfwyn fel arfer, siom ac anfodlonrwydd dybryd.

Diflannodd hyder a huotledd Dafydd Williams fel petai awel y môr wedi eu chwythu ymaith ac er cystal y buasai gan y bobl ifainc adael y fan ni feiddiai'r un ohonynt symud fodfedd a gorfu iddynt wrando ar sylwadau hallt Mr Mathews ar eiriau a gollfarnai fel parodïau cableddus o'r Ysgrythur Lân a geiriau'r Gwaredwr.

Daeth gwŷr a gwragedd a oedd newydd esgyn i'r dec i ymgynnull o gylch y gweinidog a gwrando arno'n taranu tra manteisiai'r to ifanc ar eu cyfle i sleifio ymaith.

Troes y cyfarfod anffurfiol yn oedfa. Clywyd llais tenor persain yn taro'r cyweirnod cywir ac yna gôr yn datgan mawl i'w Harglwydd ynghanol y cefnfor llydan,

O, Iesu mawr, rho d'anian bur
I eiddil gwan mewn anial dir . . .

Ymunodd Megan yn y gân a'i llygaid ar gau, yn ddefosiynol. Yn y man, daeth yn ymwybodol o lais bas dwfn, cyfoethog gerllaw iddi, yn hydreiddio'r harmoni ar ddiwedd pob pennill. Trodd ei phen yn gynnil a chiledrych i'r chwith i weld pwy oedd yn berchen ar lais mor nodedig. A gweld Dafydd, prin lathen oddi wrthi, yn ymgolli'n llwyr yn yr Amen. Tra llefarai'r gweinidog unwaith eto, teimlodd yr eneth rywun y tu ôl iddi, yn cydio yn ei braich. Trodd yn wyllt a gweld ei brawd bach, Tomi, a golwg bryderus ar ei wyneb chwe blwydd oed.

'Tomi! Ddychrynest ti fi!' meddai. 'Beth wyt ti'n 'wneud man hyn? Oes rhywbeth yn bod?'

'Mam,' meddai'r bychan, ar fin llefain. 'Mae hi wedi cael gwasgfa arall ac mae Tada am iti ddod i'w helpu e.'

Gwelwodd Megan. Bu ei mam yn anhwylus ers diwrnod cyntaf y fordaith. Fel yr âi'r dyddiau heibio gwanychid hi fwyfwy gan y cyfogi diddiwedd ac roedd wedi llewygu ddwywaith eisoes. Nid oedd fawr ddim y gallai Megan na'i thad ei wneud i liniaru effeithiau ei anhwylder.

Cydiodd y bychan yn ei llaw a'i thywys tua'r ysgol a ddisgynnai i'r ail ddec a'r rhan a neilltuwyd ar gyfer y menywod. Ymwthiodd y ddau drwy'r dorf ond, yn ddisymwth, safodd rhywun ar eu llwybr. Safodd Megan hithau yn stond ac yn syfrdan. Dafydd Williams oedd y rhywun hwnnw.

'Nawr 'te. Beth yw'r brys?' holodd y gŵr ifanc a'i swyno unwaith eto, er ei gwaethaf, â serchogrwydd ei wên. 'Ble wyt ti'n mynd?'

'I weld Mam,' atebodd Megan yn chwithig a chynhyrfus. 'Mae hi'n dost. Rhaid imi fynd i'w gweld hi ar unwaith.'

'O, mae'n flin iawn gen i. Ond cyn iti fynd, dwed wrtha i beth yw d'enw di ac o ble rwyt ti'n dod?' mynnodd.

Llwyddodd Megan i ebychu, 'Rwy'n dod o Mountain Ash,' ac i fentro rhoi mynegiant i'w chwilfrydedd hithau. 'A chithe?'

'Fi? Wyddost ti ddim pwy ydw i? David Williams, o Aberystwyth. Dafydd fydd pawb yn 'y ngalw i.'

'O Aberystwyth? Da iawn. Esgusodwch fi nawr, os gwelwch chi'n dda. Rwy'n gorfod mynd i lawr 'co at Mam. Ar unwaith.'

Trodd Megan ei phen fel arwydd ei bod am fynd rhagddi a dilyn Tomi a dynnai'n daer yn ei llaw. O glywed y dinc benderfynol yn ei llais, camodd Dafydd i'r naill ochr gan ddweud, wrth amneidio arni i fynd heibio,

'Wrth gwrs. Paid ag oedi eiliad. Ond dwyt ti ddim wedi dweud dy enw wrtha i.'

'Naddo, siŵr. Megan,' atebodd hithau gyda gwên ddiolchgar a chwrteisi'r llanc wedi adfer peth o'i hyder hithau.

Gwenodd Dafydd Williams, a ddeallai iddo ennill buddugoliaeth fechan ond un o bwys.

'Megan!' meddai, fel petai blas amheuthun i'r gair. 'Megan! Am enw pert! Rwy'n meddwl y gwelwn ni'n gilydd eto o bryd i'w gilydd, Megan. Wn i ddim amdanot ti, ond dwy' i ddim yn bwriadu gadael y llong nes cyrhaeddwn ni'r America, a bydd sbel go hir tan hynny.'

'Sa i'n meddwl y gadawe inne'r llong ynghanol y môr!' atebodd hithau dan chwerthin. 'Af i ddim odd' arni cyn inni lanio!'

Gadawodd i Tomi ddiamynedd ei llusgo gerfydd ei braich tua'r caban. Er gwaethaf y pryder a achosai salwch ei mam i Megan, parhâi cysgod y wên a osodwyd ar ei gwefusu gan ffraethineb Dafydd Williams wrth iddi ddisgyn yr ysgol i dywyllwch crombil y llong.

Anghofiodd y ferch ifanc am anghysur a pheryglon y fordaith. Llanwyd hi gan lawenydd cyfrin, anghyfarwydd a barai i'w chalon guro'n wyllt a'i hanadl gyflymu. Dechreuodd fwmial canu'r emyn a genid ar y dec er i leisiau'r cantorion bylu ar ei chlyw fel y dilynai ei brawd i berfeddion y llong.

Ymbalfalai Megan drwy'r gwyll fel petai'n breuddwydio ac yn effro yr un pryd. Mewn modd na ellid ei rag-weld, gyda symlrwydd pob un o ffenomenâu mawr bywyd, roedd rhywbeth gwirioneddol arwyddocaol wedi digwydd iddi. Meddiannwyd hi gan hyfrydwch anghyfarwydd a lifai drwy ei gwythiennau; cosi dioglyd a'i hanwesai o'i chorun i'w sawdl; salwch braf nad oedd ganddo ddim i'w wneud â morwriaeth. Medd-dod llwyr y cariad cyntaf ydoedd.

II

Seliwyd y garwriaeth dridiau'n ddiweddarach pan gyfarfu Dafydd a Megan unwaith eto ar y dec. Digwyddodd y cyfan yn gyflym dros ben: addefodd ef ei gariad mewn geiriau angerddol a derbyniodd hithau ei ddatganiad, fel y gellid disgwyl, heb unrhyw wrthwynebiad nac arwydd o anniddigrwydd. O hynny ymlaen, dechreuasant weld ei gilydd bob cyfle posib ond oherwydd yr amgylchiadau, digwyddai oedau cyfrinachol y cariadon mewn cilfachau diarffordd ac ar adegau y gallent gwrdd heb wneud sôn amdanynt.

Ymgynghreiriai nifer o ffactorau i rwystro eu cyfarfyddiadau. Yn bennaf, pan glywyd bod aelodau o'r criw wedi ceisio aflonyddu ar rai o'r menywod iau, ni chafwyd pall ar gynghorion Glyn Evans i'w ferch ynglŷn â sut y gallai osgoi'r cyfryw drafferthion. Dechreuodd arolygu symudiadau'r eneth, gan fynnu ei bod yn treulio'r rhan fwyaf o'i hamser yn gofalu am ei mam.

Yn araf iawn, iawn y gwellhâi Gwen druan. Nid oedd amodau byw ar y llong yn ddelfrydol, o bell ffordd, ar gyfer hyrwyddo adferiad. Yn ogystal â'r dysychiad a ddaethai'n anorfod yn sgil y cyfogi diddiwedd, dioddefai hefyd o'r clefri poeth, neu'r *scurvy*. Dechreuodd ei deintgig waedu, gwyniai ei chymalau a huddwyd ei hewyllys gan ludded. A hithau mor wan, arhosai'r wraig yn y gwely'r rhan fwyaf o'r amser tra cymerai ei gŵr a'i merch eu tro i roi dŵr a sudd lemwn iddi i'w yfed, yr unig feddyginiaeth y gallent ei gynnig. Dim ond tra cyflawnai ei thad yr oruchwyliaeth honno y llwyddai Megan i ddianc, weithiau am ychydig funudau'n unig, i fod yng nghwmni Dafydd.

Ac ar ben hynny, ychwanegai Tomi at eu hanawsterau. Roedd y bachgen yn glòs iawn at ei chwaer. Teimlai'n anniddig dros ben ac ychwanegai cyflwr truenus ei fam at ei awydd i fod yn wastadol yng nghwmni Megan. Gorfu iddi hithau, er mwyn cadw'r oed â'i chariad, greu pob math o esgusion ffuantus er mwyn peri i'r bachgen aros gyda'i dad. Ar y dechrau, roedd ychydig felysion yn ddigon i'w gymell ond pan ddaeth ei stoc bychan i ben bu raid iddi feddwl am ddulliau eraill. Yr esgus gan amlaf oedd bod rhaid iddi fynd i'r tŷ bach. Nid oedd yn un effeithiol iawn, fodd bynnag, gan fod y crwt yn chwannog i fynd i chwilio amdani pan fyddai'n absennol am gyfnod rhy faith o lawer yn ei farn ef.

Yn y diwedd, yr unig beth a dyciai oedd addewid i adrodd stori wrtho bob nos cyn iddo fynd i gysgu. Nid gwaith hawdd oedd plesio'r bychan, fodd bynnag. Ni thalai iddi ailadrodd stori a glywsai Tomi eisoes ac nid oedd y stôr o straeon a feddai ar ei chof yn ddihysbydd; felly, er mwyn cadw at ei gair, lluniai Megan straeon dychmygol am y diriogaeth Americanaidd anghysbell yr hwylient tuag ati. Fel Sieresâd newydd, gohiriai ddiweddglo pob chwedl tan y noson ganlynol, gan ychwanegu cymeriadau, sefyllfaoedd a digwyddiadau newydd fel yr esblygai'r stori.

Aeth yr 'Indiaid Coch' â bryd y crwt yn fwy nag unrhyw elfen arall yn straeon ei chwaer ond bu i hynny ganlyniad annisgwyl. Darluniai Megan y brodorion fel anwariaid erchyll a disgrifiai eu campau barbaraidd mewn modd mor fyw nes gwneud i Tomi arswydo o feddwl y deuai wyneb yn wyneb â hwy maes o law a pheri iddo gael hunllefau ofnadwy a chadw pawb arall ar ddihun â'i nadu a'i lefain.

Yn un o'r *gangways* mewnol y profasant y gusan gudd gyntaf. Taniodd y cyffyrddiad trwsgwl a brysiog hwnnw nwydau na ellid mo'u rheoli. Aeth eu cyfathrach yn fwyfwy beiddgar a digwyddodd yr hyn oedd anochel.

'Clyw, Megan,' meddai Dafydd wrthi ryw ddiwrnod. 'Rwy' am addo rhywbeth iti. Wedi inni lanio, fi fydd y cyntaf i gyrraedd glan yr afon honno, ble bydd y Wladfa. Rwy'n benderfynol o ddewis y man gore un i godi'n cartre ni arno fe. Wel, rwyt ti am 'mhriodi i eleni, on'd wyt ti?'

Llechent, ar ôl caru am y drydedd waith yr wythnos honno, mewn storfa yng ngwaelodion y llong, ynghudd y tu ôl i bentwr o flychau a chistiau. Gorweddent ar ddarn o gynfas llaith a budr a phrin y gwelent wynebau ei gilydd drwy'r gwyll. Daeth golwg ofnus a chythryblus i ruddiau gwritgoch, chwyslyd Megan.

'Bydd rhaid iti siarad â 'nhad,' atebodd. 'Duw a ŵyr beth 'wedith e. Un stwbwrn yw e, Dafydd, fel rwy' wedi dweud wrthot ti. Byddai clywed am ein perthynas yn ei hala fe'n benwan, synnen i ddim. Sa i'n credu fod Tada'n gallu derbyn nad croten fach odw i bellach.'

'Paid ag ofni, 'nghariad i. Fe'i perswadia i e, rwy'n addo iti. Mae dyfodol bendigedig yn aros amdanon ni yn y Byd Newydd. Bydd ein plant ni ar eu helw'n aruthrol oherwydd y penderfyniad gymeron ni. Rydyn ni'n mynd i sefydlu Cymru newydd yno, Megan. Cofia di hynny bob amser.'

Wedi iddynt ffarwelio â'i gilydd ag un gusan serchus, olaf, dychwelodd hi ar frys at ei mam. Edrychodd drwy un o'r portyllau yr aeth heibio iddynt a gweld wybren dywyll yn gwgu ar y cefnfor garw a'r cymylau duon yn bygwth storm enbyd arall.

Buasai'r diwrnod yn un diflas er pan dorrodd y wawr, gyda gwyntoedd gogleddol yn ysgytwad y *Mimosa* a pheri iddi wichian yn frawychus. Pur anghymwys ar gyfer lletya cynifer o deithwyr oedd yr hen long hwyliau; roedd dros gant a hanner o bobl wedi eu gwasgu at ei gilydd mewn man mor gyfyng a'r arogleuon a godai o'r howldiau yn gyfuniad annioddefol ar adegau.

Ar ei ffordd yn ôl, trawodd y ferch ifanc ar dwr bychan o ddynion yn trafod dosbarthiad y bwyd ymhlith y teithwyr; roedd dau ohonynt yn aelodau o'r pwyllgor a benodwyd i ofalu am hynny ac roeddynt hwy ym mhennau ei gilydd. Yr un pryd, cyrhaeddodd y Mêt, a oedd wedi clywed y bytheirio, i holi ynglŷn ag achos y ffrae. Effaith gyntaf ei ymddangosiad oedd gwaethygu'r cweryla. Clywyd rhagor o gyhuddiadau, a'r rheini wedi'u hanelu'n awr at y newydd-ddyfodiad. Cyfeiriodd rhywun at y camweinyddu a welid mewn perthynas â'r dosbarthu bwyd; soniodd un arall am anhrefn ymhlith y criw, diffyg profiad amlwg rhai ohonynt ac ymyrraeth eraill â'r menywod; protestiwyd ynglŷn ag arafwch y fordaith, am anghytundebau rhwng y Mêt ei hun a'r Capten ynglŷn â materion morwrol, a llawer o bynciau llosg eraill. Poethodd y taeru fwyfwy a phob cwyn yn esgor ar ragor.

Yn y man, pan ostegodd y cecru fymryn, llefarodd y Mêt, gan lwyddo, mewn llais cras ac awdurdodol, i roi atebion boddhaol i'w feirniaid. Wedi iddo addo gweithredu rhai diwygiadau a gwelliannau ar unwaith cyfeiriodd y drafodaeth at yr hyn a'i henynnodd gan bwysleisio cyfrifoldeb personol dau neu dri o'i wrandawyr; a phrofi, unwaith eto, effeithiolrwydd diarhebol 'rheoli drwy rannu'.

Wrth i Downes ddirwyn ei sylwadau i ben, penderfynodd Megan, a oedd wedi gwrando ar y drafodaeth o ran chwilfrydedd, ailgychwyn ar ei hynt. Wrth ddychwelyd tua stafell y menywod, dychrynodd o sylweddoli cyhyd y bu'n absennol ac o feddwl y câi gerydd gan ei thad, neu, yn waeth fyth, y byddai ef yn mynnu eglurhad ganddi. Nid oedd yn camsynio.

Dim ond Tomi oedd yno'n eistedd pan gyrhaeddodd Megan erchwyn y gwely bychan y gorweddai ei mam arno. Roedd Gwen yn welw iawn ei gwedd ac fel petai'n cysgu.

'Pam wyt ti ar ben dy hunan, Tom?' holodd Megan. 'Ble mae Tada?'

Syllodd y crwtyn arni'n flin. Roedd wedi hen ddiflasu ar

gael ei esgeuluso gan ei chwaer. Ers rhai wythnosau bellach, rhoddasai Megan y gorau i chwarae gydag ef a'i ddiddanu, a disgwyliai iddo nid yn unig hepgor ei chwmni ond hefyd gymryd ei lle ger gwely'r claf yn ystod ei habsenoldebau.

'Aeth e ma's i chwilio amdanot ti,' atebodd. 'Mae e'n grac achos bod ti ddim 'ma. "Gaiff hi weld", mynte fe.'

Ynganodd y bygythiad fel petai'n ceisio trosglwyddo'i bryderon ei hun i'w chwaer ond nid oedd angen hynny i'w dychryn. Llenwid Megan eisoes gan ofn, atgno a chywilydd.

Wrth i'r eneth anwesu grudd ei mam lled-agorodd Gwen ei llygaid. Roedd hi'n effro ac wedi clywed yr ymgom.

'Mam!' ebychodd Megan yn syn gan i Gwen orwedd yn fud a diymadferth ers dyddiau. 'Sut ydych chi? Oes angen rhywbeth arnoch chi? Lecech chi ddiferyn o ddŵr?'

'Os gweli di'n dda, 'merch i,' murmurodd y claf. 'Diolch yn fawr iti.'

Arllwysodd yr eneth ychydig ddŵr i gwpan, dodi braich dyner y tu cefn i'w mam a'i chodi ar ei heistedd. Yfodd y wraig gydag anhawster. Dechreuodd besychu a thagu a throdd hynny'n gyfog gwag. Yn y man llwyddodd i reoli ei hanhwylder a holi,

'Ble buost ti, ferch? Roedd dy dad yn pryderu amdanot ti. Clywais e'n dweud bod ti ma's yn rhywle drwy'r amser. Oes rhywbeth nagwyt ti wedi ei ddweud wrthon ni, Megan?'

Baglai'r eneth dros ei geiriau wrth geisio ateb. Nid oedd erioed wedi dweud anwiredd wrth ei rhieni o'r blaen. Byddai'n rhaid iddi wneud hynny'n awr neu gyfaddef iddi bechu'n anfaddeuol ac roedd yn dal i ymdrechu i fwngial rhyw fath o esgus pan ymunodd ei thad â hwy. Roedd golwg sarrug ar ei wyneb. Cododd Megan oddi ar erchwyn y gwely.

'Ble rwyt ti wedi bod?' rhuodd Glyn. 'Beth fuest ti'n ei wneud? Ateb!'

'By-by-bues i lan ar y d-dec, yn gwrando ar ryw ddynon yn . . . '

'Celwydd!' bloeddiodd y tad a rhoi pelten ar draws ei hwyneb.

Gwaeddodd yr eneth a chodi ei llaw i warchod ei grudd rhag ergyd arall. Llef isel ydoedd, a enynnwyd gan sarhad yn hytrach na phoen, oblegid dyna'r tro cyntaf erioed i'w thad ei chosbi yn y fath fodd. Caeodd Gwen ei llygaid a gwasgu ei gwefusau'n dynn yn ei gilydd, a'i hwyneb fel y galchen; teimlai'r loes lawn cymaint â'i merch.

'Buest ti 'da'r bachan Dafydd Williams 'na,' sgyrnygodd Glyn Thomas. 'Rwy'n gwybod hynny. Welodd d'ewyrth Richard ti gydag e – mae e newydd ddweud wrtha i. Bues i'n chwilio amdanot ti o un pen i'r llong i'r llall. Aros i mi ddod o hyd iddo fe. Fe setla i gownt Mr Williams yn ddigon clou.'

Ni lefarodd Megan yr un gair. Cydiodd Glyn yng ngên ei ferch, syllu i fyw ei llygaid ac arthio,

'Ble buoch chi? Dwed wrtha i! Beth fuoch chi'n 'wneud? Dwed wrtha i'n awr!'

Ni allai Megan ddweud celwydd wrth ei thad na chyfaddef ei phechod chwaith. Dechreuodd wylo'n dorcalonnus. O weld ei hanghysur dechreuodd Tomi lefain. Dyna pryd yr ymyrrodd y fam,

'Gad hi fod, Glyn, os gweli di'n dda. Gad hi fod. Fe siarada i â hi maes o law. Cer di i orffwys am sbel. Ac os gweli di'r gŵr ifanc, paid di ag edliw gair iddo fe. Does 'da ni ddim tystiolaeth o gwbwl i'w gyhuddo fe o ddim, nac oes e? Rwy'n erfyn arnot ti, Glyn.'

Llwyddodd y geiriau taer a'r llais egwan, ynghyd ag wylofain ei blant, i liniaru rhywfaint ar ddicter y gŵr. Pwysai amheuaeth ofnadwy ar ei galon, fodd bynnag. Roedd ymddygiad anarferol ei ferch, ei thawedogrwydd a'i hagwedd ochelgar tuag ato ef yn ddiweddar wedi tanseilio ei ffydd ynddi.

'O'r gore, Gwen,' atebodd, 'fe 'naf i fel rwyt ti'n moyn, rhag achosi rhagor o boen iti. Ond hefyd . . . ' a thawodd am ennyd hir, tra syllai'n fygythiol i wyneb Megan, er mwyn dodi pwyslais arbennig ar y datganiad a'i dilynodd, 'Dyw'r ferch hon ddim i fynd ma's ar y dec 'to nes glaniwn ni. Glywest ti, Megan?'

'Do, Tada,' sibrydodd hithau gan ostwng ei golygon; teimlai eiriau ei thad fel ergyd i'w bron.

Nid oedd y gosb, serch hynny, mor drom ag y tybiai Glyn Thomas. Mae'n debyg iddo, yn ei lid a'i gynddaredd, anghofio un manylyn a ysgafnhâi gryn dipyn ar benyd ei ferch. Ond roedd Megan, ar y llaw arall, fel y gwyliai ei thad yn ymadael dan ei guwch, yn ymwybodol o ffaith bwysig iawn, sef bod amser o'i phlaid. Hanner awr ynghynt, roedd hi wedi clywed Mr Downes, y Mêt, yn cyhoeddi y byddai'r *Mimosa*, wedi wyth wythnos faith a chythryblus ar y cefnfor, yn cyrraedd arfordir Patagonia ymhen pedwar diwrnod.

III

Bore Gorffennaf 27ain 1865. Er bod yr wybren yn hollol ddigwmwl ni lwyddai pelydrau'r haul i liniaru dim ar yr oerfel anhrugarog. Chwythai awel fain yn ddiymatal o'r gorllewin gan chwipio cesig gwynion y tonnau.

Yng ngoleuni haul gaeafol y geneufor, ymddangosai presenoldeb llong arall wrth angor lai na milltir i ffwrdd fel rhyw lun o lysgenhadaeth ar ran y gwareiddiad Ewropeaidd, yn cynnig mymryn o gysur i lygaid ac i galonnau'r newydd-ddyfodiaid.

Roedd Tomi wedi llwyddo i wthio'i hun drwy ganol torf o oedolion a oedd wedi ymgynnull ar y dec hyd at ganllawiau'r llong ac edrychai'r crwtyn yn awr, yn llawn rhyfeddod, ar wyrddni crisialaidd y dŵr a yrrai ei donnau fel tafodau hirgrwn, anferthol i lyfu'r traethau. Roedd Megan yno hefyd, a'i rhieni o boptu iddi, ynghanol y dyrfa a syllai'n bryderus ar erwinder yr arfordir: clogwyni melynliw wedi eu gorchuddio gan wellt crin a llwyni isel; llwyfandir llwydaidd, llwm, digroeso yn hyll-dremio ar y weilgi.

Bob hyn a hyn, edrychai'r eneth o'i hamgylch yn y gobaith o weld Dafydd, ond ni thrawodd ei llygaid arno yn unman. I feddwl eu bod wedi gorfod treulio pedwar diwrnod heb gyfathrach o unrhyw fath! Ysid yr eneth gan ofn ac ansicrwydd. Beth allai ef feddwl ohoni a hithau wedi cadw draw heb air o eglurhad? A oedd yn deall y rheswm pam na lwyddodd i'w weld unwaith yn ystod y dyddiau diwethaf?

Cyhoeddodd y Capten Pepperrell fod y gwŷr a fu'n disgwyl ar y lan am y *Mimosa* yn gwybod eu bod wedi cyrraedd. Ychydig yn ddiweddarach, clywyd ergyd gwn croesawgar o gyfeiriad y tir ac yn y man gwelwyd cwch bychan yn nesu atynt.

Rhai munudau'n ddiweddarach, dringodd dau ymwelydd ar fwrdd y llong. Roedd golwg batriarchaidd dros ben ar un o'r rhain. 'Fe yw e! Lewis Jones!' llefodd lleisiau eiddgar o blith y dorf ac fel yr ymunodd y gwron hwnnw â'i gyd-wladwyr cynigiodd rhywun y dylent weiddi hwrê i ddathlu pen y daith. Datseiniodd y banllefau gan ddryllio tawelwch oesol y bae fel magnelau trystfawr a dirgrynu coed lluddedig yr hen *clipper*. Sylwodd Megan ar y dagrau mawr a lifai i lawr gruddiau ei thad. Pan welodd ef hi'n syllu arno, cywilyddiodd ac meddai'n gryg wrth ei wraig, 'Byddai'n well i ti a Megan fynd i roi'n pethe ni at ei gilydd, Gwen. Dylen ni baratoi ar gyfer y glanio.'

Wrth iddo lefaru, clywsant lais croyw Lewis Jones yn croesawu'r arloeswyr i Batagonia.

'O'r gore, Glyn,' atebodd hithau. Er gwaethaf ei hawydd i glywed neges yr arweinydd, ni feiddiai herio gorchymyn ei gŵr. 'Dere, Megan,' meddai wrth ei merch. 'Awn ni. Tomi! Ble rwyt ti?'

Yn ofer y chwiliodd Gwen Thomas o'i hamgylch am ei mab. Roedd y gwalch hwnnw wedi sleifio drwy'r dorf nes cael ei hun yn y rhes flaen. Gwrandawai'n astud ar yr areithydd enwog gyda chymaint o barch â phetai hwnnw'n gennad dwyfol, disglair, newydd ddisgyn o'r nef.

Ymwthiodd y ddwy fenyw gyda llawer o anhawster drwy'r dorf a dychwelyd o'r dec i'w stafell islaw. Yno, dyma fwrw ati ar unwaith i sortio a phacio eu pethau. Cyn lleied o bethau! Llwyddwyd i gynnwys y cyfan mewn hen goffr teithio pren, bregus a chanolig ei faint, wedi'i addurno â gwaith pres. Roedd caead crwm y coffr â'i orchudd o ledr mewn cyflwr gwachul a Glyn wedi bygwth ei blant â chosbau difrifol pe meiddient ei ddefnyddio fel eisteddle.

Cyllyll, ffyrc, llwyau a llestri, dwy neu dair o sosbenni, dau bâr yr un o gynfasau gwely a charthenni, ychydig ddillad yn ychwanegol at y rhai oedd amdanynt, tipyn o de, siwgr a blawd – dyna'r cyfan a feddai'r teulu heblaw am y Beibl mawr, y llyfr emynau a sypyn o lyfrau eraill.

Aeth y ddwy ati i gasglu'r petheuach hyn at ei gilydd yn llwydolau'r caban cul. Wrth blygu'r dillad gwely a phacio ac ailbacio'r coffr, cyfnewidient ambell air ynglŷn â'r lle priodol i ddodi'r naill beth neu'r llall gan newid eu meddyliau'n ddryslyd fwy nag unwaith. Er na roddasant eu teimladau mewn geiriau, yr un rhai a gythryblai'r ddwy: cyffro a gobaith yn gymysg â phryder ynglŷn â'r hyn a allai eu hwynebu yn yr estron dir.

Siomedig iawn, heb os nac oni bai, fu'r olwg gyntaf ar y wlad: nid oedd yr anialdir moel, di-liw a welid o'r dec yn debyg o gwbl i'r wlad ffrwythlon, ir yn gorlifo o laeth a mêl a ddisgrifiwyd gan hyrwyddwyr y fenter. Ond ni roddasant eiriau i'w gofidiau. Byddai'n rhaid aros i weld sut y datblygai pethau, gan obeithio y byddai'r ardal y sefydlent wladfa ynddi yn fwy deniadol na'r diffeithwch hwn. Ymddiriedai Gwen yn llwyr yn noethineb y gwrywod a châi gysur o feddwl mai'r 'dynion sy'n deall y pethach hyn'. Ni chwynodd unwaith. Fe'i cynhelid gan ffydd a gostyngeiddrwydd a'i galluogai i oresgyn pob profedigaeth. Ei dyhead pennaf hi a'i merch yn awr oedd ymadael â'r 'carchar tywyll du' y buasent ynddo ers deufis. Yn ystod y cyfnod hwnnw, a ymddangosai'n dragywydd ar adegau, daethant i ffieiddio awyrgylch drymaidd, ddrwgsawrus y cabanau a chyni eu hamgylchiadau.

Buont wrthi am ymron i deirawr yn ffwdanu fel hyn ac roedd yn tynnu at hanner dydd pan glywodd y ddwy fenyw, uwch eu pennau, sŵn traed torf ar gerdded. A barnu oddi wrth y trwst, roedd pawb yn mynd i baratoi ar gyfer ymadael â'r llong.

Dychwelodd Glyn yn y man. Roedd golwg boenus o

26

ddifrifol ar ei wyneb a chrychau dwfn ar ei dalcen wrth iddo agor y llen a gymerai le drws i'r caban. Adwaenai Gwen yr edrychiad a gofynnodd iddo ar unwaith,

'Oes rhywbeth yn bod, Glyn?'

Ymdrechodd i swnio'n ddidaro, eithr yn ofer. Crynai ei llais a gwegiai ei choesau dani.

'Nac oes, nac oes . . . '

Bradychai goslef yr ateb siomedigaeth Glyn Thomas.

'Dim ond . . . nac oes cymaint o frys. Y gwir yw, fory byddwn ni'n glanio. Nac yw'r dynon wedi cwpla'r trefniade ar gyfer ein lletya ni man'co.'

'Fory?' ebe Megan a syndod yn ei llais a chan bletio'i sgert yn ffyrnig â'i bysedd. 'O, na, Mam! Bydd rhaid inni ddadbacio'r cyfan a bydd yr holl waith 'na'n ofer!'

Tawodd ei thad y brotest gydag un ystum bygythiol â'i law ac ychydig eiriau, 'Caea di dy ben! Fel 'ny mae hi, a 'sdim allwn ni 'neud i newid pethach!'

Trodd Glyn ar ei sawdl ac ymadael. Nid oedd am orfod dyfeisio esboniad annelwig ac ansicr ynglŷn â'r sefyllfa ar y tir; swydd ddigon anodd oedd cadw ei amheuon a'i bryderon ei hun dan reolaeth a dychwelodd at y dynion eraill i gyfnewid syniadau, i geisio deall yr hyn oedd wedi digwydd ac a allai ddigwydd. Er i Lewis Jones ddatgan bod y rhagolygon yn ardderchog ac addo y cyrhaeddai cyflenwad digonol o fwyd cyn bo hir, y gwir, serch hynny, oedd fod pethau'n dechrau ymddangos yn wahanol iawn i'r hyn a addawyd yr ochr draw i'r Iwerydd.

Ar eu pennau eu hunain eto, syllodd y fam a'i merch i lygaid ei gilydd. Dan ryw orfodaeth fewnol, camodd Gwen at ei merch a lapio'i breichiau'n dynn amdani. Dechreuodd Megan wylo'n hidl ar yr ysgwydd a'i gwarchodai. Wylofain tawel ydoedd a'i unig arwydd allanol oedd cryniadau bychain, rheolaidd ei hysgwyddau. Gwnaeth y fam ei gorau i'w rheoli ei hun ond yn y man dechreuodd hithau feichio wylo.

Buont yn cysuro ei gilydd orau gallent am rai munudau,

hyd nes y cyrhaeddodd Tomi â'i wynt yn ei ddwrn a gwên fawr ar ei wyneb. Ciliodd ei lawenydd o weld dwyster ei fam a'i chwaer. Safodd yn fud dan syllu arnynt am rai eiliadau, heb wybod sut i ymateb. Yna meddai'n betrus,

'Megan . . . Allet ti ddod 'da fi am funud?'

O glywed ei lais, ymwahanodd y ddwy fenyw ar unwaith, fel petai arnynt gywilydd o gael eu dal ynghanol rhyw anfadwaith ond dychwelodd hunanfeddiant Gwen ar amrantiad,

'Cer di gydag e, 'nghariad i,' meddai â phendantrwydd yn ei llais tra mwythai foch ei merch. 'Fe ofala i am y dadbacio. Mae'n rhaid iti ddechre ymgyfarwyddo â bod ma's yn yr haul eto, wyddost ti! A phaid ti â becso am beth ddwedodd dy dad,' ychwanegodd pan welodd yr amheuaeth ar wyneb Megan. 'Rwy'n rhoi 'nghaniatâd i iti. Wyt ti'n deall?'

Dychwelodd y wên dlos nas gwelwyd ers dyddiau i oleuo wyneb Megan.

'O'r gore, Mam!' meddai. 'Diolch yn fawr! Dere, Tomi! Dere!'

Rhedodd y ddau ar hyd y *gangways* i gyfeiriad yr ysgol a esgynnai i'r dec. Ar y drofa olaf, bu raid i Megan ildio i'w chwilfrydedd. Bachodd fraich ei brawd bach a holi,

'Welaist ti e, Tomi?'

Nid oedd hi wedi bwriadu yngan yr un gair y gellid ei glywed gan neb ond datseiniai ei chwestiwn drwy'r coridor cul. Oedodd y crwtyn i gael ei wynt ato cyn ateb. Gwylltiodd ei chwaer. 'Dere nawr, Tomi,' gorchmynnodd. 'Ateb fi!'

'Do, Megan. Welais i e. Mae gen i neges iti.'

'Neges! Pryd rhoddodd e hi iti? Dwed wrtha i! Dwed wrtha i ar unwaith!'

'Sbel fach yn ôl. Cyn i'r cwch 'madael.'

'Pa gwch?' holodd y ferch ifanc wedi ei chynhyrfu drwyddi. Cydiodd yn Tomi gerfydd ei ysgwyddau a'i ysgwyd yn chwyrn. 'Am beth wyt ti'n clebran? Wyt ti am roi ateb teidi imi ai peidio?'

'Odw, odw, Megan,' crygodd Tomi. 'Gas e a'r bechgyn eraill ganiatâd y Capten i adael y llong. Maen nhw am ddechre chwilio'r tir, i weld allan nhw gyrraedd yr afon ac . . . '

'Y bechgyn eraill? Pwy? Faint ohonyn nhw oedd? Ddywedodd e rywbeth arall wrthot ti?'

Edrychodd y bachgen ar ei draed, yn ymwybodol ei fod yn rhan o gyfrinach a fuasai'n digio'i dad.

'Fe ddywedodd e 'i fod e'n dy garu di. A . . . bod e'n mynd i gadw'i addewid . . . a chyrraedd 'co o flaen neb arall.'

Daeth lwmp mawr i lwnc Megan. Esgynnodd yn araf i'r dec heb yngan gair, mynd at y canllaw ar ymyl y llong a syllu tua'r tir. Gwelodd ddynion yn cerdded yn ôl a blaen ar bwt o draeth wrth droed un o'r clogwyni ac yng nghyffiniau ffens o ryw fath, ond gan fod y *Mimosa* wedi ei hangori ymhell oddi wrth y lan ni allai adnabod neb o'r gwŷr. Ochneidiodd, caeodd ei llygaid a gweddïo.

Manteisiodd Tomi, a safai wrth ei hymyl, ar y ffaith nad oedd ei chwaer yn ei wylio i dynnu'n llechwraidd o'i boced gyllell boced fechan a'i charn wedi ei wneud o asgwrn. Dyma'r wobr a roddodd Dafydd iddo am fod yn llatai,

Os gofynnan nhw iti, dwed dy fod ti wedi dod o hyd iddi ar lawr yn rhywle . . . Wyt ti'n addo?

Ydw, syr, rwy'n addo.

Ufuddhaodd y crwtyn. Gwyddai bwysigrwydd cadw adduned. Roedd honno'n egwyddor a glywsai'n aml o enau ei rieni: rhaid parchu adduned a chyfrinach.

Tra caeai Tomi'i law yn dynn am y gyllell oedd yn ei boced adlewyrchai ei wyneb diniwed y balchder a deimlai oherwydd ei fod, am y tro cyntaf erioed, yn berchen ar arf mor werthfawr. Ni fyddai'n ddiamddiffyn pe ymosodid arno gan yr anwariaid y clywsai amdanynt gan Megan. Pe deuai angen gallai ei hamddiffyn hi a'r teulu cyfan.

Ymsythodd Thomas Joseph Thomas megis milwr dewr a ffyddlon. Heriodd â balchder gwrywaidd cyn-amserol oerwynt diwedd y prynhawn wrth graffu ar y tir anghyfannedd.

Dychmygodd ei hun yn ymladd â'r diafoliaid a fu'n tarfu ar ei gwsg ers wythnosau. Efallai bod yr ellyllod hynny'n ymguddio ar y llethrau dieithr uwchlaw'r traeth, a'u bod yn gwylio pob symudiad o'i eiddo y funud honno.

Efallai nad oedd yn camsynied.

IV

Lle prysur iawn oedd y lanfa ar fore'r 28ain o Orffennaf, 1865. Gorchwyl araf a phoenus oedd dadlwytho'r teithwyr ynghyd â'u coffrau, eu cistiau, eu bagiau a'u gêr i gyd oddi ar y llong. Bu llawer o gecru a chweryla pan ddaeth yr amser i fynd i'r cychod gan fod llawer yn meddwl y gallai'r garfan gyntaf i lanio hawlio'r llochesi gorau a siâr helaethach o'r nwyddau a'r bwydydd a gedwid mewn storfa i'w dosbarthu ymhlith y gwladfawyr.

Gobeithion twyllodrus oedd y rhain. Cafwyd, wedi glanio, fod y ddarpariaeth yn wahanol iawn i'r disgwyl. Nid oedd y llety ond hoewal cyfyng, simsan, na wnâi lawer i warchod ei breswylwyr rhag yr oerwynt a chwythai o'r môr. Ac am y 'storfa' y soniwyd cymaint amdani, ffos oedd honno, wrth droed un o'r clogwyni, a'i chynnwys ymhell o fod yn ddigonol i ddiwallu anghenion y fintai.

O'r diwedd, daeth tro'r teulu Thomas i adael y llong. Wrth i'r bad nesu at y lan, fe'u synnwyd gan grinder diflas y wlad y tu hwnt i'r traeth. Y rhyfeddod pennaf oedd nad oedd yr un goeden i'w gweld yn unman.

Daethant yn ymwybodol o'r tensiynau a gyniweiriai ymhlith eu cyd-arloeswyr gynted ag y cyffyrddodd eu traed â'r tywod. Enynnodd dieithrwch ac ansicrwydd eu hamgylchiadau lawer o anghydfod a ffraeo ymhlith y newydd-ddyfodiaid, er gwaethaf areithiau huawdl, tanbaid Edwin Roberts a addawai bethau gwych iawn i ddyfod pan gyrhaeddent ddyffryn Chubut.

Wedi iddynt roi'r drefn orau y gallent ar eu heiddo tlodaidd cydweithiodd Glyn a'i deulu gyda'r lleill i gyflawni nifer o dasgau cyffredinol a chymunedol. Prif orchwyl y menywod oedd sicrhau cyflenwad o ddŵr glân ar gyfer yfed, coginio a golchi'r dillad. Dywedwyd wrthynt fod ffynnon i'w chael y tu draw i fryncyn, oddeutu tair milltir oddi wrth y gwersyll. Heb feddwl ddwywaith, casglodd rhyw ugain o ferched a gwragedd lestri o bob math a chychwyn am y fan er ei bod hi'n hanner awr wedi pump y prynhawn erbyn hynny a'r machlud gaeafol yn cochi'r wybren.

Sychdir caregog oedd dan draed wrth iddynt ymlwybro dros lethrau geirwon, trwy gymoedd culion a thros elltydd twmpathog gan geisio osgoi cangau a phigau llwyni a pherthi. Ar wahân i'r manwydd, gweiriau crin a chwyn diolwg oedd yr unig blanhigion a welent. Nid oedd na deilen na gwelltyn y gellid eu cynnig yn ymborth i ddyn nac anifail. Chwythai awel iasol yn gyson o gyfeiriad y môr i ychwanegu at eu hanghysur.

Roedd yn tywyllu erbyn iddynt gyrraedd hanner ffordd ac mewn ymdrech i anwybyddu eu trallodion a'u gofidiau dechreuodd rhai sgwrsio a chlebran mewn lleisiau uchel.

Prif destun yr ymgomio swnllyd oedd y digwyddiadau diweddaraf. Credai'r rhai mwyaf gobeithiol, ar ôl clywed areithiau Lewis Jones ac Edwin Roberts, y byddid yn goresgyn yr anawsterau presennol mewn byr o dro gan fod y Dyffryn yn lle mor fendigedig. Ond ofnai eraill na fyddai eu hamgylchiadau fawr gwell yn y Dyffryn gan ofyn sut y gallai rhywle oedd mor agos at eu gwersyll fod mor wahanol i'r diffeithwch hwn, mor baradwysaidd, yn ôl disgrifiadau'r arweinwyr.

Pallai'r drafodaeth ar adegau gan fod angen pob mymryn o anadl arnynt i fynd yn eu blaenau. Wrth i'r nos gau amdanynt yn frawychus o sydyn meddiannwyd y fintai fenywaidd gan ofn. Lleisiwyd pryder ynglŷn â'r peryglon anweledig a allai fod yn eu hamgylchynu a chyfeiriodd rhywun at y si bod un o'r chwe llanc a gychwynnodd am y Dyffryn y prynhawn cynt wedi mynd ar goll. Roedd wedi mynnu mynd yn ei flaen ar ei ben ei hun. Dywedyd i'r pump arall chwilio amdano'n ddyfal ond yn ofer ac nad oedd gan neb y syniad lleiaf ble y gallai fod.

'Glywis i mai Dafydd Williams ydi'r un sy heb ddŵad yn ei ôl,' meddai un o'r menywod.

Neidiodd calon Megan mewn gwae pan glywodd y geiriau a buasai wedi cwympo pe na bai wedi cydio ym mraich ei mam. Syllodd Gwen ar ei merch heb ddweud gair ond roedd ei llygaid yn llawn cydymdeimlad. Bu gweddill y siwrnai'n benyd i Megan. Dyheai am gael dychwelyd i'r gwersyll i holi am hynt a helynt ei chariad.

Daeth pen y daith o'r diwedd: pwll o ddŵr glaw mewn pant rhwng dau fryncyn isel a phelydrau olaf y machlud yn cochi ei ddyfroedd. Siom ar ben siom. Roedd y pwll yn fas a'r dŵr yn fudr. Rhaid oedd iddynt gamu i mewn iddo i lenwi'r siwgiau, y potiau a'r sosbenni a chan fod y llaid yn llithrig, cafwyd mwy nag un drochfa annymunol; yn y man roedd y rhan fwyaf yn wlyb at eu crwyn. Ac wedi hyn i gyd, edrychai'r hylif cleiog a led-lenwai'r llestri yn fwy fel llaeth wedi ceulo na dŵr croyw un o nentydd Cymru.

Aeth yr orchwyl yn fwyfwy beichus wrth i ragor o fenywod gwympo i'r dŵr lleidiog yn y tywyllwch. Roedd hi'n enbyd o oer erbyn hyn ac fel y fagddu. Sylweddolwyd nad tasg hawdd fyddai dychwelyd i'r gwersyll yng ngolau egwan y sêr.

Cododd anghydfod rhwng y merched iau a fynnai ddychwelyd i'r gwersyll, doed a ddêl, a'r rhai hŷn a ofnai beryglon amlwg dychwelyd yn y tywyllwch – anafiadau, mynd ar ddisberod – ac a ddadleuai dros aros yn y fan a'r lle tan y bore. Yr ail safbwynt a orfu wedi llawer o anghydfod blin a dagreuol a threuliwyd y noson rewllyd honno mewn hafn wrth droed un o'r bryniau, yn swatio'n glòs yn ei gilydd mewn ymdrech hollol ofer i gadw'n gynnes.

Yn fuan wedi iddynt noswylio, tarfwyd ar ddistawrwydd

llethol y diffeithwch gan leisiau pell yn galw arnynt. Roedd rhai o'r dynion yn chwilio amdanynt ac, yn y gobaith o allu dychwelyd i'r gwersyll cyn toriad gwawr, cododd y menywod eu lleisiau hwythau ond ni chlywodd y dynion hwy, pellhaodd y bloeddio a bu distawrwydd mawr unwaith eto.

Gan fanteisio ar dywyllwch cydymdeimladol y nos, rhoddodd Megan benrhyddid i'w galar. Ffrydiodd y dagrau i lawr ei gruddiau oer wrth iddi feddwl am Dafydd. Daliai i ymddiried yng ngraslonrwydd Duw a gobeithiai fod ei chariad wedi cyrraedd y Dyffryn a dewis tir iddynt godi cartref arno – cartref y buont ill dau'n breuddwydio amdano. Roedd Dafydd yn bownd o lwyddo yn unrhyw beth a wnâi . . .

Y munud hwnnw, rai milltiroedd o'r fan, syllai Dafydd Williams fry ar yr un sêr tra gorweddai yng nghysgod crugyn o greigiau, yn hiraethu am y ferch a garai. Er iddo gael ei lorio gan newyn a syched nid oedd am gyfaddef wrtho'i hun ei fod ar goll yn eangderau anial Patagonia. Gydol y dydd, bu'n dringo'r bryniau uchaf yn y gobaith o weld afon, dyffryn neu arfordir a gyfeiriai ei gamau'n ôl at ei gyfeillion; er mawr siom a diflastod iddo, ni chanfu ond llethrau, pantiau a hafnau. Tirwedd faith, undonog, ddigyfnewid; magl anferth, angheuol i fforiwr dibrofiad. Treiddiodd yr oerfel gaeafol i fêr ei esgyrn. Ei unig gynhaliaeth oedd enw Megan, a lefarai weithiau fel gweddi.

Fore trannoeth, pan gyrhaeddodd y gwrywod, chwalodd nerfau Megan yn llwyr. Cyfogodd a buasai wedi cwympo oni bai i'w mam afael amdani a llwyddo, er gwaethaf ei gwendid hi ei hun, i gynnal ei merch hyd nes i'r pwl fynd heibio.

'Druan fach, druan fach,' murmurodd Gwen Thomas. 'Cest ti fraw ofnadw, on'd do fe? Dyna fe. Awn ni'n ôl nawr at Tada a Tomi.'

Dyna'r cyntaf o gyfres o anhwylderau boreol a ddioddefodd Megan Thomas yn ystod y misoedd canlynol. Am hir, oherwydd ei diniweidrwydd a'i hanwybodaeth, nid oedd ganddi unrhyw amcan beth a achosai'r salwch.

V

Wedi misoedd maith, gofidus o siom a chywilydd teuluol, daeth yn bryd i Megan roi genedigaeth i'r baban a fu'n prifio yn ei chroth.

Ni siaradai ei thad â hi am ran helaeth o'r cyfnod. Teimlai fod enw da'r teulu wedi ei sarnu am byth. Nid oedd Gwen Thomas wedi taro Megan na'i brawd erioed, ond pan sylweddolodd beth oedd gwreiddyn y drwg, cododd ei llaw, gyda'r bwriad o roi bonclust i'w merch; ond, o weld wyneb gwelw, dychrynedig geneth a heneiddiwyd yn ifanc gan ddiflaniad ei chariad, ymataliodd.

Wrth i'w bol chwyddo fwyfwy o ddydd i ddydd gan ddatgelu i'r byd ganlyniad ei chnawdolrwydd pechadurus, argyhoeddwyd yr eneth druan fod pobl yn ei chystwyo â'u llygaid. Yn y cyflwr hwnnw y troediodd hi *via crucis* y Gwladfawyr drwy'r anialwch rhwng yr arfordir a glan afon Camwy.

Pur aflwyddiannus fu ymdrechion cynharaf yr arloeswyr i ymdopi ag amgylchiadau a ffordd o fyw oedd mor ddieithr iddynt. Dangosodd cynhaeaf pitw haf 1866 nad oedd llawer o raen ar eu hamaethu. Ac erbyn hynny, roedd y gynhaliaeth a ddarparwyd gan lywodraeth yr Ariannin bron â darfod.

Adlewyrchai sefyllfa'r teulu Thomas argyfwng cyffredinol y Wladfa. Roeddynt, fel y rhan fwyaf o'r teuluoedd, wedi ymsefydlu yng nghyffiniau caer fechan betryal ac iddi gloddiau pridd y rhoddodd y fintai gyntaf hon yr enw 'Caer Antur' iddi, ond a adwaenid yn ddiweddarach fel 'Yr Hen Amddiffynfa'. Nid oedd y bwthyn y trigent ynddo fawr gwell na chwt o bridd, gwellt a choed. Fe'u gormeswyd, fel gweddill y fintai, gan newyn, unigrwydd ac ansicrwydd dybryd ynglŷn â'r dyfodol.

Y diwrnod tyngedfennol a ddaeth. Un min nos, tra oedd Glyn Thomas mewn cyfarfod o Gyngor y Wladfa, dechreuodd ei ferch deimlo poenau'r esgor. Bwriad gwreiddiol Gwen oedd ymgymryd â swyddogaeth y fydwraig heb gymorth neb ond buan y sylweddolodd nad oedd yn atebol i'r gwaith ac anfon Tomi i ymofyn help cymdoges.

Cyrhaeddodd Sarah Jones yn ddi-oed er mai ei hunig gymhwyster oedd bod yn fam i dri o blant. Tra ceisient galonogi Megan a hwy eu hunain â sylwadau gobeithiol aeth y ddwy fenyw ati i roi crochenaid o ddŵr i ferwi ar y tân ac anfonwyd Tomi i chwilio am ragor o goed tân.

'Mae'n brifo, Mam,' cwynai Megan bob hyn a hyn mewn llais isel dan wingo ar ei gwely. Roedd wedi etifeddu gwytnwch cyneddfol cenedlaethau o fenywod cryfion a dim ond pan âi'r boen yn hollol annioddefol y clywid hi'n llefain. Roedd wedi ei magu i ddioddef yn dawel.

'Bydd di'n ddewr, Megan,' meddai Sarah i'w chysuro hi ei hun lawn cymaint â'r ferch ifanc. 'Paid di ag ofni. Rydyn ni 'da ti.'

'Cer di i moyn rhagor o goed, Tomi,' meddai Gwen Thomas a chwilotai am gyflenwad digonol o lieiniau a chlytiau glân.

Rhoddodd yr eneth gri ingol. Brathai'r poenau ei hymysgaroedd yn amlach ac yn fwy ciaidd yn awr. Rhuthrodd y ddwy fenyw ati gyda chynghorion a ddeilliai o'u profiadau hwy eu hunain fel mamau. Yr unig gymorth ymarferol y gallent ei gynnig oedd anogaeth i'r ferch druan ddal ati i wthio pan ofnent fod ei nerth a'i hewyllys yn pallu.

Ymdrechai Megan yn lew ond milwriai llu o ffactorau yn ei herbyn. Roedd yn hollol anwybodus ynglŷn â'r hyn a ddigwyddai iddi ac ar ben hynny perai ei phryder a'i hymdeimlad o gywilydd i'w chyhyrau dynhau yn lle ymlacio. Gwaethygwyd ei sefyllfa hi a'r baban ymhellach oherwydd bod hwnnw'n awr mewn caeth gyfle a rwystrai ei enedigaeth. Ofnai'r ddwy fydwraig amhrofiadol y byddent yn colli'r fam a'r plentyn.

Yn ffodus, ymatebodd Sarah Jones i ddifrifoldeb y cyfwng yn gadarnhaol ac yn benderfynol. 'Rydw i'n mynd i nôl Mrs Davies. Fydda i'n ôl mewn dau funud!' meddai wrth Gwen ac allan â hi.

Roedd Mrs Hannah Davies yn fenyw gref yn feddyliol ac yn gorfforol. Ymgymerasai â dyletswyddau'r fydwraig pan adawsai'r Dr Green, meddyg y fintai, am Buenos Aires. Aethai hwnnw i'r brifddinas fel aelod o ddirprwyaeth a anfonwyd i drafod dyfodol y Wladfa gyda'r Llywodraeth ac aros yno. Y cyfan a adawsai ar ei ôl oedd ychydig o ffisig a thabledi na wyddai neb sut i'w defnyddio.

Teimlai Gwen fymryn yn well pan ddychwelodd Sarah gyda Hannah Davies gan fod honno'n fam i dyaid o blant ac wedi gweithio fel nyrs mewn ysbyty ym Mangor hefyd. Er bod Mrs Davies yn nesu at oed yr addewid perthynai iddi harddwch aeddfed a chadernid cymeriad a fynnai barch pawb a'i hadwaenai. Bwriodd iddi'n egnïol ar unwaith gan orchymyn i'r ddwy gynorthwywraig nerfus gynnal cluniau Megan tra byddai hi'n hyrwyddo'r enedigaeth gydag anogaethau a chyfarwyddiadau pwrpasol i'r fam.

Yn y cyfamser, roedd Tomi, yn llawn arswyd, wedi dianc am ei fywyd ar ôl gosod y pentwr olaf o goed tân ger y drws.

Oni bai am ymyrraeth Mrs Davies, buasai aflwydd o'r mwyaf wedi dod i ran y teulu Thomas. Ond diolch iddi hi, er gwaethaf yr enedigaeth helbulus, daeth aelod bychan newydd i'w plith. Llanwodd ei lefain y bwthyn tlawd gan ddiasbedain hyd at lan afon Camwy ac ymgolli yn nhywyllwch y cyfnos.

Roedd y crwt yn gryf ac yn iach. O bosib mai dyna'i unig fanteision mewn bywyd. Amgylchynid ef gan lu o anfanteision y 13eg o Ebrill hwnnw ym 1866, pan y'i ganwyd yn un o fannau mwyaf anghysbell ac anghyfannedd y ddaear, ynghanol diffeithwch Patagonia, yn fab i fam y bu rhaid iddi am flynyddoedd wadu ei bod hi'n fam iddo, a heb dad na chyfenw tadol.

Bedyddiwyd y bachgen yn Ifor Randal Thomas gan fod Glyn a Gwen, heb adael i Megan leisio barn ar y mater, wedi penderfynu ei fagu fel mab iddynt hwy. Am rai blynyddoedd, dim ond nifer fechan o'u cydnabod a wyddai i sicrwydd nad brawd Megan a Tomi oedd y bychan.

Ond peth bregus yw cyfrinach ac mae'n anochel y datgelir hi ryw ddydd. Drwy hap a damwain y digwydd hynny fynychaf, er gwaethaf pob ymdrech i'w gwarchod. A hyd yn oed pan fo cyfrinach wedi ei hysgogi gan gymhellion anrhydeddus a didwyll, ni ellir rhag-weld canlyniadau'r datgelu.

VI

Rhai poenus oedd atgofion cynharaf Ifor Thomas, fel petaent wedi cael eu serio ar ei ymwybyddiaeth gan haearn eirias. Fe'u cysylltai ag awyrgylch ddioddefus a rhwystredig ac â dagrau tawel, digalon a dihysbydd dwy fenyw.

Er nad oedd Ifor eto'n deirblwydd oed ar y pryd, cofiai haf 1869 fel cyfres o ddelweddau annelwig a thorcalonnus: golygfeydd o ofid a dicter teuluol yn wyneb trallod yn gymysg ag ymwybyddiaeth o bresenoldeb dŵr ymhobman. Byddai'r delweddau hynny'n ymddangos yn ei freuddwydion yn gyson, weddill ei oes. Nid anghofiodd Ifor fyth wylo ingol Gwen a'i gruddiau llaith na chwaith lifogydd difaol y mis Ionawr hwnnw pan dorrodd afon Camwy dros ei glannau wedi dyddiau lawer o law trwm, gan foddi llawr y Dyffryn ac ysgubo ymaith mewn amrantiad, fel deiliach ysgafn, y cnydau a ddisgwylid ar ôl misoedd lawer o galedwaith. Atgof pennaf Ifor oedd ef ei hun yn eistedd ar gefn yr hen gaseg farchogaeth a Tomi'n ei thywys wedi i'r afon lifo i mewn i'w cartref ar y lan ogleddol, nid nepell o dref Rawson a'u gorfodi hwy a'u cymdogion i ffoi tua'r bryniau ac aros yno hyd nes y ciliodd y dyfroedd.

Mewn trol fechan, ddiochrau o wneuthuriad y penteulu y teithiai Gwen a Megan y noson honno a'u hunig geffyl gwedd yn tynnu'r cerbyd. Eisteddent yn fud a digalon ar ymyl ôl y drol a'u llygaid gofidus ar y llwyth a ysgytwid yn ddiarbed gydol y siwrnai – plancedi, crwyn, ychydig ymborth i'r anifeiliaid a darn mawr o gynfas i'w droi'n babell a fyddai'n eu cartrefu yn ystod alltudiaeth yr wythnosau nesaf. Cyn ymadael, yr oeddynt wedi clymu hynny a allent o'r eiddo a adawyd wrth drawstiau nenfwd y bwthyn.

Dilynai Glyn yr orymdaith fechan ar droed, a'r dŵr at ei bengliniau, gan yrru o'i flaen ddwy fuwch anystywallt a oedd yn benderfynol o fynd eu ffordd eu hunain er gwaethaf gorchmynion croch eu meistr.

Codwyd y babell gyntefig o gynfas, polion a rhaffau ar gopa un o'r bryniau ac adeiladwyd ffwrn o bridd a meini ddwylath oddi wrthi. Ymgymerodd Tomi â'r gorchwyl o gynnau tân. Gwnaeth hynny'n ddigymell gan ymfalchïo yn ei gyfraniad – prawf pellach, yn ei farn ef, ei fod yn awr yn ddyn.

Y noson honno, wrth iddo syllu oddi ar y llethr moel, digysur ar y dilyw a lanwai'r dyffryn islaw gan ddifetha cartrefi a meysydd, uniaethwyd y bachgen, Ifor Thomas, â'r gyfres o drychinebau ac aflwyddiannau a ddaeth i ran y Cymry a wladychodd Ddyffryn Camwy.

Yn ddiweddarach, deuai'r digwyddiadau aflawen hyn a rhai eraill cyffelyb i dorri ar ei hun, yn bentwr blith draphlith o luniau a delweddau, gan beri iddo amau a allai hyn oll fod wedi digwydd tua'r un pryd. Bob tro y deffrid Ifor gan un o'r hunllefau hynny, ymddangosai un wyneb trallodus o flaen ei lygaid yn y tywyllwch. Wyneb Megan.

Gwelai hi'n gwasgu ei breichiau yn erbyn ei mynwes mewn ymgais i reoli'r igian ac i huddo'r gri hiraethus a godai o'i hymysgaroedd. Cydiai yn ei law fechan ef a'i gwasgu nes roedd yn brifo. Roedd rhywbeth ofnadwy wedi digwydd. Rhywbeth mor ddifrifol na ellid mo'i enwi.

Roeddynt mewn mynwent wedi eu hamgylchynu gan gerrig beddi ac arysgrifau anghelfydd wedi eu crafu arnynt. Roedd Gwen yno hefyd a nifer o ddieithriaid. Ond nid Glyn na Tomi. Pedwar dyn yn gollwng arch i fedd agored. Côr o leisiau'n anfon emyn angladdol tua'r wybren lwyd. Ai 'Lausanne' oedd y dôn? Nid oedd yn siŵr. Serch hynny, bob tro y clywai Ifor yr emyn-dôn honno llenwid ei feddwl gan yr un atgofion.

Pan flinid ef gan hunllefau a ddeilliai o brofiadau bore oes, ofnai Ifor ei bod am ddechrau glawio ac y dychwelai'r dilyw i droi'r Dyffryn yn llyn anferth a'i erlid ef a'i deulu o'u cartref eto. A byddai'r dŵr yn llenwi'r arch a ollyngwyd i'r bedd gan bydru corff y dyn a orweddai ynddi nes chwyddai'r corff a dryllio'r ystyllod brau.

Pan ddaeth i oedran dyn, deallodd Ifor na allai golygfa olaf yr hunllef fod yn wir gan mai ysgerbwd di-gnawd yr ymadawedig ynghyd â'r carpiau oedd amdano pan fu farw a ddodwyd yn yr arch. Ac yntau'n dal yn fachgen, synhwyrai fod a wnelo ef ei hun rywbeth â'r dyn, rhywbeth cyfrinachol a chywilyddus na ddylid sôn amdano. Amlygid hynny gan agwedd y galarwyr ato. Gan y menywod a'i cusanai ac a'i cofleidiai. Gan y gwrywod a fwythai ei foch ac a osodai eu dwylo geirwon yn dyner ar ei gorun. A'r dagrau hallt a wylai Megan.

Aeth blynyddoedd heibio cyn y bu modd i Ifor Thomas gysylltu'r argraffiadau hynny ag angladd ei dad. Ni ddywedwyd wrtho ar yr achlysur hwnnw nac am amser maith fod corff Dafydd Williams wedi ei ddarganfod ar hap, bedair blynedd ar ôl ei ddiflaniad, yn gorwedd yng nghysgod perth, ychydig filltiroedd o dref Rawson. Ni ddywedwyd wrtho chwaith mai'r dieithryn a gladdwyd y diwrnod hwnnw oedd ei dad, mai ei daid oedd y gŵr a alwai'n dad ac mai'r ferch y tybiai ei bod yn chwaer iddo oedd ei fam.

Tomi fyddai'r unig un a allai helpu Ifor, maes o law, i ddygymod â'r wybodaeth arw hon ac un peth a fyddai'n aros yn hollol ddigyfnewid oedd argyhoeddiad yn nwfn ei enaid fod Tomi ac yntau'n frodyr. Mai Tomi oedd ei 'frawd mawr'.

Dyna argyhoeddiad y ddau hyd y diwedd.

VII

Ar lin Megan y dysgodd Ifor ddarllen a sgrifennu.

Dechreuodd ei 'chwaer' roi gwersi beunyddiol iddo, yn amyneddgar a chydwybodol iawn, pan gafodd ei ben-blwydd yn chwech ac nid mympwy a achosodd mai'r gair cyntaf y llwyddodd i'w sgriffio oedd 'MAM'. Ni fynnai hi i unrhyw athrawes arall dderbyn y fraint honno. Gwyddai na chynhyrfid neb fel hi gan ymdeimlad dwfn o berthyn o weld y gair yn llawysgrifen ei mab bychan.

Pan flinai'r crwtyn ar lafurio gyda'r ysgrifbin câi wrando ar stori, gwobr a fyddai bob amser wrth ei fodd. Yn ystod awr y *siesta* y digwyddai hyn, fel arfer, dan gangau un o'r coed helyg ar lan yr afon; gwrandawai Ifor yn astud, wedi ei gyfareddu'n llwyr gan ymweliadau â bydoedd rhyfeddol ac anghyfarwydd. Deunydd darllen y gwersi hyn oedd cynnwys y llyfrgell fechan a ddaeth o Gymru gyda'r teulu: y Beibl a'r llyfr emynau a phedwar neu bump o lyfrau plant yn yr iaith Saesneg, cyfrolau y bu eu straeon a'u lluniau'n diddanu Megan a Tomi pan oeddynt yn iau. Dyna sut y daeth Ifor yn gyfarwydd ag iaith Shakespeare yn ifanc iawn a bron yn ddiarwybod iddo ef ei hun.

O ddyddiau cynharaf maboed, siaradai'r bachgen bedair iaith yn lled rugl. Yn ogystal â'r Saesneg a ddysgodd Megan iddo, a'r Gymraeg, iaith yr aelwyd a'r gymdeithas, meddai ar ddigon o Sbaeneg i allu cyfathrebu â ffermwyr lleol a siaradai'r iaith honno, a rhywfaint o Tehuelche, iaith Brodorion yr ardal. Yn y cyfnod hwnnw, roedd llawer o Gymry'r Wladfa'n amlieithog oblegid bod y gallu i gyfathrebu â phobl o wahanol genhedloedd yn anghenraid.

Creadur diymhongar fu Ifor Thomas gydol ei oes ac ni chlywid ef byth yn brolio'i allu ieithyddol na'i ddawn gerddorol er bod honno'n ennyn edmygedd pawb a'i clywai. Roedd Ifor wedi etifeddu llais canu bendigedig ei dad a maes o law deuai'n fariton o fri ac yn enillydd gwobrau eisteddfodol dirifedi.

Symudwn ymlaen yn awr i'r flwyddyn 1874 ac Ifor Thomas erbyn hynny'n wyth mlwydd oed. Trigai'r rhan fwyaf o'r Cymry mewn ffermydd yn yr ardal o amgylch treflan Rawson, canolfan weinyddol y Wladfa, yn crafu bywoliaeth wrth amaethu a magu ychydig anifeiliaid. Dyna fu hanes y teulu Thomas.

Gyda dyrnaid o ddisgyblion eraill, mynychai Ifor yr ysgol a gynhelid yng Nghapel Glyn Du, adeilad ac iddo waliau pridd a tho gwellt. Yno yr aent gyda'u rhieni ar y Sul i'r oedfaon ac i'r Ysgol Sul. Yno hefyd y meithrinwyd dawn gerddorol Ifor Thomas ac y dechreuodd ddiddanu cynulleidfaoedd gyda'i ddatganiadau o emynau a chaneuon gwerin.

Mynychai plant o bob oedran rhwng chwech a phymtheg yr ysgol, wedi eu rhannu'n ddosbarthiadau yn unol â'u hoedrannau. Er nad oedd swydd yr athro yn un hawdd, llwyddodd, gyda llawer o ymdrech ac amynedd, a chan roi sylw unigol i bob disgybl yn ei dro, i ddarparu addysg o safon deilwng.

Difyrrwch plant drwg yr ysgol fyddai gollwng tywysennau ŷd i lawr cefnau'r plant iau a dodi drain yn y sacheidiau o wellt yr eisteddent arnynt i bigo eu penolau a'u plagio â llu o fân arteithiau cyffelyb. Anwybyddai'r athro y camymddwyn am ryw hyd ond pan âi'r pryfocio dros ben llestri cydiai yn y drwgweithredwr gerfydd ei glust a'i lusgo i gornel y stafell gyda siars i aros yno am sbel hir – er llawenydd mawr i'r dioddefwyr. Cosbwyd Tomi Thomas felly'n aml.

Fel pe na bai'r amrywiaeth oedran ymhlith y disgyblion yn ddigon i lesteirio'r broses addysgol, ychwanegwyd at yr anawsterau mewn modd annisgwyl y flwyddyn honno gan bresenoldeb Fidel, bachgen Tehuelche, a gyrhaeddodd yr ardal gyda mintai fechan o'i gyd-genedl, ar eu hynt o ranbarth Santa Cruz yn y de i dref Patagones yn y gogledd. Yn ystod arhosiad byr yn y Dyffryn, gwersyllodd y teithwyr ar lan ddeheuol yr afon gan feithrin perthynas gyfeillgar â'r Cymry. Cyfnewidiai'r Brodorion blu a chrwyn am fara maethlon a siwgwr melys y Gwladfawyr.

Mab i Iancetsial, un o benaethiaid y llwyth, oedd Fidel. Roedd yn fachgen cryf, dengmlwydd oed, gyda llond pen o ddannedd claerwyn a amlygai pan fflachiai ei wên fawr, lydan. Âi gyda'i dad bob tro yr ymwelai'r Pennaeth â *chacra* y teulu Thomas a buan iawn y daeth ef ac Ifor a Tomi'n ffrindiau mynwesol.

Ar y dechrau, bodlonai'r bechgyn ar wylio a gwrando'n astud ar drafodaethau busnes meithion yr oedolion; ebychiadau cwta a geiriau unsill Glyn wrth iddo gyflwyno ei nwyddau prin ef – bara, ambell darten, barrau haearn y gellid gwneud arfau ohonynt – ac areithiau meithion, byrlymus, dramatig Iancetsial wrth ganmol neu daeru neu fargeinio. Ar y dechrau, codai rhodres y brodor cawraidd ofn ar Ifor ond buan iawn y daeth perfformiadau'r Pennaeth yn adloniant o'r radd flaenaf iddo ef a Tomi. Chwarddai Fidel gyda hwy a chan fod cydchwerthin yn hyrwyddo cyd-ddealltwriaeth rhwng dieithriaid, buan y daeth y tri'n ffrindiau a chael mwy fyth o hwyl wrth hela'r petris castiog hyd dir y *chacra*.

Meddai Fidel ar ddoniau a'i gwnâi hi'n hawdd iddo ennyn edmygedd a chyfeillgarwch ei ffrindiau newydd. Roedd yn heliwr penigamp er mor ifanc ydoedd. Gwyddai sut i wneud trap trwy bentyrru cangau'n ddwy res a fyddai'n culhau nes diweddu mewn math o garchar a wnaed o bolion a brigau, a dangosodd i'r ddau fachgen arall sut y gellid, gydag amynedd,

44

ddenu adar gwylltion i'r fagl gyntefig. Synnodd Ifor at y ffordd rwydd a didaro y cydiai Fidel yn un o'r ysglyfaethau hynny gerfydd ei wddf a rhoi tro sydyn iddo yn yr awyr i'w ladd. Cyn bo hir, fodd bynnag, roedd y ddau Gymro yn llawn cystal dienyddwyr a dychwelent adref yn fuddugoliaethus gydag adar celain o bob math a chael croeso twymgalon gan y teulu am fod bwyd yn brin.

Buont yn cydchwarae ac yn cydhela'n ddygn am rai dyddiau a dysgu ieithoedd ei gilydd wrth wneud hynny. Ni fu Fidel fawr o dro cyn medru gofyn am y 'bara menyn' blasus ac am gael marchogaeth 'ceffyl' Tomi, Campwr; cyn hynny rhaid oedd 'cenglu' yr 'anifail' i roi'r 'oenan', y cyfrwy o groen oen, yn ei le.

'*Mon cawell, Twmi,*' erfyniai Fidel. 'Benthyg dy geffyl imi.'

'"Os gweli di'n dda",' siarsiodd Tomi i'w hyfforddi mewn cwrteisi gan wrthod cydsynio nes clywai'r geiriau hynny.

Dysgodd y ddau Gymro lawer o eiriau ac ymadroddion yn yr iaith frodorol, y rhan fwyaf ohonynt â chysylltiad â'r bywyd gwledig a'u gorchwylion beunyddiol. Dysgasant enwi'r adar a'r anifeiliaid a welent – *micewsg*/estrys, *paltn*/cadno, *pâhi*/ysgyfarnog – wrth chwarae *nafens*/hela yn y bryniau/*iorri* gerllaw.

Y peth difyrraf a ddysgodd y bechgyn oedd trin y *boleadoras* fel y gelwir y 'peli hela' brodorol yn Sbaeneg. Dangosodd Fidel iddynt yn gyntaf sut i wneud yr arf trwy lapio cerrig crynion mewn lledr a'u cydgysylltu â chordenni hir. Yna fe'u hyfforddodd i'w defnyddio a daethant yn hyddysg mewn byr o amser. Gosodwyd boncyff rhyw lathen o uchder yn solet yn y ddaear a bu'r ddau ddisgybl wrthi am oriau bwygilydd yn ymarfer chwyrlïo'r peli uwch eu pennau a'u hyrddio at y boncyff gyda'r bwriad o gael y cordenni lledr i lapio eu hunain amdano. Ymhen ychydig ddyddiau, ergydient yn ddi-ffael a'r cam nesaf oedd dysgu gwneud yr un peth ar gefn ceffyl.

Cyn bo hir teimlent yn ddigon hyderus i fynd allan i'r paith i wneud defnydd ymarferol o'u medr, a mawr fu llawenydd

Ifor a syndod ei ddau gydymaith pan lwyddodd y crwtyn i ddal estrys bychan tra marchogai ar garlam. Aethant â'r creadur yn ôl gyda hwy i'r *chacra*, lle y'i bedyddiwyd â'r enw Bobi, nas newidiwyd pan ddarganfuwyd mai banw ydoedd. Ychydig o niwed a gawsai pan y'i daliwyd; daeth ato'i hun mewn dim o amser ac fe'i mabwysiadwyd gan y teulu fel masgot hyd nes iddo brifio'n aderyn mawr, tew a fyddai wastad yn stelcian ger drws y tŷ i gardota am fwyd.

Wedi arhosiad o dair wythnos yn y Dyffryn, roedd yr ymwelwyr Tehuelche yn awyddus i fynd yn eu blaenau tua Patagones. Ychydig cyn eu hymadawiad, penderfynodd Fidel roi arddangosfa arbennig o'i orchestion fel marchog i'w gyfeillion. Parodd i Ifor a Tomi bentyrru cangau a brigau yn glwyd iddo ef a Campwr lamu drosti. Wedi pob naid, ychwanegai'r ddau gyfaill at uchder a hyd y glwyd, er mwyn gwneud y gamp yn anos – hyd nes i'r marchog dewr gwympo o'r cyfrwy ar ei hyd ar lawr a thorri ei goes.

Rhuthrodd Ifor a Tomi am y tŷ i ymofyn cymorth. Dychwelodd Glyn gyda hwy ar frys a chanfod Fidel yn gorwedd yn ddiymadferth lle y'i gadawyd. Cariodd y crwtyn yn ei freichiau i'r tŷ lle y dechreuodd Fidel ddadebru. Gosododd ef ar fwrdd y gegin a chyda help Gwen, lluniodd y penteulu sblint gadarn ac nid anghelfydd a'i dodi am y goes a anafwyd. Nid oedd Glyn yn hollol ddibrofiad fel meddyg esgyrn gan i Tomi dorri ei goes y flwyddyn flaenorol wrth helpu ei dad i osod to newydd ar yr ysgubor.

Rhedodd Megan i wersyll y Brodorion a dychwelyd gyda Iancetsial o fewn ychydig funudau. Ceisiodd Ifor a Tomi egluro wrtho, yn nerfus iawn, mewn cymysgedd o Gymraeg a Tehuelche, beth oedd wedi digwydd. Archwiliodd y Pennaeth y sblint a chymeradwyo'r 'meddyg' eithr mynegodd ei ofid ynglŷn ag effeithiau tebygol taith hir ar gefn ceffyl ar goes ei fab.

Yn dilyn trafodaeth fer rhwng Glyn a Gwen, cynigiwyd bod Fidel yn aros gyda hwy hyd nes y dychwelai'r Pennaeth a'i gymdeithion y gwanwyn canlynol. Petrusodd Iancetsial. Byddai'n chwith ganddo adael ei fab ymhlith dieithriaid ond cymhellwyd ef i dderbyn y cynnig gan garedigrwydd y teulu a'u croeso iddo ef a'i bobl a chan awydd ei fab i aros gyda'i ffrindiau newydd.

Seliwyd y cytuneb gydag anrheg o dorth o fara newydd ei phobi i'r Pennaeth a swynwyd gan ei gwynt hyfryd a chan wên serchus Gwen wrth ei chyflwyno iddo. Ymatebodd Iancetsial gydag araith faith yn ei arddull fawreddog arferol nad oedd neb ond Fidel yn ei deall ond a gymeradwywyd yn frwd gan deulu a allai amgyffred y teimladau a ysbrydolai'r geiriau.

A dyna sut y bu i un disgybl tra annodweddiadol fynychu Ysgol Glyn Du am rai misoedd; bachgen dawnus a ymgyfarwyddodd yn rhwydd iawn ag iaith a diwylliant dieithr y sefydliad dirodres hwnnw. Ymhen mis a hanner, roedd coes Fidel yn holliach a gwelid ef wedyn yn rhedeg ar hyd a lled y meysydd gyda'i ddau gyfaill ar drywydd anturiaethau newydd.

Dysgodd Fidel sgrifennu ei enw ac yna eiriau a brawddegau Cymraeg hyd nes y medrai gopïo salmau cyfain o'r Beibl a'u cadw ar ei gof i'w hadrodd yn yr Ysgol Sul. Canai emynau yno hefyd gyda'r plant eraill.

Llanwai ei lyfrau ysgrifennu â lluniau trawiadol o syml; ceffylau, ysgyfarnogod ac estrysod a ddarluniai gan amlaf. Goddefai'r athro ei grwydriadau oddi ar y llwybr addysgol cul gan nad oeddynt yn ymyrryd â'i ymdrechion ef i addysgu'r bachgen ac i wneud Cristion ohono.

Yn y cyfamser, cryfhau fwyfwy a wnâi'r cyfeillgarwch rhwng y ddau fachgen o Gymro a'u gwestai, er bod Fidel yn fwy o lawiau efo Ifor nag efo Tomi a oedd dair blynedd yn hŷn nag ef ac yn laslanc cyhyrog y disgwylid iddo ymroi i waith y fferm gyda'i dad, yr hyn a wnâi'n ewyllysgar.

Byth er pan feistrolodd y grefft o fydylu ysgubau ymorchestai Tomi yn ei gyfraniad at ffyniant y *chacra* deuluol a'r rhai cymdogol hefyd, oblegid roedd cyweithas yn un o'r traddodiadau Cymreig a berchid fwyaf gan y Gwladfawyr, yn enwedig yn nhymorau'r cynhaeaf ac adeg dyrnu. Aent yn finteioedd llon o'r naill fferm i'r llall wedi eu huno gan yr ysbryd cydweithredol ac argyhoeddiad mai ar y cyd y llwyddent.

Er gwaethaf popeth, wynebai'r *chacareros* Cymreig galedwaith bywyd o ddydd i ddydd yn ddigwyno a, fin nos, nis llesteiriwyd gan flinder rhag ymgynnull yng nghartrefi ei gilydd i fwynhau ychydig o luniaeth – bara a llaeth enwyn, fel arfer – rhwng canu, adrodd, hel straeon a llawer iawn o chwerthin. Nid anghofiai Tomi nac Ifor fyth ddifyrrwch syml, idylaidd y nosweithiau hynny na'r ysbryd cariadus a'u hydreiddiai yn y cyfnod pan heriai'r arloeswyr Cymreig anawsterau aruthrol gyda'i gilydd ac y dechreuodd y Wladfa fwrw gwreiddiau yn nhir Patagonia yn sgil eu cydymdrechu dewr.

Dilynwyd gaeaf caled gan wanwyn arall a gydag ef dychwelodd y Tehuelche, gan wersylla'r tro hwn ar lan ogleddol yr afon, ger tref Rawson. Prysurodd Iancetsial ar unwaith tua *chacra*'r teulu Thomas, ar gefn march gwyn a ddaethai i'w feddiant wrth drwco ym Mhatagones, gyda cheffyl arall, ar gyfer Fidel, yn eu dilyn.

Roedd cyfarfyddiad y Pennaeth a'i fab yn un emosiynol iawn a barodd i Gwen a Megan ollwng deigryn neu ddau gan fod rhaid i'r crwtyn eu gadael yn awr. Casglodd hwnnw ei bethau at ei gilydd, yn eu plith y llyfr ymarferion blêr a gynhwysai beth o'i waith ysgol, a lapio'r cyfan mewn croen dafad a glymodd yn ofalus â chareiau lledr. Yna ffarweliodd ei dad ac yntau'n gynnes â'r teulu a roes lety clyd iddo yn ystod y misoedd blaenorol.

Roedd Iancetsial dan deimlad amlwg wrth iddo ef a Glyn gofleidio ei gilydd; diau fod caredigrwydd y teulu tuag at ei fab yn cyffwrdd â'i galon a bod y rhodd o dorth o fara a gyflwynodd Gwen iddo, mewn lliain a frodiwyd gan wraig y tŷ ei hun, wedi ychwanegu at ei serch atynt.

Di-lun iawn fu'r ffarwelio rhwng Ifor a Fidel. Safasant yn syllu'n fud ar ei gilydd am sbel nes i Fidel gamu at y llall gan ddweud,

'*Nwrami naci item*/Diolch iti, frawd.'

'Dere'n ôl cyn bo hir, frawd,' atebodd Ifor a lwmp mawr yn ei lwnc wrth i'r ddau fachgen gofleidio ei gilydd.

Heb i neb o'r naill du na'r llall yngan gair arall, marchogodd y tad a'r mab eu ceffylau a syllu am ysbaid ar y teulu a oedd wedi ymgynnull yn hanner cylch o flaen y bwthyn nes i'r Pennaeth roi bloedd ac i'r ddau farchog garlamu ymaith. Dilynwyd hwy gan gwmwl o lwch a ddiflannodd gyda hwy, yn y man, ym mhellafoedd y paith. Daliodd y teulu i syllu'n synfyfyriol ar eu holau am hir nes dywedodd Glyn a'i lais yn gryg,

'Dewch, 'mhlant i. Mae gwaith aredig yn disgwyl amdanon ni. Fe fydd hi'n amser hau yn y man.'

VIII

Un o bleserau mawr bywyd i Ifor a Tomi oedd mynd am dro i weld eu hewythr a'u modryb, Richard a Martha Griffiths, a'u hunig ferch hwy, Catherine, a drigai yn un o'r *chacras* mwyaf pellennig, ryw bymtheg milltir o Rawson, mewn ardal y rhoddodd y Brodorion yr enw *Gaiman* iddi.

Ar yr achlysuron hynny, codai'r bechgyn yn fore iawn i helpu Glyn i baratoi ar gyfer y siwrnai. Wedi brecwesta, byddent yn cael trefn ar y ceffyl a'r drol ac yn llwytho honno ag anrhegion; pethau o'r ardd, gan mwyaf, pwmpenni, tatws, 'nionod a llysiau eraill oedd yn go brin ar fferm eu perthnasau.

Yn ystod tymor yr haf, oni bai bod gŵyl neu ben-blwydd neu ddigwyddiad o bwys, anaml yr âi Gwen a Megan gyda'r gwrywod gan fod cymaint o orchwylion ganddynt gartref.

Nid oedd bywyd wedi trin Richard yn orgaredig. Treuliasai ddeg ar hugain o'i hanner cant a saith o flynyddoedd ym mhyllau glo Morgannwg a gwnaethai hynny niwed difrifol i'w iechyd, er na fuasai dyn yn amau hynny, heb ei adnabod. Fel arall yn llwyr. Buasai'r olwg gyntaf ar y Cymro cawraidd a'r farf drwchus yn dychryn rhywun oni bai am y wên a lonnai ei wyneb bob amser; gwên ddiffuant a oedd yn arwydd dilys o hynawsedd ei gymeriad.

Ond roedd blynyddoedd o dan ddaear wedi andwyo ysgyfaint Richard Griffiths a'u llenwi â'r llwch du a wnâi bob ymdrech gorfforol yn boendod. Fel pe na bai hynny'n ddigon, yn dilyn damwain a ddaeth i'w ran ar ddechrau ei yrfa lofaol, roedd wedi colli un llygad a gosodwyd yn ei lle un fawr wydr oedd wastad ar agor. Roedd gan Dewyrth Richard wyneb anghyffredin a dweud y lleiaf.

Yn fuan iawn wedi iddynt ymfudo, sylweddolodd Richard a Martha eu bod yn hollol anghymwys ar gyfer y bywyd gwladfaol; nid oedd ganddynt unrhyw brofiad amaethyddol blaenorol na chwaith fab a allai ymgymryd â gwaith y *chacra*.

Dioddefai eu merch bedair ar hugain oed, Catherine, o'r clefyd cwympo a bob hyn a hyn câi ffitiau a'i lloriai. Oherwydd hynny dim ond â gwaith tŷ y gallai hi helpu.

Er gwaethaf eu hymdrech a'u hymroddiad, cyfyng iawn oedd hi arnynt, felly. Llwyddai Martha i liniaru peth ar eu hamgylchiadau treng trwy droi llaeth eu pedair buwch yn fenyn, enllyn prin yn y Dyffryn yn y dyddiau hynny. O'i werthu, ychwanegid at incwm y teulu a gellid ei gyfnewid am flawd a llysiau ffermydd eraill.

Pan gyrhaeddent, arferai Glyn weiddi ar dop ei lais i roi gwybod i'w berthnasau. Neidiai'r ddau fachgen o'r cert a rhuthro i'r tŷ i gyfarch Dewyrth a Modryb ac allan â hwy i'r meysydd wedyn i chwarae ac i hela mewn bro a ymddangosai'n bell iawn o gartref iddynt hwy er na pharai'r siwrnai ond ychydig dros ddwyawr. Pan flinent ar grwydro'r *campo* dychwelent i'r tŷ i ddisgwyl am amser te â'i blateidiau o fara menyn a jam.

Ar ôl te, cynhelid cymanfa deuluol. Ar yr achlysuron hynny byddai Dewyrth Richie yn eu diddanu gyda'i hanesion digrif a'i ddywediadau ffraeth. Meddai ar ddawn actio yn ogystal â storfa ddihysbydd o straeon. Mwynhâi ddramateiddio'r sefyllfaoedd a ddisgrifiai a diweddai bob stori gyda thro annisgwyl neu ddoniol yn ei chynffon a barai i bawb chwerthin, gan gynnwys y cyfarwydd ei hun, yn uwch na neb, ac wrth ei fodd gyda'r gymeradwyaeth. Y canlyniad anorfod, ysywaeth, fyddai i'w chwerthin droi'n beswch cras a chreulon a ddirdynnai ei gorpws anferth. Duai ei wyneb a byddai ei ddwy lygad werdd – roedd yr un osod fymryn tywyllach na'r un iawn – yn troi yn ei ben ac yna'n rhythu tuag i fyny fel petaent yn erfyn am fynediad drwy byrth y nef.

Pan ddigwyddai hynny, arferai Martha, rhwng digrif a difrif, guro'i gefn yn egnïol gan ei annog i ddod ato'i hun yn glau,

'Richard, Richard! Dere nawr! Anadla'n deidi, ddyn! Paid â marw a dynon dierth 'ma!'

Difyrrwch mawr arall Tomi ac Ifor oedd helpu eu modryb i gorddi a byddai cystadleuaeth frwd rhyngddynt am y fraint o droi'r fuddai. Dyna lle y byddent, yn y tŷ llaeth, yn cymryd troeon i droi a throi'r handlen nes gwahanu oddi wrth y llaeth enwyn yr hufen a wneid yn bwysi o fenyn. Y cyflog am eu llafur gwirfoddol fyddai talp mawr o fenyn ffres. Dychwelai'r bechgyn adref dan ffraeo'r holl ffordd ynglŷn â phwy a gâi'r fraint o gyflwyno ffrwyth eu llafur i Gwen a Megan a chael ei wobrwyo â'u cusanau diolchgar hwy.

Symudwn ymlaen i'r flwyddyn 1876. Ymwelwyd yn aml â Gaiman yn ystod misoedd yr haf blaenorol gan fod iechyd Richard yn fregus, yn enwedig tuag adeg dyrnu. Yn y cyfwng hwnnw, wedi iddo gynaeafu ei gnwd ei hun, aeth Glyn draw i aros at ei berthnasau am bythefnos, er mwyn rhoi cymorth iddynt am gyfnod sylweddol.

Buasai gaeaf y flwyddyn honno'n un eithriadol o galed ac nid achos syndod oedd i Richard gael ei daro'n wael. Dychwelodd Glyn i *chacra* ei gefnder am ychydig ddyddiau i roi'r gofal angenrheidiol i'r caeau lle'r oedd barlys ac alffalffa'n egino; buasent wedi eu difetha heb hynny, gan achosi colled ddifrifol i Richard a'i deulu.

Roedd rheswm arall dros yr ymweliad. Dymunai Glyn roi help bôn braich i'r criw oedd yn gosod cored ar draws yr afon ger Drofa Dulog, prin ddwy filltir o ffermdy'r teulu Griffiths. Erfyniodd Tomi ac Ifor am gael mynd gyda'u tad ond mynnodd ef eu bod yn aros gartref i fod yn gefn i'w mam a'u chwaer, a hynny fu raid iddynt, er mawr eu siom. Ar gefn ceffyl y teithiodd Glyn tua Gaiman gan adael y merlyn a'r trap i Gwen a'r plant allu mynychu oedfaon a theithio i Rawson i ymofyn nwyddau, yn ôl y galw.

Wrth i Glyn gyrraedd buarth y ffermdy, daeth Martha a Catherine allan i gwrdd ag ef a golwg bryderus iawn ar wynebau'r ddwy; disgrifient y dirywiad yng nghyflwr Richard wrtho cyn iddo ef orffen tynnu'r cyfrwy oddi ar ei geffyl. Clywodd fod ei gefnder wedi bod yn orweddiog ers dyddiau dan y dwymyn wresog a'i beswch yn gwaethygu'n enbyd gydol yr amser.

Clywai Glyn anadliad bloesg ac afreolaidd ei gefnder fel yr âi i mewn i'r siambr ac at erchwyn y gwely yn y gornel lle y gorweddai'r claf. Dododd gefnau ei fys canol a'i fynegfys ar dalcen eirias, chwyslyd ei gefnder. Brawychwyd ef a throdd i ymadael ond cyn iddo allu symud cam clywodd lais Richard yn herio,

'Ble rwyt ti'n meddwl dy fod ti'n mynd, y cythrel?'

'Richie!' ebychodd Glyn. 'Wyt ti'n effro?'

'Nac ydw'r twpsyn,' atebodd y claf. 'Rwy'n cysgu. Ond mae'n llygad dodi i yn dy weld di'n net, y rhacsyn!'

Chwarddodd yr ymwelydd a gwnaeth y claf yr un modd hyd nes i hwrdd o beswch ei ysgytwad. Dododd Glyn ei fraich am ysgwyddau ei gefnder a'i gynorthwyo i godi ar ei eistedd. Wrth guro'i gefn mewn ymgais i dawelu'r peswch canfu fod crys nos Richard yn wlyb diferol gan chwys. Tawodd yr hochio aflafar yn y man ond gydag anhawster o'r mwyaf yr anadlai'r hen löwr. Yn dyner iawn, dododd Glyn ef i orwedd eto ac fel y gwnâi, ymunodd Martha â hwy a siwgaid o ddŵr oer yn gymysg â finegr yn ei llaw. Gwlychodd gadach yn yr hylif a'i osod ar dalcen ei gŵr.

'Fe wnaiff hynna oeri'r dwymyn fymryn,' meddai'n gariadus a throi at Glyn i holi a oedd am aros am damaid o ginio.

'Ydw, diolch yn fawr iti,' atebodd Glyn. 'Ond a dweud y gwir, rwy'n meddwl aros yma am ychydig ddyddie, i helpu rhywfaint arnoch chi nes bydd y diogyn hwn wedi penderfynu cwnnu o'r gwely 'co.'

'Cwnnu o'r gwely?' cellweiriodd Richard. 'A thithe newydd ddod 'ma'n unswydd i weithio yn fy lle i? Nac wy' i'n dwp!'

Winciodd Richard ar Martha gyda'i lygad iawn a sibrwd yn ffug-gyfrinachol, 'Cofia ddweud wrtha i pan fydd y gwas newydd wedi cwpla popeth. Gwnna i wedi 'ny!'

Rhagor o chwerthin – a rhagor o besychu. Ond y tro yma aeth pethau'n ddifrifol wael. Trodd y claf ei olygon tua'r nenfwd, dirgrynai ei gorff a gwelwyd ei fod yn cael ffit. Sgrechiodd Gwen a galw ar Catherine; rhuthrodd hithau i mewn i'r siambr a chofleidiodd y ddwy fenyw ei gilydd mewn braw dan wylo. Ni wyddai Glyn beth i'w wneud. Cydiodd yn Richard gerfydd ei ysgwyddau a cheisio'i gael i godi ar ei eistedd eto. Hongiai pen ei gefnder tuag at yn ôl, roedd ei dafod yn ymwthio rhwng ei wefusau a llifai glafoerion o'i geg. Yna llonyddodd y ffit. Anadlai Richard yn gras a beichus yn awr. Gadawodd Glyn iddo orwedd eto a'i ben ar y gobennydd.

'Dyna fe, Richie,' murmurodd. 'Dyna fe. Gorffwys di nawr, 'rhen gyfaill.' Ac meddai wrth Martha, gan dybio bod yr argyfwng drosodd, 'Af i i Gaiman, i 'mofyn help.'

Gadawodd y ddwy fenyw yn eu dagrau a'u breichiau am ei gilydd a mynd allan o'r tŷ.

Bendithiodd Glyn heulwen cysurlon y gwanwyn ac fe'i llanwyd ag awydd i ddiolch i Dduw am roi iechyd mor dda iddo ef. Eithr huddodd yr ymdeimlad annheilwng ar unwaith, yn llawn cywilydd.

Cyn i Glyn gymryd deg cam i gyfeiriad y stabl clywodd Martha'n galw arno o ddrws y tŷ, 'Sa, Glyn!'

Safodd yn stond fel petai'r geiriau'n ffonodiau ar ei gefn. Yna trodd a rhedeg yn ôl at y tŷ a Martha a safai ger y drws.

'Mae Richard wedi'n gadael ni, Glyn,' meddai Martha wrth iddo'i chofleidio.

Pan ddychwelodd Glyn a Martha i'r siambr, gwelent Catherine yn gorwedd ar y gwely wrth ymyl ei thad, mewn llewyg. Cawsai ffit epileptig arall.

Caeodd Glyn lygad iach ei gefnder a cheisio gwneud yr un modd â'r llall, ond yn ofer. Daliai'r llygad wydr i rythu'n hy arno. Roedd Richard Griffiths fel petai'n mwynhau ei jôc olaf.

'Bendith Duw ar d'enaid di, frawd,' murmurodd Glyn dan syllu ar gorff celain anferth ei gefnder. Gwyddai fod baich cyfrifoldeb ychwanegol ar ei ysgwyddau yn awr.

Cynhaliwyd yr angladd y prynhawn canlynol. Cludodd Glyn yr arch i'r fynwent yn nhrap y teulu Griffiths gyda gweddw a merch yr ymadawedig o boptu iddo ar sedd gul y gyrrwr. Dilynai cerbyd y teulu Thomas hwy, eu hunig berthnasau yn y Dyffryn. Wedyn, daeth rhyw ddwsin o gerbydau cymdogion a phump neu chwech o farchogion unigol.

Wedi iddynt gyrraedd y fynwent fechan, cariwyd yr arch ar chwe ysgwydd wrywaidd at lan y bedd. Gan ei fod yn awr yn llanc dwy ar bymtheg oed, cafodd Tomi fod yn un o'r cludwyr, gyda'i dad. Dilynodd Ifor gyda'r menywod gan sefyll ar wahân iddynt ac ar ei ben ei hun ger un o'r pentyrrau pridd a amgylchynai'r ceudwll newydd.

Parodd arogl llaith y gloddfa ddiweddar iddo feddwl na fyddai ei ewythr yn hapus iawn yn gorwedd yno, ym mherfedd y ddaear, mewn man a fyddai'n ei atgoffa o dwneli'r glofeydd y treuliodd flynyddoedd ei ieuenctid ynddynt, yng Nghwm Rhondda bell. Llanwyd y bachgen gan deimladau chwerw a gwrthryfelgar yn erbyn y drefn. Nid oedd geiriau'r gweinidog ond megis sïo pell yn ei glustiau. Hurtiwyd ef gan seiniau'r emyn.

Wylodd Ifor gydol y ddefod wrth gofio Dewyrth Richard yn anferth, yn hwyliog, yn eu diddanu'n llawn bywyd ar ôl te parti teuluol. Sut roedd modd rhoi taw am byth ar y llais mawr? Pa rym a lwyddodd i lorio'r cawr caredig fel ei fod yn awr yn gorwedd ar ei hyd mewn arch bren a'r pridd a'r cerrig a ollyngai ei gyfeillion yn clecian ar ei chaead? Sut y gallai Duw fod mor greulon gyda'i greaduriaid? Parodd y cwestiwn loes a chywilydd iddo ond ni chyfaddefodd ei amheuon wrth neb.

Cododd yr emyn olaf tua'r nef ar awel yr hwyrddydd a gadawodd y galarwyr y cae bychan yn araf eu cerddediad rhwng yr ychydig feddrodau. Nodid y rhan fwyaf o'r rhain gan groesau pren syml ac arnynt enwau a dyddiadau ond ceid hefyd dri neu bedwar o feini geirwon ac ychydig eiriau wedi eu naddu arnynt. Wrth ymlwybro heibio i'r rhain, sylwodd Ifor ar feddargraffiadau a ddatseinai yn ei feddwl am amser wedyn: 'Duw, cariad yw' a 'Cwsg, faban, cwsg'. Cynhyrfodd hynny ef fwy fyth. Sut y gallai Duw cariadus fynd â phlant bach o'r byd? Roedd rhaid iddo siarad am hyn gyda rhywun. Gyda Megan, efallai. 'Ie, gyda Megan,' meddyliodd a theimlo fymryn yn well.

Brysiodd Ifor drwy'r dorf fechan o alarwyr nes dod o hyd i Megan a chydio yn ei llaw. Edrychodd hithau i lawr dan wenu'n annwyl arno ac yn heulwen serchus y wên honno daeth y bachgen ato'i hun. Teimlai ei fod yn caru ei chwaer mewn modd cyfrin, arbennig, unigryw ac yn fwy nag unrhyw un arall yn y byd.

Dair wythnos yn ddiweddarach, yn dilyn trafodaeth gyda Gwen, anfonodd Glyn y ddau fachgen i *chacra*'r teulu Griffiths, iddynt hwy ofalu am y cynhaeaf gwair cyntaf, ddiwedd mis Tachwedd, gan fod y ddau'n hyddysg yn y gwaith hwnnw ac yn siŵr o wneud eu gorau glas.

Ni wrthwynebai Tomi nac Ifor y gorchymyn. A dweud y gwir, edrychent ymlaen at fynd i aros gyda'u modryb a Catherine a chael mwynhau breiniau 'gwŷr y tŷ'. Er nad oedd Ifor ond deg oed, roedd eisoes yn ymddwyn fel petai'n ddyn ac yn ymgymryd yn ddigymell â gorchwylion fel casglu coed tân, helpu gyda'r godro a pharatoi'r gaseg ar gyfer gweithio yn y meysydd ac yn y blaen.

Un diwrnod wedi i'r bechgyn ymfudo i Gaiman, aethant i ymdrochi yn noeth lymun groen yn un o byllau'r afon, nid nepell o'r ffermdy. Roeddynt yn herio ei gilydd – pwy fentrai i blymio i'r dŵr o gangen uchaf un o'r coed helyg – pan welsant fintai fechan o farchogion yn nesu at y fan ar hyd glan yr afon.

Brysiodd y bechgyn i guddio'u noethni gyda'u dillad isaf a llwyddo wrth i'r marchogion gyrraedd atynt.

'Ydi'r dŵr yn braf?' holodd gŵr bonheddig corffol, mwstasiog a sbectol ar ei drwyn, mewn *castellano.*

'Ydi, syr, ond braidd yn oer,' atebodd Ifor yn yr un iaith.

'A! Ardderchog. Rwy'n gweld eich bod chi'n siarad Sbaeneg yn o lew,' meddai'r gŵr.

'Ydym, syr,' ebe Ifor.

'Tipyn bach,' ychwanegodd Tomi yn Gymraeg.

Disgynnodd y gŵr a siaradai â hwy oddi ar ei geffyl a nesu atynt, tra arhosai ei gymdeithion yn y cyfrwy. Estynnodd y dieithryn ei law a gwên serchus ar ei wyneb.

'Francisco yw'n enw i,' meddai. 'Rwy'n falch iawn o gwrdd â chi.'

Cyflwynodd y ddau fachgen eu hunain iddo'n ffurfiol fel 'Thomas Joseph Thomas' ac 'Ifor Randal Thomas', fel petaent yn synhwyro eu bod yn cyfarch rhywun o bwys.

'Rydych chithau'n Domasiaid! Dyma'r ail deulu o'r enw hwnnw imi daro arno heddiw. Mae'n siŵr eich bod chi'ch dau'n frodyr?'

Nid arhosodd y siaradwr am ateb cyn mynd rhagddo, 'Mae'r afon hon yn gallu bod yn un ddigon anodd, on'd yw hi? Un droellog a dolennog. Rydych chi'n siŵr o fod wedi ei gweld hi'n gorlifo'i glannau fwy nag unwaith?'

Edrychodd y ddau grwtyn ar ei gilydd yn betrus: nid oeddynt yn gyfarwydd â *'desbordar'*, y gair Sbaeneg am 'gorlifo'. Rhag iddynt ymddangos yn anghwrtais, ymddiheurodd Tomi,

'Esgusodwch fi, *señor*,' meddai mewn cymysgedd o Gymraeg a Sbaeneg. *'No entiendo "desbordar".'*

Helpwyd ef gan un o'r marchogion eraill. O ran pryd a gwedd ni allai'r dyn fod yn Gymro ond siaradai iaith y mewnfudwyr yn rhugl serch hynny ac eglurodd anghaffael y bechgyn wrth yr arweinydd.

'Ah, si, inundación,' llefodd Ifor. *'Mucho, mucho.* Fe welais i *mucho inundación.* Aeth â'r gwenith, *trigo* i gyd. Popeth. *Todo!'*

Gwenodd yr arweinydd ar y cyfieithydd wedi i hwnnw ddehongli geiriau'r bechgyn iddo. 'Diolch yn fawr, Ibañez,' meddai. 'Oni bai amdanoch chi allwn i ddim cyfathrebu gyda gwladychwyr y Dyffryn. Rhai golygus yw'r ddau Gymro bach hyn, yntê? Ac yn mentro dŵr yr afon yn y gwanwyn hefyd!'

Anwesodd y siaradwr ben y bachgen lleiaf ac meddai wrth ffarwelio â hwy, 'Da iawn chi. Cofiwch mai chi yw dyfodol yr ardal hon. Mae ar yr Ariannin angen pobl dda a gweithgar i wladychu ei pharthau pellennig. Dim llaesu dwylo nawr!'

Neidiodd ar ei geffyl eto ac meddai wrth ei gymdeithion,

'O'r gore, foneddigion, ymlaen â ni am Gaiman, neu fe fydd hi wedi nosi cyn y cawn ni lety.' Yna trodd eto at Tomi ac Ifor, *'Hasta luego, amigos! Adiós!'*

'Adiós señor! Tan y tro nesaf!' meddai'r ddau Gymro dan godi llaw wrth i'r marchogion ymadael.

Cododd Francisco Pascasio Moreno ynteu ei law wrth ffarwelio â'r bechgyn gan annog ei farch i garlamu ar hyd glan yr afon a'i gymdeithion i'w ganlyn.

Arhosodd Moreno wythnos yn y Dyffryn yn archwilio'r diriogaeth. Ni wyddai Tomi ac Ifor iddynt gwrdd ag ymwelydd pwysig dros ben ond ymfalchïent eu bod wedi medru cynnal sgwrs â'r dieithryn yn iaith y wlad.

Cododd awel dyner ac arni bersawr treiddiol alffalffa newydd ei dorri. Gynted ag y diflannodd y marchogion rhwng y coed helyg dihatrodd y bechgyn ei tronsiau a phlymio'n ôl i ddyfroedd gwyrddion yr afon y galwai'r Cymry hi 'Camwy'.

IX

Daeth llawer tro ar fyd yn hanes y teulu Thomas yn y flwyddyn 1881.

Un diwrnod ym mis Awst, ac yntau newydd gyrraedd ei ben-blwydd yn ddwy ar hugain, cyhoeddodd Tomi ei fod am briodi Cynthia Jones, merch dlos, ddeunaw oed i deulu a amaethai yn ardal Drofa Dulog. Gan fod Glyn a Gwen, yn ogystal â rhieni Cynthia, wrth eu boddau, cytunwyd y caent briodi y mis Hydref canlynol.

Pan ddaeth y diwrnod hirddisgwyliedig o'r diwedd, cynhaliwyd y gwasanaeth priodasol yng 'Nghapel Bach' Drofa Dulog a'r neithior – cinio plaen a phrynhawn o chwedleua a chanu – yng nghartref y priodfab. Cyfeiliwyd gan Glyn a Megan, bob yn ail, ar yr harmoniwm a chan y telynor dawnus, Michael Huws, a oedd wedi ymfudo i'r Dyffryn o'r wladfa Gymreig yn Wisconsin, UDA, ar ôl clywed gan ei deulu yn Sir Aberteifi am fenter ramantus Cymry Patagonia.

Aelodau o ddeuluoedd y ddeuddyn ifanc a'u cyfeillion oedd y gwesteion oll, ac eithrio un. Emyr Daniels oedd hwnnw, gŵr wyth ar hugain mlwydd oed a oedd newydd gyrraedd y Dyffryn gyda dau Gymro arall. Nid oedd ganddynt fawr ddim ar eu helw pan laniasant yn Rawson a phenderfynasant gychwyn am Gaiman rhag blaen, yn y gobaith o gael gwaith a llety yn un o'r ffermydd. *Chacra*'r teulu Thomas oedd y gyntaf iddynt alw ynddi, a chan fod Tomi ac Ifor yn digwydd bod yn helpu Martha a Catherine ar y pryd, cawsant waith a tho uwch eu pennau yno am bythefnos. Ni allai Glyn fforddio cyflogi mwy nag un gwas parhaol – Emyr a ddewisodd – ond anfonodd eirda'n cymeradwyo'r ddau arall at ei ddarpar gyd-dad-yng-nghyfraith, Edwin Jones, a'u cyflogodd ac a'u lletyodd yn ei gartref.

Ni fu Emyr mor ffodus â'i gyfeillion yn hynny o beth. Ystyrid nad gweddus fyddai i ddieithryn fyw o dan yr un to â menyw ddibriod a gorfu i'r gwas newydd gysgu yn y sgubor hyd nes y byddai wedi gorffen codi caban pren yn gartref mymryn yn fwy cysurus iddo ef ei hun.

Profodd Emyr ar unwaith ei fod yn weithiwr medrus a chydwybodol a'i fod yn ymgomiwr difyr ac yn dipyn o ganwr yn ogystal ac ni fu Glyn Thomas fawr o dro cyn ei wahodd i'r tŷ am swper yn feunosol ac i ymuno yn y diddanwch teuluol a ddilynai'r pryd.

Er bod Megan bedair blynedd yn hŷn nag Emyr Daniels, fe'i swynwyd gan bersonoliaeth hwyliog y gŵr ifanc golygus ac egnïol – er cymaint y ceisiai wadu hynny iddi hi ei hun.

Roedd atyniad o'r ddwy ochr. Pan soniai Emyr am yr anturiaethau a ddaethai i'w ran ef a'i gymdeithion ar eu ffordd helbulus o Brydain i Batagonia – fe'u llongddrylliwyd ar lannau Brasil a gorfu iddynt wneud pob math o swyddi hynod a diraddiol er mwyn hel digon o arian i gyrraedd pen eu taith – ciledrychai i gyfeiriad Megan bob hyn a hyn, i weld sut yr ymatebai hi i'w straeon.

Nid annymunol i Megan Thomas oedd teimlo bod gŵr ifanc yn ymserchu ynddi. Roedd amser wedi lleddfu'r siom a'r boen o golli Dafydd erbyn hynny. A hithau'n ddeuddeg ar hugain, ond yn edrych yn llawer iau, breuddwydiai yn unigrwydd ei siambr wely am fagu teulu ar ei haelwyd ei hun.

Hyd y gwyddai Emyr, menyw ddibriod, ddiymrwymiad oedd Megan a phenderfynodd ddatgan ei deimladau wrthi'n ddidwyll a diamwys, heb freuddwydio y gallai unrhyw faen tramgwydd rwystro'u carwriaeth. Diwrnod y briodas y clywodd gyntaf am fodolaeth Ifor gan na chrybwyllwyd hyd yn oed enw'r bachgen yng nghlyw y gwas newydd cyn hynny.

Wrth ddynesu at ei gartref ar gefn Campwr, fore'r briodas, canai Ifor eiriau'r cytgan 'Mae popeth yn dda!' gydag arddeliad. Pan gyrhaeddodd geg y lôn drol a arweiniai at y ffermdy, fodd bynnag, tawodd y llais a ffrwynodd y cantor ei farch o weld ei chwaer yn rhodianna yng nghysgod yr helyg a dyfai o boptu i'r ffordd yng nghwmni dieithryn – ac yn mwynhau ei gwmni a barnu wrth osgo ei chorff a goslef ei llais.

Bwriodd y canfyddiad Ifor fel dwrn yn ei stumog, a pharodd i'w farch aros yn ei unfan am ennyd cyn ei annog i gerdded yn araf a diffrwst tuag at Megan a'i chydymaith fel na chlywsant sŵn y carnau nes yr oedd bron ar eu gwarthaf.

'Ifor!' llefodd Megan fel petai ei ymddangosiad yn ddychryn iddi. 'Croeso gartre! Sut wyt ti?'

'Rwy'n iawn, Megan,' atebodd y bachgen yn swta, gan giledrych yn llechwraidd at y gŵr cydnerth wrth ei hymyl. 'Sut wyt ti?'

'Pwy yw e?' murmurodd Emyr dan ei anadl wrth i Ifor ddisgyn oddi ar ei geffyl a cherdded tuag atynt.

'Dyma Ifor,' atebodd Megan yn groyw ond buan y daeth cryndod i'w llais. 'Ifor yw . . . 'mrawd i . . . 'mrawd bach i . . . Ifor – dyma Emyr. Emyr Daniels. Ffrind. Hynny yw . . . mae Tada wedi'i gyflogi e am ychydig. Mae e wedi dod o Gymru. Wel, o Frasil, a dweud y gwir, yn tefe, Emyr? Ac o Aberteifi cyn hynny, wrth gwrs. Gyrhaeddodd e a dau gyfaill gwpwl o ddyddie'n ôl . . . '

Wrth sylweddoli ei bod yn siarad ar ei chyfer rhoddodd Megan chwerthiniad nerfus a thewi'n ffwr-bwt.

'Croeso,' ebe Ifor dan estyn ei law at Emyr gyda boneddigeiddrwydd rhywun llawer hŷn na phymtheng mlwydd oed; ond wrth iddynt ysgwyd llaw, syllai i lygaid y dyn dieithr fel petai'n ceisio darllen ei feddyliau a dirnad ei gymhellion.

'Diolch yn fawr iti, Ifor. Rwy'n falch o gwrdd â thi,' atebodd

Emyr yn siriol gan droi at Megan a gofyn, 'Dy frawd bach di? Un arall? Soniest ti ddim am y gŵr ifanc.'

'Wel . . . Y peth yw,' meddai Megan dan wrido at fôn ei chlustiau wrth sylwi bod Ifor yn syllu'n chwilfrydig arnynt. 'Fe siaradon ni am gymaint o bethach eraill, yr holl drafferth gest ti i ddod yma, ac yn y blaen. Ond ta p'un, mae e 'ma'n awr. So ti'n gweld fy Ifor bach i'n fachgen glân?'

Methiant truenus fu ymgais Megan i gellweirio. Crynai ei llais, roedd ei gwên yn gam ac edrychai draw tua phen y lôn goed yn hytrach nag at yr un o'r ddau wryw a syllai'n hurt ar ei gilydd.

Ifor ddaeth â'r mudandod annifyr i ben. 'Af i i ddweud wrth Tada a Mam 'mod i wedi cyrraedd,' meddai. 'Maen nhw bownd o fod yn barod i gychwyn am y Capel. Bydd Modryb Martha a Catherine yma yn y man. Dilynon nhw fi yn y trap.'

Neidiodd y bachgen yn heini ar gefn Campwr a'i sbarduno tua'r ffermdy. Cyn gynted ag yr aeth, trodd Emyr yn ymholgar at Megan. Gostyngodd hithau ei golygon rhag iddo weld ei chwithdod a'i dagrau .

'Beth sy'n bod, Megan?' holodd Emyr. 'Pam rwyt ti'n ymddwyn mor od?'

Chwalwyd hunanfeddiant bregus Megan yn deilchion gan ei gwestiynau. Yn reddfol, mewn ymgais i'w hatal ei hun rhag llefain, pwysodd ei thalcen yn erbyn mynwes y gŵr ifanc a syfrdanwyd gan gyffyrddiad corfforol y bu'n dyheu amdano cyhyd. Dododd Emyr ei freichiau'n dyner amdani a mwytho'i chefn a'i hysgwyddau nes iddi ymdawelu a chamu yn ôl oddi wrtho er mwyn gallu edrych i'w lygaid.

'Mae'n ddrwg iawn gen i, Emyr,' meddai. 'Madde imi . . . '

Tawodd Megan am ennyd cyn magu digon o rym ewyllys i'w gorfodi ei hun i ychwanegu, 'Mae gen i rywbeth seriws i'w ddweud wrthyt ti. Wyt ti'n fodlon gwrando?'

Wrth i Megan ddechrau dadlennu ei chyfrinach a'i chywilydd wrth Emyr, gwyliai Ifor hwy o bellter y buarth dros gyfrwy ei geffyl. Meddiannwyd ef gan atgasedd at y dieithryn hwn a oedd, yn ei dyb ef, yn gwneud ei orau i argyhoeddi Megan ei fod yn ei charu. Roedd y syniad yn ddigon i'w fwrw oddi ar ei echel yn llwyr ac i'w gynhyrfu i waelodion ei fod. Os oedd Megan yn caru hwn, faint o le fyddai yn ei chalon iddo ef? Llifodd y gwaed i'w ruddiau a'r dagrau i'w lygaid bachgennaidd, clir.

Parodd y neithior a ddilynodd y gwasanaeth priodasol tan yn hwyr y prynhawn a phawb yn mwynhau'r clebar, y canu a'r chwerthin; pawb ond Ifor surbwch, ddi-ddweud yr oedd cyboli a phrepian rhamantus Emyr a Megan gydol y dydd yn dân ar ei groen.

Gynted ag y gwelodd gyfle i ymadael heb dynnu sylw ato'i hun, enciliodd Ifor i'w siambr, tynnu'r llenni, gorwedd ar ei wely yn y tywyllwch, ac ymdryboli mewn hunandosturi nes i'r gwahoddedigion olaf ymadael.

X

Fore trannoeth, dychwelodd Ifor i fferm ei fodryb yn yr ardal a elwid 'Treorci' erbyn hynny gan y Gwladfawyr, gan ddweud nad oedd am esgeuluso'r dyletswyddau a osodwyd ar ei ysgwyddau ef oherwydd bod Tomi a Cynthia wedi penderfynu ffermio darn o dir ar lan ddeheuol yr afon, nid nepell o Bryn Gwyn.

Bu newid mawr yng nghymeriad Ifor er pan glywodd am garwriaeth ei chwaer. Diflannodd ei hyder, ei serchogrwydd a'i naturioldeb ac aeth yn fewnblyg a diamynedd. Er na allai amgyffred yn hollol beth oedd wedi chwerwi ei ysbryd deallai fod hynny'n gysylltiedig â phresenoldeb annymunol Emyr Daniels ar aelwyd ei gartref. Sut y llwyddodd y creadur hwnnw i hudo Megan? Pam nad oedd Tomi hefyd wedi digio? Ac yn waeth na hynny – roedd ei frawd mawr wrth ei fodd! Sut gallai ei dad estyn croeso mor dwymgalon i'r dieithryn?

Blinid ef gan y cwestiynau hyn a meddyliau dicllon nos a dydd fel mai ei unig ddihangfa rhagddynt oedd caledwaith. Codai cyn y wawr bob bore a brecwesta ar ei ben ei hun yn y gegin dywyll. Ceisiai farweiddio ei feddwl a'i galon trwy lafurio'n ddiarbed â'i ddeg gewin tan ganol dydd pryd y dychwelai am damaid o ginio a chyntun. Paned o de wedyn, ac allan i'r meysydd eto i aredig neu chwynnu, neu atgyweirio a glanhau'r ffosydd, neu ddyfrio'r egin yn y caeau, tan iddi nosi.

Llenwai ei holl amser a'i feddwl â gorchwylion syml a

fynnai sylw manwl o fore Llun tan brynhawn Sadwrn pan gâi, bron yn ddi-ffael, wneud y pethau a roddai fwyaf o bleser iddo – marchogaeth, hela, pysgota a nofio. A bob dydd Sul, dychwelai adref er mwyn gallu mynychu'r oedfaon a'r Ysgol Sul yng Nghapel Glyn Du gyda'i deulu.

Weithiau, pan fyddai galwadau'r *chacra* yn caniatáu, treuliai ddydd Sadwrn ar ei hyd yn hela neu'n chwilio am diroedd hela newydd. Byddai ar ben ei ddigon yn carlamu dros y paith ar gefn Campwr a dau gi ffyddlon a diflino a berthynai o bell i gŵn defaid yn eu dilyn. Hongiai *shotgun* ei ddiweddar ewythr ar ei gefn bob amser ond yn anaml y'i defnyddiai, dim ond pan welai gwningen, hwyaden wyllt neu betrisen a ddeuai ag amrywiaeth i'r arlwy undonog a ddarparai ei fodryb.

Efallai mai ofn yr anhysbys a barai i Ifor ymarfogi yn y fath fodd. Teimlai'n saffach gyda dryll ar ei gefn a *bandolera* â'i llond o fwledi dros ei fynwes pan fentrai o'r Dyffryn tua'r gorllewin, ymhell y tu hwnt i ororau 'y byd gwareiddiedig'.

Pan fyddai'r llanc â'i fryd ar ddal gwanacod neu estrysod, gwell o lawer ganddo fyddai peli hela. Diolch i wersi buddiol Fidel, defnyddiai'r arf brodorol gyda deheurwydd rhyfeddol a maentumiai mai dyna'r unig ddull teg o hela'r creaduriaid hynny. Ymorchestai yn y gamp o ddarganfod eu trywydd a'u dilyn nes dod ar eu gwarthaf ac yna eu hymlid i fan cyfyng gan roi cyfle iddynt ddianc os oeddynt yn ddigon chwim.

Amlhaodd y cyrchoedd hela hyn yn rhannol oherwydd ei fod â'i fryd ar fod yn ffermwr annibynnol gynted ag y byddai modd a'i fod yn gweld sut y gallai'r enillion a ddeilliai o werthu crwyn a phlu fod yn hwb tuag at wireddu ei uchelgais. Bu'n arfer ganddo werthu ei nwyddau i storfa'r pentref ond yn ddiweddar dechreuasai fasnachu'n uniongyrchol gyda gwladfawyr eraill a chael prisiau gwell.

Un min nos bu raid iddo, er ei waethaf, ymwrthod â helfa ragorol. Roedd wedi dilyn gyr o wanacod braf i ymyl un o geunentydd yr afon, ryw chwe milltir o'r *chacra*. Roedd hi'n hanner awr wedi wyth, a'r haul ar fachlud a rhagwelodd y byddai'n nos dywyll arno'n dychwelyd o'r ceunant pe dilynai'r gyr i mewn iddo.

Nid ofn a'i hataliodd yn gymaint ag awydd i beidio â pheri gofid i'w fodryb ac, felly, yn anewyllysgar iawn y gadawodd lonydd i'r creaduriaid ffodus gan addo na châi ffasiwn beth ddigwydd fyth eto.

Wrth i Campwr duthio dros y paith rhwng prysgwydd a chreigiau, teimlai Ifor yn flin a rhwystredig bod y diwrnod wedi diweddu mor siomedig. Roedd bron yn ddwy ar bymtheg ac yn teilyngu mymryn rhagor o ryddid. Penderfynodd fynd â phabell ac offer gwersylla gydag ef y tro nesaf, fel y gallai noswylio ar y *campo* pan fynnai. Sut y gallai ei fodryb nacáu cais mor rhesymol?

Ymhen awr, roedd Ifor yn cau Campwr yn ffald y *chacra* am y nos ac wrth iddo wneud hynny, clywai leisiau Martha a Catherine yn glir ar yr awel a chwythai o gyfeiriad yr arfordir. Testun eu hymgom ofidus oedd sŵn carnau ei geffyl: ai Ifor ei hun ynteu dieithryn oedd yn y cyffiniau?

Noson gymylog, ddiloergan ydoedd heb lygedyn o olau ar gyfyl y ffermdy na'r tir o'i amgylch nes i Martha Griffiths ymddangos yn nrws y tŷ yn dal llusern bŵl uwch ei phen. 'Ifor!' gwaeddodd ac ofn a gobaith yn gymysg yn ei llais. 'Ti sy 'na?'

'Ie, Modryb,' atebodd Ifor yn ddi-hwyl gan wybod y câi bregeth faith, gwynfanllyd ar destunau cyfarwydd, sef pryderon y fam a'i merch yn ystod ei absenoldeb a beth fyddai wedi digwydd iddynt hwy petai heb ddychwelyd?

Roedd yn llygad ei le. Gorfu iddo wrando am hydoedd ar gyhuddiadau ac achwynion ei fodryb. Gwnaeth hynny'n stoïgaidd, er ei fod ar ei gythlwng ac arogleuon stiw bendigedig cig caprwn gyda thatws, pwmpen a moron yn llenwi'r gegin. Ymlaen ac ymlaen y traethodd Martha Griffiths – roedd hi a Catherine eisoes wedi bwyta – hyd nes iddi gyrraedd perorasiwn arferol y pregethau hynny, 'Mae gofyn i ti fod tamed bach mwy cyfrifol, Ifor, a thrial meddwl pa mor unig 'yn ni'n dwy wedi i Richard ein gadael ni!'

Pan dawodd Martha gydag ochenaid ddofn gan siglo'i phen yn ôl a blaen yn ddwys ac edliwgar, mentrodd Catherine osod powlennaid fawr o'r stiw o flaen ei chefnder. Er bod hwnnw ar lwgu wedi hirddydd yn awyr iach y *campo*, cododd a mynd i'w siambr i olchi ei wyneb a'i ddwylo mewn dysglaid bridd o ddŵr oer a thwtio'i hun cyn dychwelyd i'r gegin ac eistedd wrth y bwrdd. Ymddangosai stiw yn aml iawn ar fwydlen Martha Griffiths ond llowciodd Ifor ei fowlennaid yn awchus, serch hynny, heb yngan gair wrth y ddwy fenyw.

Roedd gan y llanc ormod o barch at ei fodryb i herio'i beirniadaeth ond teimlai i'r byw iddo gael bai ar gam unwaith eto. Oni ddaethai yma o'i wirfodd i'w helpu, ar farwolaeth ei ewythr? Onid oedd yn gweithio yn ddygn a chydwybodol ac yn cael ei amddifadu o gysuron ei gartref ei hun? Pa hawl oedd ganddynt i edliw iddo ddydd Sadwrn o hela dim ond oherwydd iddo ddychwelyd i'r *chacra* fymryn yn hwyr?

Eisteddai Martha Griffiths ger y tân a golwg sur ar ei hwyneb. Roedd yn edifar ganddi geryddu'r llanc mor chwyrn gynnau a beiai ei hun am fethu â rheoli ei thymer pan dramgwyddid y drefn a sefydlwyd gan Richard a hithau. Cyhoeddodd ei bod am noswylio a chododd o'i sedd gan lawn fwriadu dweud ychydig eiriau cymodlon wrth ei nai wrth fynd heibio iddo, ond methodd, rywfodd, â dod o hyd i rai cymwys a chafodd Ifor druan ffrae arall.

'Rwy'n gobeithio y bydd gwell hwylie arnot ti yfory, grwt,' ymliwiodd Martha Lewis. 'Mae shwt hen olwg ddiflas ar dy wyneb di'r dyddie hyn a nac wyt ti'n folon gwrando ar ddim mae dyn yn ddweud wrthot ti. So i'n gwybod beth sy'n bod arnot ti, Ifor! Beth 'nas Catherine a fi iti, fel bod ti'n trin ni fel hyn?'

Nid ynganodd Ifor air er i'w geiriau ei ddwysbigo. Gwastrododd ei natur trwy wasgu ei napcyn yn belen galed yn ei ddwrn. Syllai Catherine arno a golwg boenus a chydymdeimladol ar ei hwyneb ond heb achub ei gam. Rhag gwneud dim a fyddai'n edifar ganddo cododd Ifor ac aeth allan o'r gegin glyd i dywyllwch mwy cydnaws y buarth lle yr oerodd awel yr hwyrddydd fochau a gochwyd gan sarhad a chywilydd.

Yn y man, clywodd sŵn traed rhywun yn croesi'r buarth.

'Pwy sy 'na?' holodd yn uchel ac ymosodol.

'Fi, Catherine,' atebodd ei gyfnither. 'Ble rwyt ti?'

'Man hyn, ger y sgubor,' ebe Ifor yn fwy serchus.

Camodd Catherine yn garcus tuag ato drwy'r gwyll a chydio yn ei fraich i'w sadio'i hun. 'Ifor, Ifor,' murmurodd. 'Paid â bod mor chwerw. Dwed wrtha i beth sy'n bod.'

Ni allai Ifor roi ateb boddhaol iddi pes mynnai am fod ei deimladau mor gythryblus fel nad oedd modd iddo eu hesbonio na'u disgrifio wrth neb. Mynnai Catherine, serch hynny, ei fod yn datgelu wrthi 'beth sy'n dy fecso di'.

'Wyddost ti beth, Ifor,' haerodd Catherine, 'rwy'n meddwl bod y newidiaeth hyn wedi dechre rhyw fis yn ôl. Diwrnod priodas Tomi, a bod yn fanwl gywir. Dyna beth mae Mam yn 'feddwl, ta p'un. Dy fod ti'n grac oherwydd ei fod e wedi d'adael di ar dy ben dy hunan gyda'r holl waith sy 'ma.'

Tawodd y ferch am ysbaid faith, enigmatig cyn awgrymu, 'Ond rwy' i'n meddwl bod rheswm arall.'

Prociodd y gosodiad chwilfrydedd Ifor a fu'n awyddus ers amser i drafod ei gyflwr gyda rhywun arall.

'Rheswm arall?' meddai gan geisio swnio'n ddidaro. 'Am beth yn union rwyt ti'n sôn?'

'Dere di nawr, Ifor. Sylwes i arnot ti yn y neithior, a golwg mor ddifrifol ac mor bell ar dy wyneb di. Roeddet ti wedi pwdu gormod i ganu hyd yn oed! Roedd hi'n amlwg i mi nad oeddet ti'n hoffi gweld Megan mor hapus ac yn mwynhau ei hunan yng nghwmni gwas newydd dy dad. Ydw i'n dweud y gwir?'

'Y p-p-peth yw,' atebodd Ifor yn geciog, 'r-rwy'n ff-ffaelu d-deall shwt bod gan Tada shwt ffydd yn yr Emyr hyn a bod e'n fodlon i'n chwaer fod yn ei gwmni e drwy'r amser. Roedd e'n arfer bod mor *strict*.'

Pendronodd Catherine. Beth allai hi ei ddweud wrth y crwtyn? A ddylai ddweud unrhyw beth o gwbl? Roedd yn ddrwg calon ganddi ei fod mor anhapus a heb unrhyw amcan beth oedd wrth wraidd ei gythrwfl emosiynol.

'Ifor druan!' ebychodd a'r geiriau'n saethu o'i genau cyn iddi feddwl am eu goblygiadau, 'Tada . . . fy chwaer . . . Pam na ddywedan nhw'r gwir wrthot ti unwaith ac am byth?'

'Beth ddwedest ti?' gofynnodd Ifor yn syfrdan. 'Am beth wyt ti'n malu awyr?'

Edifarhaodd Catherine ar unwaith am ei geiriau byrbwyll eithr yn rhy hwyr. Wrth sylweddoli beth fyddai canlyniadau tebygol ei sylwadau anghyfrifol, trodd ar ei sawdl a phrysuro'n ôl am y tŷ mewn braw. Dilynodd Ifor hi drwy'r fagddu ac amheuon erchyll yn ei blagio'n ddidrugaredd. 'Catherine!' llefodd. 'Rwy'n moyn ateb! Rhaid iti egluro beth ddwedest ti!'

Rhedodd Catherine i mewn i'r tŷ dan lefain a cheisio lloches yn y siambr wely a rannai gyda'i mam. Arhosodd Ifor yn y gegin yn gwrando arni hyd nes i gynddaredd ei yrru tua drws y siambr gyda'r bwriad o ddyrnu hwnnw nes y câi atebion i'w gwestiynau. Wrth iddo godi'i ddwrn, agorwyd y drws ac ymddangosodd Martha Griffiths dewgron o'i flaen yn ei choban wlanen, wen, laes a golwg sarrug ar ei hwyneb. 'Ifor! Beth ddigwyddodd rhyngddoch chi'ch dau?' arthiodd. 'Beth wnest ti i 'ngeneth druan i?'

'Dim yw dim, Modryb!' llefodd Ifor. 'Ar fy llw!'

Yn y cyfamser, clywent Catherine yn nadu ac yn ochneidio rhwng hyrddiau o eiriau digyswllt a geisiai esbonio beth a ddigwyddodd yn y buarth.

Ni fu ymdrechion Ifor i wneud hynny'n llawer mwy effeithol. 'Wnes i ddim byd iddi, Modryb,' protestiodd. 'Hi ddwedodd wrtha i nac wy'n gwybod y gwir a'u bod nhw wedi dweud celwydd wrtha i. Pallodd hi egluro beth roedd hi'n 'feddwl.'

Deuai sŵn rhoncian cras o'r siambr yn awr. Trodd Martha Griffiths a gweld ei merch yn mynd i ffit ddychrynllyd;

rhuthrodd at y gwely ac Ifor wrth ei chwt. Ni welsai ef ei gyfnither yn y fath gyflwr o'r blaen a chredai ei bod yn marw. 'Beth alla i 'neud?' gofynnodd yn daer.

'Beth alli di 'neud?' gwaeddodd Martha Griffiths i'w wyneb. 'Ddyweda i wrthot ti! Cer o 'ma ar unwaith!'

Rhoddodd y gorchymyn hwnnw fwy o loes i Ifor na deg cernod giaidd ar draws ei wyneb. Aeth o stafell wely'r menywod heb ddweud gair ymhellach gan adael ei fodryb i ymgeleddu ei merch. Oedodd yn y gegin am ychydig eiliadau cyn penderfynu beth i'w wneud nesaf, yna cymerodd bwt o gannwyll a'i goleuo a brasgamu tua'r stabal i ymofyn cyfrwy. Aeth yn ei flaen at y ffald a chyfrwyo Campwr ac ar ôl rhwymo'r ddau gi wrth y ffald, fel na allent mo'i ddilyn, cychwynnodd am adref ar gefn y ceffyl.

Er na fu erioed o'r blaen yn marchogaeth dros y *campo* a hithau mor dywyll, roedd yn hen gyfarwydd â'r llwybrau ac yn ddigon hirben i wybod nad âi ar gyfeiliorn pe dilynai lan afon Camwy. Nid oedd hynny heb ei drafferthion, fodd bynnag, ac wedi ychydig dros awr o droedio'n bwyllog drwy'r gwyll llithrodd Campwr ar y dorlan a lluchio'r marchog i'r dŵr. Ni wlychodd Ifor lawer gan fod yr afon yn isel ac nis niweidiwyd o gwbl ond gynted ag y dychwelodd i'r cyfrwy sylweddolodd fod troed ôl dde'r anifail yn gloff ac yn hytrach na pheri i'r anifail ddioddef, clymodd yr awenau wrth gangen un o'r coed helyg ac aeth yn ei flaen ar ei ddwy droed ei hun.

Cyrhaeddodd Ifor *chacra* ei rieni ganol y bore a'r haul yn uchel fry mewn wybren oedd yn ddigwmwl yn awr. Aeth heibio'r caban pren yr oedd Emyr Daniels yn ei godi gan nodi y byddai'r adeilad wedi ei gwblhau pan gâi do. Nid oedd neb ar gyfyl y lle, drwy lwc; aethai Emyr gyda Glyn Thomas i Rawson i ymofyn offer ffermio a nwyddau ar gyfer y cartref.

Cyfarthodd y cŵn eu croeso arferol fel y dynesai Ifor at y tŷ gan ruthro ato a phrancio o'i amgylch a thynnu'r menywod i'r buarth i weld beth oedd yr helynt.

'Ifor!' meddai Gwen Thomas yn syn. 'Beth wyt ti'n 'neud

yma'r adeg hyn o'r dydd?'

'Ble mae dy geffyl di, Ifor?' holodd Megan yn bryderus. 'Oes rhywbeth wedi digwydd?'

Safai'r llanc ychydig lathenni oddi wrth ddrws y tŷ, ei wyneb yn welw a'i gorff yn rhynnu gan oerfel er tanbeitied gwres yr haul. Ymarweddai fel rhywun llawer hŷn na dwy ar bymtheg, fodd bynnag, ac fel oedolyn y llefarai.

'Oes, mae rhywbeth wedi digwydd,' meddai a phendantrwydd dieithr i glustiau'r menywod yn ei oslef. 'Glywais i eich bod chi wedi dweud celwydd wrtha i. Ac rwy' am ichi ddweud y gwir.'

Llefarai Ifor Thomas yn groyw ac yn awdurdodol yn null y tad na wyddai am ei fodolaeth. Rhythodd y ddwy fenyw arno mewn braw. Ofnai Gwen ei bod am lewygu. Dechreuodd Megan gerdded yn araf tuag ato, ei breichiau ar led a'r dagrau'n llifo i lawr ei gruddiau; 'Dere ata i, fy mab i,' sibrydodd. 'Dere di at dy fam, fy mab annwyl i. Fe ddyweda i'r gwir wrthot ti.'

Ni fuasai ergyd o ddryll a daniwyd ddwy droedfedd o flaen ei wyneb wedi achosi mwy o loes i Ifor Thomas. Gwrthodai ei feddwl amgyffred goblygiadau enbyd y geiriau.

Trodd y llanc ar ei sawdl a rhedeg nerth ei draed o'r buarth at un o ffaldiau'r *chacra*, neidiodd ar gefn un o'r ceffylau a'i farchogaeth yn ddigyfrwy tua'r gorllewin gan anwybyddu ymbiliadau torcalonnus y chwaer a oedd yn awr yn fam iddo.

Cwympodd Megan Thomas ar ei gliniau ynghanol y buarth dan wylo. Wylai fel baban newydd ei eni.

XI

Daliai Megan i wylo, a'i theimladau'n chwilfriw, pan ddychwelodd Glyn ac Emyr o Rawson o'r diwedd. Wedi i Gwen esbonio beth oedd achos yr argyfwng, gofynnodd Glyn i Emyr roi gwybod i Tomi a mynd gyda'i fab i chwilio am y llanc a'i gymell i ddychwelyd adref.

Roedd y wlad yn dal yn ddieithr i Emyr ac wedi iddo groesi'r afon a marchogaeth tua'r Bryn Gwyn, yn unol â chyfarwyddiadau Glyn, bu raid iddo alw mewn nifer o ddyddynnod am wybodaeth bellach heb fod hynny o fudd mawr iddo, gan mai newydd-ddyfodiaid i'r ardal oedd Tomi a Cynthia.

Trwy lwc, fodd bynnag, trawodd ar farchog arall, yn teithio tuag ato dan godi llaw a'i gyfarch o hirbell, gŵr a wyddai'n union ble roedd y Bonwr Thomas Joseph Thomas ar y pryd. Y Parchedig William Morris, gweinidog ar eglwysi Presbyteraidd y Wladfa oedd hwn, ac fe welsai ef Tomi y bore hwnnw, gyda rhai o'i gymdogion, yn mynd ymlaen â'r gwaith o adeiladu'r gored a fyddai'n codi lefel y dŵr yn un o geunentydd culaf yr afon er mwyn hwyluso'r gorchwyl o ddyfrhau'r meysydd.

Ni fu Emyr fawr o dro cyn cyrraedd y fan a nodwyd gan Mr Morris. Yno roedd tua deg ar hugain o ddynion wrthi'n llafurio'n ddiarbed ar y glannau ac yn y dŵr. Gwelodd feini enfawr yn cael eu llusgo ar geir llusg gan dimau o geffylau chwyslyd a dynion yr un mor chwyslyd yn eu gosod yn eu lle yn y mur a wyrai ar letro i'r un cyfeiriad â llif yr afon.

Oherwydd disgleirdeb llachar haul y prynhawn ni chanfu Emyr yr wyneb y chwiliai amdano ynghanol y dorf weithgar am rai munudau. O'r diwedd adnabu Tomi fel un o bedwar a ymlafniai i osod clamp o graig ar ben rhan anorffenedig o'r gored gyda chymorth rig cyntefig a rhaffau. Methodd eu hymdrechion nes i Emyr roi help llaw iddynt. Roedd cariad Megan yn ddyn ifanc, cyhyrog, egnïol a brwdfrydig a chafwyd y maen i'r wal, yn llythrennol, yn fuan iawn wedi iddo ymuno â'r pedwar arall.

Dim ond wrth iddynt gydlawenhau a llongyfarch ei gilydd yr adnabu Tomi ei ddarpar frawd-yng-nghyfraith. 'Beth ddaeth â thi i'r rhan hyn o'r byd?' gofynnodd yn syn.

'Dere 'da fi i rywle gallwn ni siarad,' oedd ateb di-wên Emyr Daniels.

Wedi iddo glywed hynny a wyddai Emyr o'r hanes, cydsyniodd Tomi ar unwaith i fynd gydag ef i holi Martha Griffiths.

Pan gyraeddasant y *chacra*, ganol y prynhawn, dywedodd Martha wrthynt fod Ifor wedi dychwelyd yno ddwyawr ynghynt, ar gefn un o geffylau ei dad a Campwr yn dilyn wrth dennyn. Er bod golwg ddwys a difrifol ar wyneb gwelw'r llanc roedd wedi ymdawelu. Cyfarchodd hi â'i gwrteisi arferol a dweud ei fod wedi penderfynu gwladychu llain o dir ymhellach i fyny'r Dyffryn. Aeth ati ar unwaith wedyn i hel ei bac – ei gynilion, crwyn a phlu ac ychydig offer ac arfau – a dodi'r cyfan ar gefn Campwr.

Er bod yr anifail yn gloff, roedd yn abl i gario eiddo ei feistr ond nid y meistr ei hun a gwelodd Martha gyfle i wneud peth iawn am fod â'i llach ar y gŵr ifanc anffodus ac i wobrwyo, yr un pryd, ei lafur diflino yn ystod y misoedd diwethaf, trwy roi Seren, caseg ei diweddar ŵr, yn anrheg i'w nai.

Diolchodd Ifor i'w fodryb wrth ffarwelio a chychwyn am y Tir Halen ar gefn Seren, a Campwr, a'i lwyth ysgafn, yn eu dilyn.

Aeth Tomi ac Ifor ar drywydd y ffoadur ar unwaith ond er iddynt ddal ati tan fachlud haul ni welsant arlliw ohono ef na'i olion a phenderfynasant ddychwelyd adref a rhoi cynnig arall ar ddod o hyd i Ifor drannoeth, wedi eu dilladu'n fwy addas a chyda chyflenwad digonol o fwyd a diod.

Y rheswm pennaf am eu methiant oedd bod Ifor wedi eu gweld hwy yn gyntaf, o gopa'r Hirfryn, a chuddio'n ddiogel o'u golwg rhwng y llethrau moelion. Nid oedd am drafod digwyddiadau'r oriau blaenorol na'i deimladau ef ei hun gyda neb.

Yn ystod y ddeuddydd nesaf, ymlwybrodd Ifor dros y *campo* yn bwyllog ond yn benderfynol. Perai i'w geffylau gerdded yn nŵr yr afon, pan oedd hynny'n bosib, i osgoi gadael olion. Ni orffwysai ond pan fyddai raid, i fwyta ac yfed. Bryd hynny byddai'n bwrw golwg ar droed glwyfus Campwr ac yn newid y rhwymyn sachliain a lapiwyd amdani pe byddai angen. Gwellodd yr anaf yn fuan iawn, diolch i'r eli gwyrthiol y dysgasai Fidel i Ifor ei wneud o saim mochyn a rhai o berlysiau'r paith.

Pen y daith oedd cwm cul a elwid y Ffos Halen. Yno y penderfynodd Ifor Thomas sefydlu ei *batch.*

Aeth tair wythnos heibio cyn i Tomi gyrraedd y Ffos Halen, ac Ifor, erbyn hyn, wrthi'n codi bwthyn o frics clai rhyw ddwy lathen o hyd a phedair llathen o led. Adeilad un stafell ydoedd, gydag un mynediad, un ffenestr fechan ac un simnai lydan. Hyd nes y byddai ei gartref newydd yn barod, cysgai'r arloeswr ifanc ar fatres wellt, dan bentwr o grwyn ac un garthen, mewn ogof fechan wrth droed clogwyn uchel, a chreigiau mawr yn gwarchod ei cheg.

Ar y pryd, roedd y llanc yn cyweirio'r to, trwy rwymo bwndeli o hesg yn y dellt a'i cynhaliai. Yn y man byddai'n plastro llaid cleiog dros y bwndeli er mwyn ychwanegu at ddiddosrwydd ei gartref.

Ar ôl dwy siwrnai seithug gyda'i gilydd, roedd Tomi ac Emyr wedi penderfynu cymryd eu tro i fynd allan ar wahân, gan fod dyletswyddau amaethyddol yn galw ar y ddau gydol yr amser. Dyna sut mai ar ei ben ei hun y trawodd Tomi ar ei brae ryw fin nos. Roedd yn flinderus, gorff a meddwl, wedi tridiau o chwilio'n ofer, ac yn llwglyd hefyd, gan na chawsai ddim lwc fel heliwr.

Rhoddodd calon Ifor lam o lawenydd pan welodd ei ymwelydd. Neidiodd oddi ar dop y pared a chofleidiodd y ddau ei gilydd yn wresog. Yna aeth y *chacarero* newydd i fwydo ei westai newynog, gan arlwyo ger ei fron olwyth o'r gwanaco ifanc yr oedd wedi ei rostio yn y ffwrn bridd gerllaw'r ogof ar gyfer ei bryd canol dydd ef ei hun.

O weld Tomi'n bwyta gyda'r fath archwaeth, daeth chwant bwyd ar Ifor ei hun a thorrodd dameidiau o gig yr oedd wedi ei halltu y diwrnod blaenorol a'u rhostio. Ond gwledd ddiddweud fu hi. Ni soniwyd am ddim pwysicach na phroblemau adeiladu a'r tywydd.

Roedd hi'n nos dywyll erbyn i'r pryd ddod i ben a fflamau'r tân a fu'n twymo'r ffwrn yn taflu cysgodion y ddau ŵr ifanc ar y clogwyn y tu ôl iddynt. Gwyddai Tomi nad oedd gohirio pellach i fod a dywedodd wrth Ifor yr hyn a wyddai am ei dad: ei ddoniau, ei garwriaeth fer gyda Megan, ei ddiflaniad ar ôl glanio, a'i farwolaeth drist ac unig ar y paith.

Gofynnodd Ifor fflyd o gwestiynau. Dymunai wybod popeth am Dafydd Williams: ei gefndir, ei gymeriad, ei ymddangosiad a'i ddaliadau. Popeth.

Wrth i Tomi ymdrechu ei orau i roi atebion mor fanwl â phosib i'r holl gwestiynau hyn, llifai atgofion o ddyddiau ei blentyndod i feddwl Ifor: yr angladd ac yntau'n rhan o ddrama nad oedd yn ei ddeall; ofn diniwed o'r hyn oedd yn annirnadwy iddo; tosturi diymadferth at Megan yn ei dagrau; yr awyrgylch bruddglwyfus; y lleisiau swynol, yr emynau . . .

'Pam na ddywedoch chi'r gwir wrtha i?' holodd Ifor yn llawn dicter cyfiawn a'r cwestiwn yn ffrwydro o'i enau. 'Pam ddywedoch chi anwiredd wrtha i cyhyd?'

Ymbalfalodd Tomi am ateb i'r cwestiwn dyrysyaf ac anosaf.

Bu ef ei hun yn feirniadol o 'gelwydd golau' y teulu o'r dechrau cyntaf. Tybiai mai cywilydd oedd yr ysgogiad, ynghyd ag ymgais i 'warchod enw da' Megan; ymgais ffôl ac aneffeithiol, o reidrwydd, mewn cymdeithas mor fechan. Credai Tomi y buasai Megan wedi cael trefn ar ei bywyd ynghynt petai eu rhieni wedi caniatáu iddi gydnabod Ifor fel ei mab.

Tawodd Ifor ac eistedd yn ei gwman, yn syllu i'r marwor, mor llonydd a di-ddweud â delw faen, hyd nes, maes o law, y dechreuodd dagrau poeth ffrydio i lawr ei ruddiau.

Cofiodd Tomi fod yn ei feddiant foddion a allai lacio tyndra'r achlysur. Cododd ac aeth i mewn i'r ogof, i'r fan y gadawsai ei sgrepan a dychwelyd gyda fflasg fechan yn ei law. Os gallai'r wirod ddiheintio briwiau'r cnawd, gallai leddfu doluriau'r enaid hefyd.

Cydyfodd y ddau lanc. Nid oedd digon o'r wirod i'w meddwi ond mwy na digon i lonni'r ysbryd.

'Rwy' am iti gael hon.'

Trodd Ifor ei ben a gweld bod Tomi wedi estyn ei law agored tuag ato a bod trysor pennaf ei 'frawd mawr', cyllell boced fechan, ddel ac iddi garn o asgwrn, yn gorwedd ar ei chledr.

'Cymer hi,' meddai Tomi. 'Dafydd oedd piau hi. Roddodd e hi'n anrheg imi, jyst cyn iddo fe adael y llong.'

Cymerodd Ifor y gyllell yn ddibetrus a syllu arni am hydoedd cyn cau ei fysedd amdani a'i gwasgu'n dynn yn ei ddwrn. Bu'r gyllell fechan hon yn llaw ei dad. Roedd yn gyfrwng a'i galluogai i gydio yn y llaw honno mewn modd a oresgynai ragfuriau amser a gofod. Fe'i llanwyd ag awydd anorchfygol i ganu fel y canai ei dad gynt yng Nghymru ac ar y *Mimosa*,

Nid wy'n gofyn bywyd moethus
Aur y byd na'i berlau mân . . .

Ymunodd Tomi â'i lais bas dwfn yn y cytgan,

Calon lân yn llawn daioni
Tecach yw na'r lili dlos . . .

Roedd hi'n noson loergan, leuad lawn a gwastadeddau anferth y paith yn llwyfan perffaith i ddatganiad cerddorol y ddau Gymro ifanc o'u dyhead am 'galon onest, calon lân' – delfryd a berthyn i'r ddynoliaeth gyfan. Canent i liniaru blinderau'r enaid mewn tiriogaeth anghysbell ac anghyfannedd na wyddai 'Gwareiddiad' nemor ddim amdani. Canent mewn iaith ddieithr gan ddarogan newidiadau enfawr ac oes newydd.

Flynyddoedd maith yn ddiweddarach, pan adroddai Tomi wrth ei blant a phlant ei blant hanes y gymanfa ganu ryfedd ynghanol yr anialwch, disgleiriai ei lygaid fel petaent yn dal i syllu i fflamau'r tân a gynhesai ef ac Ifor y noson honno.

XII

Penderfynodd Tomi ddychwelyd i'r Dyffryn drannoeth a manteisiodd Ifor ar y cyfle i anfon cyfarchion serchus at ei deulu ynghyd â neges arbennig at Megan. Dymunai iddi wybod nad oedd yn edliw dim iddi ond ei fod yn teimlo'r angen o fod ar ei ben ei hun am beth amser, er mwyn ceisio rhoi trefn ar ei feddyliau.

Addawodd Ifor alw i weld y teulu cyn bo hir, pan âi i Rawson i werthu ei nwyddau ac i brynu bwyd ac offer. Roedd hynny'n gyfystyr â datganiad clir a phendant o fwriad y llanc i ffermio tir y Ffos Halen.

Brecwestodd Ifor a Tomi gyda'r wawr ar weddillion *asado* y noson cynt a the a yfwyd o'r un jwg.

'Mae angen blawd arnot ti,' awgrymodd Tomi, nad oedd yn gyfarwydd â brecwast difara, rhagor nag Ifor cyn ei alltudiaeth. 'A 'bach o siwgwr.'

'Oes,' atebodd Ifor, 'ond bydd rhaid imi gasglu rhagor o grwyn a phlu at ei gilydd cyn galla i fforddio'r holl bethe sy ar y rhestr rwy' wedi'i sgrifennu.'

'Sut gwnest ti hynny?' holodd Tomi braidd yn amheus.

'Ddangosa i iti,' atebodd Ifor a direidi yn ei lygaid. Cododd a mynd i mewn i'r ogof gan ddychwelyd gyda rhywbeth yn ei law oedd wedi ei guddio dan ei fatres wellt, sef darn oddeutu wyth modfedd wrth chwech o risgl helygen wedi ei sychu.

Cymerodd Tomi y 'ddogfen' a syllu arni dan ryfeddu cyn

chwerthin yn iach wrth ddarllen y geiriau yr oedd Ifor wedi eu torri – yn llythrennol – ar ochr fewnol y rhisgl a hynny â blaen cyllell: reis, siwgwr, blawd, dail mate, llestr mate, cetris, canhwyllau, matsys, sospan.

'Da iawn ti,' chwarddodd Tomi, 'ond rwyt ti wedi anghofio dau beth pwysig.'

'Beth yw'r rheini?'

'Papur a phensil!'

Roeddynt ill dau'n dal i wenu ar ei gilydd wrth i Tomi dynhau cenglau ei farch ond pan drodd at Ifor wedyn roedd y llanc hynaf wedi difrifoli.

'Cymer di ofal nawr, Ifor,' meddai'n dadol gan syllu i lygaid y llall tra llenwai ei lygaid ei hun, er ei waethaf. 'A chofia y galli di ddibynnu arna i bob amser, doed a ddêl.'

Gwasgodd Ifor ei ddannedd yn dynn yn ei gilydd mewn ymdrech lew i ymddwyn fel y dylai oedolyn ar adeg anodd. Anadlodd yn ddwfn dan ewyllysio ymwroli. 'Rwy' inne am i ti ddeall rhywbeth,' meddai a chrygni yn ei lais. 'Does dim byd wedi newid rhyngon ni. 'Mrawd i fyddi di'n wastad, Tomi. 'Mrawd mawr i.'

Gyda llefaru'r geiriau hynny, trechwyd y ddau gan eu teimladau. Estynasant eu breichiau at ei gilydd yr un pryd a chofleidio, fel dau ymaflwr codwm lluddedig, y naill yn pwyso ar y llall, am ysbaid ynghanol gornest. Arosasant felly am hir gan ymwahanu'n afrosgo a dywedwst yn y man.

Neidiodd Tomi ar gefn ei geffyl ac arwyddo ei fod am ymadael.

'Rho gusan i Megan drosta i,' meddai Ifor yn swil.

'Fe 'na i,' addawodd Tomi gan sbarduno'i farch ac ymaith â hwy ar garlam.

Yn ystod y tair wythnos nesaf, bwriodd Ifor iddi i orffen adeiladu ei fwthyn a llwyddo i raddau a roddai foddhad mawr iddo, pan ystyriai brinder ei offer a'i adnoddau. Roedd yn ffodus yn y ffaith iddo ef a Tomi gynorthwyo Glyn Thomas o bryd i'w gilydd, i helaethu'r cartref. Ychwanegasid ail stafell wely i ddechrau, ac yna bantri a seler oddi tani, lle y cedwid bwydydd yn glaear yn ystod gwres yr haf. Cawsai Glyn help y bechgyn i godi sgubor a chytiau hefyd, a dyna sut y bu iddynt ill dau ddod yn hyddysg yn y grefft o drin coed ac o lunio anheddau cadarn o foncyffion.

Erbyn i Ifor orffen diddosi to'r bwthyn, teimlai fod pen trwm y gwaith wedi ei gwblhau a threuliodd awr gron yn cerdded yn dalog o amgylch yr adeilad yn edrych arno o bob ongl bosib. Roedd nifer o fanylion pwysig yn dal yn eisiau – fframiau a chwarel y ffenest, er enghraifft, a drws, ond ni ellid diwallu'r anghenion hynny heb offer a defnyddiau o Rawson. Ychwanegodd lif at ei restr – â bwyell y gwnaethai'r gwaith coed i gyd – ynghyd â hoelion, morthwyl, gefel, rhaw a rholyn o weiren.

Yr un fyddai trefn feunyddiol Ifor bob dydd. Codi gyda'r wawr, mynd at yr afon i ymolchi ac yn y blaen, brecwesta ar weddillion ei swper a siwgaid o de, neu, pan fu i'r te ddarfod, trwyth a wnâi o ddail y mintys gwyllt a dyfai ar lan yr afon.

Gweithiai'n galed ar yr adeilad tan amser cinio, ganol dydd, ac wedi *siesta* o ryw ddwyawr, treuliai'r prynhawn yn hela. Cig gwanaco oedd ei luniaeth pennaf. Wedi helfa lwyddiannus byddai'n halltu digon o gig i'w gynnal am ddyddiau. O bryd i'w gilydd byddai'n mwynhau danteithion fel ysgyfarnogod, armadilod, wyau estrys a brithyll yn syth o'r afon.

Yn y cyfnod hwnnw, cysgai Ifor un ai yn yr ogof neu yng nghysgod y clogwyn, gan feddwl bod hynny'n ddiogelach na noswylio mewn adeilad di-ddrws, man lle y gallai gelyn ei gornelu.

Penderfyniad doeth, gan i rywun neu rywbeth ddechrau ymweld â'i gartref anorffenedig liw nos. Un bore, darganfu'r cwdyn y cadwai gig hallt ynddo, ynghyd â'i gynnwys, wedi eu rhwygo'n gyrbibion ychydig lathenni o'r gwersyll. Meddyliodd i ddechrau mai rhyw deithiwr oedd yn gyfrifol am yr anfadwaith; fod hwnnw wedi mynd i mewn i'r bwthyn am loches ac, ar ôl darganfod y cig, wedi ymadael gyda'r bwriad o loddesta arno yn rhywle arall. Ond pam rhwygo'r cwdyn a llarpio'r cig mor agos at y gwersyll? Efallai mai cadno oedd y troseddwr.

O hynny allan, aeth Ifor i'r arferiad o hongian ei gydau cig o nenfwd y bwthyn gan eu rhwymo i'r dellt â phytiau o raff a gwifren. Ni pheidiodd yr ymweliadau annifyr, serch hynny, ond sylwodd Ifor fod y cydau a oedd wedi'u clymu â rhaff neu gortyn yn diflannu, tra daliai tameidiau o'r cig a gysylltid i'r dellt â gwifren yn sownd yn honno; arwydd bod y lleidr yn cipio at y cig ac yn ei grafangu oddi ar y dellt. Go brin y gallai unrhyw gadno neidio mor uchel.

Dechreuodd y busnes beri pryder iddo. Er bod ambell frodor yn lladrata oddi ar ddynion gwynion, roedd yn gyndyn o'u beio hwy gan fod y berthynas rhwng y Cymry a 'brodyr y paith' yn dda iawn, ar y cyfan, ac mai masnachu a bargeinio oedd dileit pennaf y bobl hynny. Ac ni fyddai'r un Indiad llaw-flewog wedi mynd â'r cig tra gadawai lonydd i bentwr o blu a chrwyn a fuasai'n dod â chymaint o elw iddo o'u cyfnewid neu eu gwerthu yn y Wladfa.

Heblaw am helynt y lleidr cig, bu honno'n wythnos broffidiol dros ben i Ifor. Un bore, ac yntau ar ben y to, yn plastro hwnnw â chymysgedd o laid cleiog a hesg crin, gwelodd olygfa hyfryd ac annisgwyl – caseg a'i hebol yn pori'n dawel ar lan yr afon, lai na chanllath oddi wrth y bwthyn.

Yn ddibetrus, penderfynodd Ifor ddal yr anifeiliaid. Sbonciodd oddi ar y to, mynd i nôl ei lasŵ a'i *boleadoras*, rhedeg i'r ffald at Campwr a oedd yn holliach yn awr, dodi ffrwyn arno a'i farchogaeth yn ddigyfrwy at y fan lle y porai'r ddau geffyl dieithr.

Yn hollol groes i'r disgwyl, nid ceffylau gwyllt mohonynt ond rhai dof wedi mynd ar ddisberod; hynod o ddof, a dweud y gwir. Serch hynny, rhag cael ei siomi, yn ara deg y dynesodd Ifor atynt ar gefn Campwr.

Er mwyn bod yn saff o ddal y fam, yr hyn a wnaeth wedi dod o fewn ychydig droedfeddi iddi, oedd taflu dolen y lasŵ dros ben yr ebol a thynnu hwnnw'n garcus at ei fam, gan furmur yn dawel a charuaidd wrth y ddau. Yna, yn sgilgar ac yn amyneddgar, tywysodd Ifor y gaseg a'r ebol tua'r ffald a'u cau ynddi gyda'r ddau geffyl arall.

Ar unwaith, dechreuodd yr ebol sugno teth ei fam a bedyddiodd eu meistr newydd hwy yn y fan a'r lle yn 'Unig' a 'Cochyn' – canys dyna liw blew y bychan.

Bu Ifor yn lwcus eto, ddeuddydd yn ddiweddarach, wrth hela, pan drawodd, y tro hwn, ar yrr o wanacod ym mhen uchaf y ceunant, wedi eu corlannu rhwng llethr serth, crugyn o greigiau a dŵr yr afon. Gan fanteisio ar fraw'r anifeiliaid, llwyddodd i ddal dau oedolyn ac un bach. Lladdodd y tri ar fyrder a'u cludo'n ôl i'r gwersyll ar ddau o'r ceffylau. Treuliodd weddill y diwrnod yn blingo'i brae ac yn halltu eu cig, ar ben ei ddigon ar ôl diwrnod mor llwyddiannus.

Y noson honno, fodd bynnag, troes ffawd yn ei erbyn yn egr.

Oherwydd nad oedd ganddo ddigon o raff, llinyn na gwifren i allu hongian y cig i gyd o'r nenfwd, gosododd Ifor ran helaeth ohono ar lwyfan o foncyffion a gododd ar ganol llawr y bwthyn.

Tua thoriad dydd, deffrwyd y llanc gan sŵn cras, fel rhywun yn carthu ei lwnc. Cydiodd yn y *shotgun* a rhuthro o'r ogof at y bwthyn a'i galon yn curo'n wyllt. Er ei fod yn ofni'n ddirfawr sut ateb a gâi, gorfododd ei hun i ofyn pwy oedd yno, yn Sbaeneg, '¿Quién anda ahí?'

Ni ddaeth ateb. Dim ond trwst rhywun neu rywrai'n ffoi rhwng y llwyni. Dwysaodd ei ofn. Efallai bod ei wersyll dan warchae criw o wylliaid? Dychwelodd ar fyrder at droed y clogwyn a gosod ei hun â'i gefn at y graig a'r dryll ar anel at unrhyw elyn a geisiai ymosod arno. Eisteddodd yno a'i lygaid ar agor a'i nerfau fel tannau telyn nes cododd yr haul, pan fentrodd ddychwelyd yn betrus i'r bwthyn a'i fys ar gliced y dryll.

Ni welsai yn ei ddydd lanast fel yr un a adawsai'r

ymwelydd difoes ar ei ôl. Roedd y cig wedi'i rwygo a'i ddarnio, talpiau ohono wedi ei luchio hyd y llawr a'r parwydydd a thipyn go lew wedi ei ladrata. Gwylltiodd Ifor yn gacwn. Addunedodd mai dyna'r tro olaf y gwelid y fath olygfa ffiaidd yn ei gartref ef. Dechreuodd cynllun egino yn ei feddwl.

Gweithiodd cyn galeted ag arfer y diwrnod hwnnw ond yn flin a diamynedd. Swperodd yn gynnar er mwyn rhoi ei gynllun ar waith cyn iddi nosi. Cysylltodd ychydig duniau a llestri metal â'i gilydd â gwifren a rhwymo deupen honno at byst y drws, rhyw droedfedd yn uwch na'r llawr. Dododd gatrisen yr un yn nau faril y *shotgun* a'i ddwy olaf yn ei logell. Yna, wedi iddi fachlud, dringodd i ben to'r bwthyn ac eistedd yno a charthen wedi ei lapio amdano i ddisgwyl am ymweliad anhyfryd arall.

Roedd hi'n noson ddifwstwr, ddigwmwl ac wedi rhai oriau o wylio a gwrando'n ofer, aeth blinder corfforol a meddyliol yn drech nag Ifor a hunodd yn drwm.

Deffrwyd ef gan glindarddach y tuniau a'r llestri islaw. Dadebrodd yn ffwndrus gan ollwng y gwn o'i afael a llithrodd hwnnw i lawr y to gan aros, trwy ryw wyrth, ar ei odre isaf. Wrth ymbalfalu'n lletchwith am yr arf syrthiodd y bachgen oddi ar y to ac ar wastad ei gefn ar y ddaear.

Clywodd y troseddwr yn y tŷ Ifor yn cwympo ac fel y codai hwnnw ar ei draed a bachu'r dryll oddi ar ymyl y to, fferwyd ei waed gan oernad erchyll. Trodd ei olygon at borth y bwthyn wrth i biwma anferthol lamu drwyddo. Safai'r anifail ychydig droedfeddi oddi wrtho, gan rythu a chwyrnu'n fileinig arno, a'i gefn yn crymu'n fygythiol.

Petai Ifor Thomas wedi oedi eiliad, ni fuasai wedi byw i adrodd yr hanes. Taniodd ddwy faril y *shotgun* gyda'i gilydd ac aeth un bwled i frest yr anghenfil a'r llall drwy ei ben. Neidiodd y creadur yn uchel i'r awyr dan wingo a rhuo cyn disgyn yn ddiymadferth ar y llawr.

Syrthiodd Ifor ar ei liniau ac aros yno'n crynu o'i gorun i'w sawdl am rai munudau, er bod yr awel yn iasol o fain a'i geffylau'n gweryru mewn braw.

Ymhen hir a hwyr, cododd Ifor ar ei draed ac ymlusgo tua'r ffald i dawelu'r anifeiliaid. Bu mewn aml i gaethgyfle ar y paith cyn hyn ond ni chawsai erioed brofiad mor echrydus. Dyna pam bod ei aflau'n wlyb diferol, meddyliodd.

XIII

Aeth sawl wythnos heibio'n ddianffawd ac erbyn canol mis Rhagfyr, teimlai Ifor ei bod hi'n bryd iddo ei throi hi am y Dyffryn i chwilio am brynwr i'w blu a'i grwyn ac i alw gartref yr un pryd, er mwyn treulio gwyliau'r Nadolig a'r flwyddyn newydd gyda'i deulu.

Eithr roedd ganddo un broblem sylweddol: ni fuasai'n bosib cludo'i holl stoc ar gefnau Campwr a'r ddwy gaseg. Ei ddull ef o oresgyn yr anhawster oedd saernïo car llusg o foncyffion a changau wedi eu rhwymo â rhaffau a gwifrau, a chymell Unig a Seren i dynnu hwnnw a'i lwyth tua'r 'byd gwareiddiedig'.

Gadawsant y Ffos Halen gyda'r wawr. Teithient yn araf gan oedi'n fynych oblegid nid oedd y cesyg yn gyfarwydd â'r gorchwyl. Ychwanegwyd at anghysur Unig gan y tennyn a ddolennwyd am ei gwddf i'w chysylltu â'i hebol, Cochyn. Cydymaith trafferthus fu hwnnw gydol y daith ond ni ellid ei adael gartref i ymorol drosto'i hun.

Sylweddolodd Ifor cyn bo hir y gallai'r daith ddod i ben yn fuan iawn ac yn fethiant llwyr oherwydd bod y ddaear dan y car llusg a charnau'r ceffylau mor garegog a'r dirwedd mor fryniog. Wedi tair awr o ymlusgo malwenaidd, daeth y fintai geffylog i stop pan drawodd y car yn erbyn carreg fawr, finiog a dorrodd un o'r rhaffau a ddaliai'r cerbyd cyntefig at ei gilydd. Aberthodd Ifor un o'i grwyn gorau er mwyn gwneud rhwymyn ohono.

Hanner dydd, a hwythau heb deithio llawer mwy nag wyth milltir, oedodd Ifor am damaid o gig wedi ei halltu a llymaid o ddŵr, a'r haul crasboeth yn llosgi ei wyneb. Wrth ailgychwyn, gweddïodd ar i'r Hollalluog roi hwb i'r achos.

Gwaethygodd gerwinder y tir fel yr ymlwybrai'r fintai geffylog tua Rawson ac erbyn diwedd y prynhawn, gwyddai Ifor na chyrhaeddai'r dreflan y diwrnod hwnnw. Ychydig yn ddiweddarach, fodd bynnag, o ben bryn uchel, cafodd ei olwg gyntaf ar y Dyffryn. Uwchben, ehedai haid o barotiaid lliwgar, a'u clebran swnllyd a'u sgrechiadau mynych fel cân o groeso yng nghlustiau'r 'mab afradlon'.

Cyn cychwyn ar y goriwaered, archwiliodd Ifor gyflwr ei geffylau a chael bod llusgo llwyth trwm gydol y dydd, mewn harnais ddi-lun o'i wneuthuriad ef ei hun, wedi dolurio gwarrau'r ddwy gaseg. Achubodd y Cochyn llwglyd ei gyfle i sugno un o dethi Unig a'i gwrthododd yn sarrug, gan fod ei greddf famol yn go fain erbyn hyn.

Penderfynodd Ifor ofyn am loches dros nos yn y *chacra* gyntaf y deuai ar ei chyfyl a bu'n ffodus. Cafodd groeso caredig gan John Rhys a'i deulu er mai dieithryn ydoedd. Fe'u syfrdanwyd bod llanc mor ifanc wedi medru teithio ar ei ben ei hun dros ddeunaw milltir, drwy dir mor ddiffaith a than amgylchiadau mor anffafriol.

I breswylwyr un o ffermdai mwyaf anghysbell y Wladfa, difyrrwch amheuthun oedd ymweliad y bachgen rhyfedd hwn. Ac roedd golwg od ar Ifor: ei ddillad yn garpiau oherwydd traul caledwaith a'r hin, botasau o groen gwanaco o'i waith ef ei hun am ei draed a, phan gyrhaeddodd y ffermdy, het gantel lydan am ei ben a dwy bluen estrys fechan o boptu'r corun.

Rhythai'r plant arno – bachgen pump a geneth saith mlwydd oed – dan hanner cuddio y tu ôl i ffedog fras eu mam.

Rhoddodd Ifor ei enw'n llawn i John ac Ann Rhys, gan obeithio y byddai hynny'n ddigon ac y gallai osgoi'r cwestiwn a ofnai. Eithr ni fodlonodd Mrs Rhys ar gyn lleied o wybodaeth am yr ymwelydd.

'Mab Robat Tomos ydach chi?' holodd.

'Nage,' atebodd Ifor mor ddidaro ag y gallai. 'Mab Glyn a Gwen Tomos.'

'A!' meddai Ann Rhys a chiledrychodd ei gŵr a hithau ar ei gilydd yn llechwrus. 'Mab Glyn Tomos Trerawson wyt ti felly?'

'Ie,' ebe Ifor dan gywilyddio, am y tro cyntaf erioed, wrth gadarnhau hynny. Gwyddai o'r gorau fod y rhan fwyaf o'r Gwladfawyr yn gwybod ei hanes yn burion ac mai di-les fu'r blynyddoedd o gogio mai mab Glyn ydoedd. Ysai am gael holi John ac Ann Rhys a fuasent hwy'n aelodau o fintai'r *Mimosa*? A adwaenent Dafydd Williams? Sut un oedd ei dad . . . ?

Yn lle hynny tawodd, a'i ben yn ei blu.

Tosturiai John ac Ann wrth eu gwestai ifanc ac er mwyn codi ei galon arlwyodd hi debotaid o de poeth a phlataid o fara menyn o'i flaen. Claddodd y llanc newynog y cyfan mewn byr o dro ac fe'i llonnwyd ymhellach pan gynigiodd y penteulu wely iddo'r noson honno a chymorth drannoeth.

'Yli, Ifor,' meddai John Rhys, 'mi gei di aros yma heno, a 'fory, mi ro' i fenthyg trol a cheffyl iti fynd â dy grwyn a dy blu i Drerawson. Gei di adal y ddwy gasag yma. Dydw i ddim yn meddwl y gnei di hi fel arall, wàs.'

Derbyniodd Ifor y cynnig gyda llawer o ddiolch a'r bore canlynol gadawodd y *chacra* yn unol ag argymhelliad John Rhys, gyda Campwr yn sownd wrth dennyn a glymwyd i gwt y drol. Canodd Ifor yr holl ffordd i Gaiman. Canodd bob un o'r ugeiniau o ganeuon a ddysgasai er yn blentyn.

Cyrhaeddodd Ifor y pentref ychydig wedi pedwar o'r gloch y prynhawn. Chwaraeai haid o blant yn y brif heol ar y pryd a phan welsant y dieithryn brith, rhedasant ar ôl ei drol dan gellwair a chwerthin.

'Indian gwyn ydi o!' gwaeddodd un crwtyn, gan bwyntio at ddiwyg anghyffredin Ifor a'i lwyth o grwyn a phlu.

Glynodd y glasenw hwnnw arno ymhlith pobl Gaiman am flynyddoedd.

Galwodd Ifor ym maelfa Juan Acosta, a fasnachai gyda'r

Brodorion, i weld sut brisiau y gallai eu disgwyl. Ni fwriadai werthu dim nes gweld a geid gwell telerau yn Rawson ac nid arhosodd yn y pentref ragor na hanner awr cyn cychwyn am adref a phrysuro er mwyn cyrraedd cyn machlud haul.

Tarfwyd ar dawelwch y ffermdy a'r buarth gan gri o syndod a gorfoledd pan welodd Gwen Thomas Ifor drwy un o'r ffenestri. Rhedodd y teulu cyfan allan i'w groesawu â chofleidiau cariadus a dagrau o lawenydd; pawb yn clebran nerth eu pennau – ac eithrio Megan na allai yngan gair er bod ei hwyneb yn tywynnu a'i llygaid yn disgleirio.

Y noswaith honno, dros swper, disgrifiodd Ifor ei hynt a'i helynt a manylion ei fywyd beunyddiol er pan ymgartrefodd yn y Ffos Halen. Fe'i pledwyd â chwestiynau er bod Tomi wedi adrodd llawer o'i hanes wrth y teulu eisoes. Bu raid iddo adrodd hanes y piwma sawl gwaith, gan fod Glyn ac Emyr yn mynnu cael gwybod pob manylyn, yn enwedig yr hyn a gofiai am yr eiliad dyngedfennol pan saethodd y bwystfil rheibus. Ni allai neb amau geirwiredd y bachgen, a chroen yr anifail a thyllau bwledi yn ei dalcen a'i fynwes yn gorwedd ar lawr y gegin, yn rhodd i'w deulu. Roedd Ifor eisoes wedi sychu'r croen trwy rwbio halen iddo a'i hongian yng ngwres yr haul. Addawodd Emyr ei gyweirio ymhellach, fel y gellid ei osod ar bared y gegin i goffáu gorchest y gŵr ifanc.

Clywodd Ifor newydd da yn ei dro pan gyhoeddodd Megan ac Emyr eu bod am briodi'r wythnos ganlynol er mwyn manteisio ar ei bresenoldeb ef ar ei hen aelwyd. Ni thramgwyddwyd y llanc mewn unrhyw fodd. Byth er pan ddatgelwyd iddo gyfrinach ei genhedliad, fe'i meddiannwyd gan awydd eirias i gydnabod y gwir amdano'i hun gerbron y byd. Cawsai ddigonedd o amser, yn ystod yr wythnosau blaenorol, i fyfyrio uwchben llawer o gwestiynau dirfodol dyfnion ac i lunio atebion a'i bodlonai.

Credai fod gan Megan bob hawl i fynnu bywyd gwell iddi hi ei hun, a hithau wedi dioddef cymaint am gyfnod mor faith. Barnai fod Emyr yn ddyn da, yn ddyn iach ac yn weithiwr diflino a ddylai ei gwneud hi'n fenyw hapus iawn. Gwelai Ifor y llawenydd hwnnw'n pefrio yn llygaid ei fam ac yn hydreiddio ei gwenau.

Clywodd Ifor hefyd ei fod wedi dychwelyd mewn pryd ar gyfer Eisteddfod flynyddol y Dyffryn, a gynhelid yng Nghapel Tair Helygen, ger Rawson, y Sadwrn canlynol, sef ymhen deuddydd.

'Mae hen ddigon o amser ganddon ni i ymarfer cân fach gyda'n gilydd,' awgrymodd Megan.

'Wyt ti am inni gystadlu ar y ddeuawd?' holodd Ifor, braidd yn amheus.

'Paid ti â meddwl shwt beth!' chwarddodd Megan. 'Rwy' i am gyfeilio iti yn yr unawd i fechgyn dan ddeunaw oed. Mae'n ddarn hyfryd eleni.'

Cododd Megan oddi wrth y bwrdd a mynd at yr harmoniwm, codi'r caead, gosod y daflen o'i blaen a chanu ychydig nodau ar yr offeryn. Trawodd gordiau agoriadol y darn prawf a llifodd o'i genau seiniau hen alaw swynol a geiriau hiraethus am gartref bach annwyl, ymhell dros y môr.

Cwympodd Ifor i fath o berlesmair. Tybiai ei fod yn breuddwydio. Neu'n hunllefu. Na. Roedd yn gwbl effro a'r ferch ifanc landeg a ganai mor bêr oedd ei chwaer, ei ffrind pennaf, ei athrawes gyntaf. Hi hefyd oedd ei fam. Ie, Megan oedd ei fam. Hi a'i cariodd yn ei chroth. Hi roddodd fywyd iddo.

Ymdrechodd y llanc i ddisgyblu ei deimladau ac wedi iddo lwyddo, ymddangosai'r syniad o gystadlu yn yr Eisteddfod yn un rhagorol.

Ond . . . Ac roedd un 'ond' mawr.

'Fydd Edwyn yn cystadlu?' holodd mor ddidaro ag y gallai.

'Edwyn Lewis wyt ti'n 'feddwl?' ebe Megan gyda gwên ddrygionus. Gwyddai'n iawn beth oedd yn poeni Ifor.

Dwy ar bymtheg oedd yntau, Edwyn, ac eisoes wedi gwneud enw iddo'i hun drwy'r Dyffryn fel unawdydd. Ni chollai gyfle i arddangos ei ddoniau'n gyhoeddus.

'Allwn i feddwl ei fod e,' meddai Megan. 'Ydi'n wir. Mae Edwyn yn bownd o gystadlu, ac rwy'n siŵr y bydd yr achlysur yn un bythgofiadwy iddo fe.'

'Beth wyt ti'n 'feddwl?' holodd Ifor yn ddrwgdybus.

'Gei di weld,' oedd yr ateb enigmatig. 'O'r gore. 'Co'r geirie. Bractiswn ni? Ganwn ni 'da'n gilydd i ddechre.'

Treuliasant weddill y noswaith yn cydganu'r darn prawf a chaneuon eraill ac roedd hi'n tynnu at hanner nos, a gweddill y teulu wedi noswylio ers meityn, pan aethant i glwydo. Cusanodd Megan Ifor ac meddai,

'Gawn ni ragor o ymarfer 'fory. Cer di i dy wely nawr.'

Wrth i Ifor groesi'r buarth i'r tŷ bach, ryw ugain llath o'r ffermdy, deffrodd y cŵn a'i ddilyn yno, gan siglo'u cynffonnau ac ymbil am fwythau. 'Rhaid imi chwilio am gi da i fynd yn ôl gyda mi i'r Ffos Halen,' meddyliodd y *gaucho* ifanc.

Er ei bod hi'n noson dawel, braf, a blinder corfforol bron â'i lethu, cadwodd teimladau a chynyrfiadau'r oriau diwethaf Ifor ar ddihun am oriau a phan syrthiodd i gysgu, ymhen hir a hwyr, cafodd freuddwyd.

Crwydrai'r *campo* yn ddiamcan a chlywed cri ddirdynnol o gyfeiriad bryncyn caregog. Rhedeg yno a gweld piwma anferth yn rhythu'n fygythiol ar Megan. Hithau'n gweiddi arno ef i'w helpu. Gweiddi ei enw'n daer. Cydiodd yn y *shotgun* a hongiai dros ei ysgwydd a'i anelu at y bwystfil. Ond nid oedd bwledi yn y gwn. Wylai Megan yn hidl wrth i'r piwma baratoi i neidio arni a'i llarpio. Safai yntau'n hurt a diymadferth heb allu gwneud dim ond udo'n wallgo. Trodd yr anifail a gwgu arno. Wyneb Emyr oedd gan y piwma. Agorodd Emyr ei safn enfawr a datgelu ei ddannedd claerwyn, miniog.

Bloeddiodd Ifor nerth ei ben a deffro pawb yn y tŷ. Pan holodd Glyn yn bryderus beth oedd yn bod, cyfaddefodd Ifor iddo gael hunllef, eithr ni ddywedodd beth a freuddwydiodd. Trwy lwc, ni holwyd ef ymhellach am y digwyddiad.

Ddiwrnod yr Eisteddfod gadawsant oll am Rawson yn syth ar ôl cinio. Aeth y menywod gyda Glyn yn y trap ac Emyr ac

Ifor ar eu ceffylau, a chyrraedd ymhell o flaen y lleill.

Roedd torf dda wedi ymgynnull eisoes yng nghyffiniau'r Capel i wylio'r cystadlaethau awyr agored; rhai'r oedolion mewn cae y tu ôl i'r capel a rhai'r plant a'r ieuenctid ar lain wrth y talcen.

Gyrrwyd Ifor gan atgofion bore oes i weld y to iau yn mynd drwy eu pethau gyda'r un asbri a brwdfrydedd ag yntau ychydig flynyddoedd ynghynt. Rhedeg rasys cwta iawn, ateb posau a chwarae 'ceiliog dall' oedd campau'r plant lleiaf ond roedd rhai'r glaslanciau dipyn anos: dringo polyn llithrig, rhedeg mewn sach, neidio dros glwydi a cholbio'i gilydd oddi ar foncyff a osodwyd ar ddwy drestl â sachau â'u llond o wlân.

Yn y man, aeth Ifor i wylio gornestau'r oedolion: rasys ceffylau, saethu, taflu coits a phedolau a mabolgampau gwladfaol eraill. Synnodd a llawenhau pan enillodd Emyr Daniels y brif gystadleuaeth saethu a'r wobr o gyllell heliwr hardd. Yna cofiodd am hunllef y noson cynt. A chywilyddio iddo goleddu syniadau ffiaidd am ddyn mor gymeradwy.

Daeth yn amser te ac aeth yr eisteddfodwyr yn garfanau disgybledig i mewn i'r Capel lle y gosodwyd ystyllod dros feinciau'r addoldy i ffurfio byrddau ar gyfer gwledd Gymreig draddodiadol: pentyrrau o fara menyn, jamiau a wnaed o amryfal ffrwythau'r Dyffryn, teisennau hufen a bara brith a chacennau eraill o bob math. Gydol yr amser, gwibiai menywod prysur rhwng y byrddau a'r gegin gyda phlatiau llwythog a thebotau â'u llond o de chwilboeth. Nid nepell o ddrws y festri gofalai tri gwryw cyfrifol am y tanllwyth a ferwai'r dŵr yn y boelar mawr.

Pan ddarfu'r gloddesta, aed ati i ddatgymalu'r byrddau dros-dro a gosod y meinciau yn eu priod lefydd ar gyfer yr Eisteddfod hirddisgwyliedig.

Cystadlaethau'r plant ddaeth gyntaf. Roeddynt, o reidrwydd, yn ailadroddus wrth i ddegau o'r rhai bach ddod i'r llwyfan i adrodd neu i ganu'r un darn. Deilliai difyrrwch y gynulleidfa o wylio ymarweddiad ac ymddygiad y cystadleuwyr ifainc mewn sefyllfa gyhoeddus – profiad anghyfarwydd iawn i lawer ohonynt. Yn awr ac yn y man byddai plentyn yn gwneud camgymeriad neu'n anghofio'r geiriau ar ganol pennill, ond ni fyddai pob ymgeisydd yn ymateb i'r argyfwng yn yr un modd; hwn yn llefain y dŵr, hon yn cilio o'r llwyfan yn fawr ei chywilydd a'r rhai hy yn chwerthin am ben eu diffygion ac yn rhoi cynnig arall arni yn llawn hyder.

Rhwng y cystadlaethau, darllenid beirniadaethau ar y cystadlaethau cartref: brodio, gwau, gwneud jam a chrefftau gwledig eraill.

Roedd Ifor yn mwynhau ei hun gymaint fel na chofiodd ei fod i gystadlu nes galwyd ar Edwyn Lewis, Llwyd Parri ac yntau i ddod i'r llwyfan, yn y drefn honno.

Esgynnodd Edwyn i'r llwyfan yn hyderus a chamu i'w flaen dan bystlad. Safodd yno'n amyneddgar i'r gyfeilyddes, Mrs Hettie Evans, gymryd ei lle o flaen yr harmoniwm. Pan amneidiodd hi arno, carthodd ei lwnc yn rhodresgar ac amneidio'n ôl yn awdurdodol arni, a chwaraeodd Mrs Evans y gerddoriaeth agoriadol.

Meddai Edwyn Lewis ar lais mawr, cryf a threiddgar a ddatseiniai drwy'r Capel a'r tu hwnt i'w barwydydd chwyslyd. Parodd hynny gryn anesmwythyd i Ifor gan fod Megan wedi ei hyfforddi ef i ddatgan y penillion yn gynnil a chywrain, gan amrywio'r llon a'r lleddf, oblegid testun y gerdd oedd hiraeth am yr hen gartref ac ieuenctid llawen na ddychwelai fyth.

Cafwyd dehongliad pur wahanol gan Edwyn. Diasbedai'r nodau uchaf fel seiniau utgorn a rhuai'r rhai isaf fel tarw a diweddu gyda *crescendo* byddarol. Daeth i lawr o'r llwyfan i gymeradwyaeth wresog gan daflu cipolwg nawddoglyd i gyfeiriad Ifor wrth ddychwelyd i'w sedd yng nghefn y Capel.

Galwyd Ifor i'r llwyfan ynghynt na'r disgwyl gan fod Llwyd Parri wedi gorfod mynd i'r tŷ bach ar ganol perfformiad y cystadleuydd cyntaf a heb ddychwelyd.

Cododd Ifor ar ei draed a chwilio am Megan. Nid oedd

golwg ohoni yn unman. Yna teimlodd law rhywun ar ei benelin; trodd a gweld wyneb tlws ei fam yn gwenu arno.

'Dere. Fe wna i gyfeilio iti,' meddai hi a'i hebrwng at y llwyfan.

Esgynnodd Ifor i'r fan lle y safasai Edwyn ychydig funudau cyn hynny ac eisteddodd Megan wrth yr offeryn. Edrychai hi mor ddigyffro a hunanfeddiannol â phetai'n mynd i ymarfer darn o gerddoriaeth ym mhreifatrwydd ei chartref heb neb yn gwrando arni.

Mae rhai profiadau na ellir mo'u disgrifio na'u mynegi drwy gyfrwng geiriau a dim ond rhywun oedd yn bresennol a allai geisio disgrifio'r orig hudolus ac unigryw honno, ond mae'n bur debyg na chlywsai'r un ohonynt y gân yn cael ei datgan yn fwy swynol na chynt nac wedyn. Llifai'r nodau a'r geiriau o enau Ifor yn glir ac yn swynol gan gyfleu yn goeth a diymdrech hiraeth y bardd am gartref na welai fyth eto.

Wrth i Ifor ganu, dychmygai weld ei dad yn crwydro eangderau anial y paith; yn newynog, yn sythu gan oerfel, wedi ei lethu gan anobaith ac yn cofio bryniau a dolydd gwyrddlas Cymru. Cyrhaeddodd y datganiad ei uchafbwynt gydag angerdd disgybledig a diweddu'n gyfareddol o ddwys.

Syfrdanwyd y gynulleidfa ac ni tharfwyd ar ei distawrwydd llethol am ysbaid hir, hyd nes i rywun ddechrau clapio, yna rhywun arall ac yna pawb, ac aeth y Capel yn ferw o guro dwylo, banllefau a bloeddio cymeradwyol. Simsanodd Megan ac Ifor yn ôl i'w seddau, fel dau wedi meddwi ar afiaith yr achlysur. Wrth edrych i lygaid ei gilydd, gwelent ei gilydd am y tro cyntaf un, mewn gwirionedd, fel mam a'i mab, wedi eu huno hyd byth gan rwymau cyfrin a chysegredig.

A'r dagrau'n llifo i lawr ei gruddiau, cofleidiodd Megan ei bachgen annwyl mor dynn nes teimlo ei galon yn curo yn erbyn ei chalon hi.

Ennyd dragwyddol. Crynai Ifor Thomas drwyddo.

XIV

Ym mis Ebrill 1883, ychydig ar ôl ei ben-blwydd yn ddwy ar bymtheg, ac yntau wedi ymgartrefu yn y Ffos Halen ers deunaw mis, trawyd Ifor Thomas gan salwch dirybudd. Nid anhwylder corfforol ydoedd ond cyflwr meddyliol neu ysbrydol, a dylid pwysleisio na fu Ifor yn wael iawn ac na ddioddefodd yn hir.

Er na chafwyd nifer fawr o achosion o'r clwyf yn y Wladfa, bu, am rai blynyddoedd, yn ennyn ymhlith y rhai a heintiwyd freuddwydion ysblennydd, gwacsaw, a barodd iddynt wastraffu llawer o amser, egni ac arian.

Enw'r clefyd oedd 'Twymyn yr Aur'.

Byddai'r sawl a deithiai o'r Dyffryn tua thiroedd pellennig y Gorllewin yn mynd, fel arfer, drwy'r cwm lle trigai Ifor, gan fod afon Camwy, sy'n llifo'n gyfochrog â'r cyhydedd oddi yno at y môr, yn gwyro tua'r de, os edrychir i gyfeiriad ei tharddiad, cyn dychwelyd i'w threigl o'r gorllewin i'r dwyrain, ymhen rhyw hanner can milltir, yn Nôl y Plu. Oherwydd hynny, ar eu hynt tua'r gorllewin, gadawai fforwyr a helwyr lannau'r afon ger y Ffos Halen a mynd ar lwybr tarw at 'Las Plumas'.

Dyna sut y daeth bwthyn Ifor yn gyrchfan i'r sawl a dramwyai'r ucheldir anghyfannedd. Câi pob un, yn ddieithriad, groeso cynnes gan y llanc. Dyna'i natur ac wedi wythnosau merfaidd ac undonog, roedd cwmnïaeth bod dynol arall bob amser wrth ei fodd. Câi fwynhad wrth drafod pynciau mor arwynebol â'r tywydd ac uchder llif yr afon a deuai pob ymwelydd â newyddion o ryw fath; boed dda, drwg, doniol neu ddibwys, byddai popeth a glywai o ddiddordeb i'r meudwy ifanc.

Waeth beth fyddai man cychwyn y sgwrs rhwng Ifor a'i westai byddai wedi crwydro ar hyd ac ar led, cyn bo hir, dan anogaeth unigrwydd a chyflenwad dihysbydd o de, mate, tybaco ac amser, a chynhesrwydd yr aelwyd. I ddechrau, arddelai'r ymwelydd swyddogaeth gohebydd neu bostmon. Gwrandai Ifor arno gan gyfyngu ei gyfraniadau ef i wrandawiad astud ac ambell i ebychiad cadarnhaol neu gwestiwn, i gymell y siaradwr i ddal ati; megis dyn yn taflu darn o bren neu gangen ar y tân, rhag i wres a goleuni'r fflamau bylu.

Nodweddid y sgyrsiau meithion hynny gan seibiau arwyddocaol ac awgrymog ac ambell gamddealltwriaeth digri,

'Dyna iti pwy gafodd blentyn 'rwsnos dwytha oedd Olwen.'

'Ah.'

'Olwen Reynolds.'

'Felly wir. Da iawn.'

'Wyddost ti pwy ydi hi? Gwraig Jac.'

'Ie. Wrth gwrs.'

'Ia. Hogyn gafodd hi.'

'Hm.'

'Rydw i bron yn siŵr mai hogyn gafodd hi.'

'Olwen, ddwedest ti?'

'Ie. Olwen Reynolds.'

'Ie. Rwy'n cofio. Gwraig Jac, meddet ti? Jac Morris?'

'Ie. Honna.'

'Aeth e Jac ddim bant i Batagones i fyw?'

'Naddo, wàs. Brawd Jac, Eifion oedd hwnnw.'

'Ah, ie. Eifion.'

'Ia. Hen lanc ydi Eifion. Mi aeth o i ffwr' i Batagones dair blynadd yn ôl.'

'Ah.'

'Do.'

'Roedd gan Olwen chwaer, on'd oedd e?'

'Oedd. Hannah. Foddodd hi yn yr afon, ddim ymhell o'r Glyn Du.'

'Boddi wnaeth hi?'

'Ie. Wyddat ti ddim? Erstalwm iawn. Yn llifogydd 1869.'

'Ah, ie. 1869. Llifogydd ofnadwy oedd y rheini.'

'Ia, wir. Ofnadwy. Ofnadwy.'

'Ie, ie . . .'

Aent ymlaen wedyn, efallai, i drafod a chymharu pob un o'r llifogydd a gafwyd yn y Wladfa oddi ar y flwyddyn 1865. Byddai hynny'n ysgogi mwy o atgofion a'r rheini'n dodwy rhagor nes iddynt gytuno, maes o law, bod yr Eifion hwnnw y buwyd yn sôn amdano'n gynharach wedi dioddef colledion mor ddifrifol yn sgil rhyw ddilyw nes iddo dorri ei galon ac ymfudo i Patagones gan adael ei ddyweddi ar ôl a bod honno wedi priodi gŵr a fuasai'n frawd-yng-nghyfraith iddi, fel arall, sef Jac!

Ambell noson, byddai Ifor a'i westai'n adolygu bywgraffiadau pob un o drigolion y Dyffryn yn ei dro. Nid oes prinder pynciau pan yw'r awydd i gyfathrachu'n daer, pan mai sgwrsio yw'r unig fodd i liniaru gormes unigrwydd a syrffed.

Yn sgil un o'r ymweliadau hynny yr hudwyd Ifor i antur nad oedd dichon iddi fethu ag apelio at ŵr ifanc o'i anian ef.

Cyrhaeddodd tri llanc y Ffos Halen ryw ben bore, yn llawn gobaith o ddarganfod aur yn y parthau gorllewinol. Digwyddai Ifor fod yn halltu cig gwanaco ar y pryd a chyda'i haelioni arferol cynigiodd wledd fyrfyfyr iddynt. Derbyniodd Ben, Zachariah a John y gwahoddiad gyda diolchiadau brwd, aed ati i chwilio am gyflenwad o goed tân ac ymhen dwyawr roedd y pedwar yn mwynhau *asado* penigamp. Dyna pryd y cyhoeddodd Ben gyda gwên fawr, ond yn hollol o ddifri,

'Rydyn ni'n mynd i chwilio am aur!'

Clywsai'r tri chyfaill ryw Gapten Richards yn sôn ei fod yn bwriadu arwain mintai i fynyddoedd mawr y Gorllewin, yr

Andes, lle y gwyddid i sicrwydd fod yna wythiennau sylweddol o'r metal melyn, gwerthfawr. Eglurodd y Capten wrthynt sut i fynd ati i chwilio am aur a disgrifiodd y dechneg o olchi a hidlo'r graean eurog.

Penderfynodd y bechgyn achub y blaen ar y fintai arfaethedig a gwneud eu ffortiwn cyn i honno adael y Dyffryn. Mab i Gymro a fu'n byw am gyfnod yn yr Unol Daleithiau oedd Zachariah; clywsai ef gan ei dad straeon am ddynion a ddaeth yn gyfoethog ar ôl un diwrnod ffodus o waith. Oherwydd pellter y siwrnai o'r Dyffryn i'r Andes, penderfynodd y tri gŵr ifanc ymarfer y sgiliau angenrheidiol yn nes at gartref yn gyntaf, ar lannau afon Camwy.

Roedd ei dri gwestai dipyn yn hŷn nag Ifor a gwnaeth eu datganiadau hyderus argraff ddofn arno. Heintiwyd ef gan eu cynlluniau uchelgeisiol a'u ffantasïau gwallgo ac ysid ef gan awydd angerddol i ddod yn ŵr goludog mewn byr o amser. A heb orfod teithio ymhell chwaith! Am dair noswaith yn olynol, sut i ddod o hyd i aur a beth i'w wneud ag ef wedyn oedd yr unig bwnc a drafodid yn y seiadau a gynhelid ar aelwyd glyd Ifor Thomas.

Pan soniodd y tri am ailgychwyn ar eu gorllewinol hynt, cynigiodd Ifor eu tywys drwy'r anialwch cyn belled ag yr oedd ef ei hun wedi teithio i'r cyfeiriad hwnnw. Dywedodd ei fod wedi sylwi ar fan addawol rhyw drigain milltir o'r Cwm. Yno, meddai, rhedai'r afon drwy hafnau dyfnion a bryniau isel o boptu iddi. Yn ôl yr hyn a glywsai ganddynt hwy, dyna'r union fath o le y ceid gronynnau o aur yn gymysg â'r graean.

Nid oedd gan Ifor, rhagor na'i gymdeithion, unrhyw amcan ynglŷn â sut nac yn lle i chwilio am aur, eithr ni fynnai, ar boen ei fywyd, golli cyfle mor eithriadol. Cydsyniodd y tri chyfaill â'i gais oherwydd bod ei awgrymiadau'n ategu eu hofergoelion ac am iddo fod mor groesawgar.

Gadawsant y ceunant ar fore hydrefol braf a theithio ar hyd glan yr afon am dridiau dan arweiniad sicr Ifor nes cyrraedd y fan a ddisgrifiodd iddynt, sef cyfres o ddolennau troellog yn diweddu mewn merddwr llonydd. Pump o'r gloch y prynhawn oedd hi a'r haul yn dwym ac nid oedd y syniad o wlychu eu traed yn annymunol. I lawr at lan y dŵr â hwy, felly, ar unwaith, gyda Zachariah hollwybodus ar y blaen a dysgl oddeutu troedfedd a chwarter ar ei thraws yn ei law. Crwydrasant i fyny ac i lawr glan yr afon am beth amser cyn taro ar lecyn a ymddangosai'n ddelfrydol yn eu golwg dibrofiad hwy: traethell o dywod mân, melyn a ffurfiwyd gan lif yr afon yn ymwthio drwy geunant nodedig o gul.

Camodd Zachariah i'r dŵr, dododd gymysgedd o dywod a gro yn ei ddysgl a dechrau ei 'olchi' a'i hidlo tra gwyliai'r tri arall ef yn fud, wedi eu cyfareddu'n llwyr gan y ddefod.

Ben oedd y cyntaf i ddiflasu a rhoi cynnig ar 'olchi' drosto'i hun, eithr er iddo ef a Zachariah ddal ati'n ddyfal am ymron i ddwyawr, ni chanfuwyd yr un argoel o'r rhith euraid a lenwai eu meddyliau nos a dydd. Camai'r ddau drwy'r dŵr yn bwyllog, fesul llathen, gan graffu'n obeithiol ar gynnwys eu dysglau, heb weld dim i'w cynhyrfu. Roeddynt ar fin rhoi'r gorau iddi am y tro pan floeddiodd Ben.

'Drychwch!' ebychodd, a'i lygaid fel dwy soser. 'Drychwch ar hyn, fechgyn!'

O fewn eiliad rhythai pedwar pâr o lygaid syn ar ronyn bychan, disglair, melynwawr ynghanol y gro a'r tywod. Cododd Ben y gronyn o'r ddysgl â blaen ei gyllell a'i ddodi ar ewin ei fys, iddynt ei weld yn well; ni ellid amau bod y gloywbeth hwn o ansawdd tra gwahanol i'r sothach syrffedus, llwyd o'i amgylch.

'Ydych chi'n meddwl taw aur yw e?' holodd Ifor yn anghrediniol.

'Heb os nac oni bai!' taranodd Zachariah dan wirioni uwchben y dystiolaeth ddiriaethol gyntaf bod aur i'w gael yn afon Camwy ac ar ei glannau.

Bloeddiodd a banllefodd y pedwar yn fuddugoliaethus heb dynnu eu golygon oddi ar y gronyn euraid, fel petaent yn ei addoli, neu wedi eu hypnoteiddio ganddo.

'O'r gore, fechgyn,' meddai Zachariah yn y man. 'Mae'n dechre nosi a ffolineb fyddai dal ati yn y tywyllwch. Mae llawer o waith o'n blaene ni fory: syrfeo'r wlad o amgylch y lle hyn a pharatoi ar gyfer gweithio o ddifri.'

Cytunwyd yn unfrydol â'r sylw a dychwelodd y pedwar i'r gwersyll am *asado* o gig hallt Ifor a dwy ysgyfarnog a saethwyd yn ystod y dydd. Unig destun eu sgwrs yn ystod y pryd hwnnw o amgylch y tanllwyth eirias, cleciog oedd darganfyddiad bychan, gloyw Ben ac aruthredd ei arwyddocâd.

Dyfarnai Zachariah, megis un ag awdurdod mwyngloddiol ganddo, y gallai'r cnepyn fod wedi ei ollwng o wythïen mewn torlan gyfagos, neu o dan wely'r afon, hyd yn oed. Posibilrwydd arall, haerai, oedd bod y llif wedi pentyrru rhagor o ronynnau cyffelyb yn nes at y llecyn y gwersyllent ynddo. Cyfareddwyd y tri arall gan ei huotledd a chan y dyheadau a'r rhithobeithion a enynnai, heb ystyried y gallai cynifer o ddamcaniaethau gwrthgyferbynnus fod yn tarddu o anwybodaeth. Roedd efengyl Zachariah mor gysurlon â gwres y fflamau a gochai eu hwynebau eiddgar.

'Efallai y down ni o hyd i wythïen fawr yn y brynie,' llefodd Ben. 'Ac y down ni'n ddynion cyfoethog dros nos!'

'Dyw hynny ddim yn debygol, Ben,' sylwodd Zachariah'n fawreddog. 'Ond rydyn ni wedi cael prawf pendant bod yna aur yn yr afon. Fe ddylen ni fodloni ar hynny a diolch amdano.'

Ni chysgodd yr un o'r pedwar lawer y noson honno.

Rhanasant eu hamser yn ystod y tridiau nesaf rhwng hidlo graean afon Camwy a chrwydro'r bryniau cyfagos, yn chwilio am gwarts, arwydd digamsyniol, yn ôl Zachariah, fod gwythiennau eurog o dan y tir. O bryd i'w gilydd, fe'u twyllid gan glapiau disglair o byrit, neu 'aur ffyliaid' fel y'i gelwir.

Ar gyfer y mwyngloddio gwlyb, lluniodd Ifor ddysgl ddyfnach na rhai ei gyfeillion, o risgl helygen. Trwy lwc yn hytrach na medr neu effeithiolrwydd, darganfu ddau ronyn melynloyw, tebyg i un Ben, gan ennyn edmygedd a chenfigen y lleill.

Bob yn ddeuddydd, symudent eu gwersyll ymhellach tua'r gorllewin hyd nes cyrraedd tro onglog yn yr afon nad oedd Ifor erioed wedi mentro y tu draw iddo. Treuliwyd gweddill y diwrnod hwnnw'n trafod y camau nesaf. Daliai Ben mai annoeth fyddai mynd ymhellach heb adnoddau ac offer digonol i'w helpu i oresgyn yr anawsterau a'r peryglon a allai eu hwynebu. Roedd Ifor o'r un farn ag ef. Bu'n crwydro'r *meseta* am ymron i bythefnos ac ni allai fforddio esgeuluso ei *chacra* yn hwy. Dymunodd yn dda i Zachariah a John a oedd am deithio ymhellach tua'r gorllewin a'u gwahodd i alw heibio i'w weld ar eu ffordd yn ôl i'r Dyffryn, i adrodd hanes eu hanturiaethau. Ni chlywyd gair o ddannod nac o edliw drannoeth wrth i'r fintai fechan ymrannu'n ddwy.

Prysurodd Ifor a Ben tua'r dwyrain heb oedi yn unman i chwilio am aur.

Pan gyraeddasant y Ffos Halen ymhen tridiau, gorchwylion cyntaf Ifor oedd sicrhau bod trefn weddol ar ei stad fechan, gollwng y ceffylau o'r ffald i bori lle y mynnent a bwydo'r cŵn a fu'n gwarchod y lle yn ystod ei absenoldeb, ac a oedd wedi bwyta pob tamaid o'r ymborth sylweddol a adawsid ar eu cyfer, heblaw am yr esgyrn.

Testun llawenydd annisgwyl i Ifor oedd bod Cochyn wedi prifio'n glamp o ebol hardd a phenderfynodd ei bod hi'n bryd iddo ei baratoi, yn y dull brodorol, ar gyfer ei farchogaeth. Ffolai Ben ar yr anifail a chynigiodd ei brynu ond rhagwelai Ifor y dydd y byddai Cochyn yn cymryd lle Campwr pan na fedrai'r march gario'i feistr mwyach yn ddiymdrech ac yn ddiflino.

Arhosodd Ben ddwy noson gydag Ifor cyn cychwyn am y Dyffryn gan addo galw i weld Tomi a'i deulu i roi gwybod iddynt bod Ifor mewn hwyliau da ac yn cofio atynt.

Canlyniad anorfod pob cyfathrach ysbeidiol debyg rhwng Ifor ac aelodau o'r gymdeithas yr oedd wedi cefnu arni oedd codi hiraeth mawr ynddo am arferion a defodau beunyddiol y gymdeithas honno a'i argyhoeddi, eto fyth, fod cwmnïaeth dda yn un o hanfodion bywyd. Prawf pendant ei fod yn gweld eisiau ei gyd-ddynion oedd y ffaith iddo ddal ei hun, sawl gwaith, yn siarad ag ef ei hun mewn llais uchel. Perai hynny iddo gywilyddio a gresynu nad oedd neb ar gyfyl y lle i chwerthin am ei ben cyn i'r dwli fynd yn arferiad na châi mo'i wared.

Y blinder pennaf oedd nad oedd ganddo neb i ofyn iddo am gyngor neu farn; neb y gallai ymddiried ynddo ef neu hi. Gallai, ar un adeg, droi at Tomi a Megan a gwybod y byddent yn gefn iddo, ond nid mwyach, a hwythau mor bell. A hyd yn oed pe dychwelai i'r Dyffryn, ni fyddai pethau fel yr oeddynt o'r blaen a'r ddau â rhwymau a chyfrifoldebau teuluol yn awr.

Cysgodd yn wael y noson honno. Blinid ef gan gwestiynau dyrys, dyfnion. Beth yn union y bwriadai ei wneud â'i fywyd? Efallai mai camgymeriad ffôl oedd rhoi'r gorau mor fuan i chwilio am aur a hwythau wedi cael prawf digamsyniol, os prin, o'i bresenoldeb ar lannau a than wely afon Camwy?

Yna cofiai am yr oriau meithion a afradodd yn nyfroedd rhynllyd yr afon, ei fysedd wedi fferru a'i lygaid yn dyfrio heb iddo fod nemor ddim ar ei elw. Na, nid felly oedd dod ymlaen yn y byd.

Nid fod ynddo ysfa i ymgyfoethogi ac i ymddyrchafu ymhlith dynion. Nid rhai felly oedd y Gwladfawyr cynnar. Gwell oedd ganddynt ddiddanwch ysbrydol, diwylliannol a chymdeithasol na golud bydol.

Disodlwyd temtasiynau materol gan amcanion mwy delfrydol a'i cadwodd ar ddihun tan y wawr. Roedd am deithio a gweld y byd, yn enwedig y gornel fechan honno lle y ganwyd ac y magwyd ei gyndadau: yr Hen Wlad, gyda'i dolydd gwyrddlas, ei haberoedd hardd, ei mynyddoedd a'i chestyll; cartref beirdd a chantorion a bugeiliaid llon.

Pan gysgodd o'r diwedd, a phelydrau'r wawr yn goleuo'r gorwel dwyreiniol, troes dychmygion â'u tarddiad filoedd o filltiroedd y tu draw i'r hen linell honno yn freuddwyd.

Roedd Ifor Thomas, y canwr bydenwog, wedi dychwelyd i Gymru, i le o'r enw Aberystwyth a thorf enfawr wedi ymgynnull i'w weld ac i wrando arno.

'Dacw fe! Dacw fe!' gwaeddai'r bobl. 'Mab Dafydd Williams yw e! Dewch i gwrdd ag e!'

Rhuthrodd pawb ato a'i amgylchynu. Dechreuodd yntau ganu,

Marchog Iesu, yn llwyddiannus,
Gwisg dy gledd 'ngwasg dy glun.

Ymunodd côr o leisiau yn y gytgan . . .

Daeth heddwch i enaid Ifor Thomas yn sgil y weledigaeth ledrithiol honno. Wylodd ddagrau o lawenydd a chysgodd yn dawel dan wenu yn heddwch eangderau'r paith.

XV

Un min nos yn nechrau mis Chwefror 1884, ac Ifor yn dychwelyd tua'r Ffos Halen ar ôl taith hela lwyddiannus, trawodd ar gatrawd o filwyr yn gwersylla ar lan yr afon, ryw ddeng milltir o'i gartref. Rhan oedd y rhain o'r enwog 'Ymgyrch yr Anialwch' a nesâi yn awr at ei therfyn buddugoliaethus dan arweiniad y Cadfridog Julio A. Roca, ac ymdeithient tua chaer filwrol Valchetta gydag oddeutu deugain o garcharorion.

Rhyfelwyr brodorol oedd y rhan fwyaf o'r rhain, a gawsai eu dal wedi brwydr waedlyd rhyngddynt hwy a Byddin yr Ariannin. Yn eu plith, fodd bynnag, ceid pedwar Tehuelche na wnaethent ddim erioed i darfu ar heddwch y Weriniaeth ond a hebryngid i'r ddalfa oherwydd bod pob Brodor a rodiai'r paith yn elyn peryglus yng ngolwg gwŷr y Cadfridog Roca.

Pan gyrhaeddodd Ifor y gwersyll, eisteddai'r carcharorion hyn ar y ddaear mewn cylch, gefynnau am eu fferau, rhaff ddolennog am wddw pob un i'w cysylltu â'i gilydd, a milwyr arfog yn cadw gwyliadwriaeth arnynt.

Cyfarchodd Ifor bennaeth y gatrawd yn foneddigaidd,

'*Buenas tardes, Comisario* (Arolygydd),' meddai gan na wyddai'r gair Sbaeneg am unrhyw swydd filwrol neu led filwrol ac eithrio un y plismon a wasanaethai ardal Rawson.

Maddeuodd y swyddog ei anwybodaeth gyda gwên gynnil.

'Rydw i'n gyrnol,' meddai dan synnu cyfarfod â llanc o

gringo tal, llygatlas, pryd golau yn crwydro'r diffeithwch ar ei ben ei hun. 'Lino Oris de Roa. Rydw i'n falch o gwrdd â chi.'

Estynnodd y Cyrnol ei law at Ifor. Cydiodd yntau ynddi a'i hysgwyd yn egnïol gan holi,

'Ydych chi ar eich ffordd i Drerawson?'

'Nac ydyn, fachgen,' ebe'r Cyrnol. 'Rydyn ni'n mynd â'r Indiaid hyn i'r carchar yn Valcheta.'

Wedi i Ifor egluro pwy ydoedd ac ateb cwestiynau'r milwr ynglŷn â'i ffordd o fyw a'i deithiau ar hyd a lled y paith, bu'r ddau'n ymgomio'n gyfeillgar am rai munudau, Ifor yn canmol ei helfa ddiweddaraf a'r Cyrnol yn disgrifio ei gyrchoedd yn erbyn yr Indiaid, nes i'r Cymro sylweddoli ei bod yn nosi a gofyn a gâi godi ei babell yn y gwersyll am y noson. Caniatawyd hynny'n ddibetrus ac, yn gyfnewid am y fraint, cynigiodd Ifor rannu gyda'r milwyr beth o'r cig a gariai Unig a Seren ar eu cefnau.

'Diolch yn fawr ichi, Thomas,' ebe'r Cyrnol. 'Does dim raid ichi, cofiwch, ond rwy'n siŵr y caiff y dynion flas ar damaid o gig rhost.'

Hebryngodd Ifor ei geffylau i ddiogelwch corlan dros-dro a dadlwytho'r cig a'r crwyn. Dewisodd gorpws tyner gwanaco ifanc ac, wedi bwydo ei gŵn â darnau ohono, aeth ati i fwtsiera'r gweddill a'i rostio ar *asador* a osododd dros y tanllwyth a losgai ynghanol y gwersyll. Enynnodd ei ddeheurwydd edmygedd y milwyr a'i gwyliai tra parai arogleuon hyfryd y cig yn coginio a sŵn y braster yn clecian yn y tân iddynt lafoerio.

Prif destun y sgwrs rhwng Ifor a'r Cyrnol a'r swyddogion eraill wrth loddesta oedd yr helynt gyda'r Indiaid. Eglurodd Oris de Roa wrth Ifor sut y llwyddodd y Fyddin, yn sgil brwydrau enbyd y misoedd diwethaf, i 'lanhau' oddi ar wyneb y paith y gwylliaid a fu'n tarfu ar drefi, pentrefi a *chacras* y gwladychwyr. Bellach nid oedd ond dyrnaid o'r llwythau mwyaf anwaraidd ac anystywallt yn dal i wrthryfela, draw tua'r Gorllewin. Roedd y rheini'n dal yn beryglus iawn, a dyna pam yr oedd, ddeuddydd yn ôl, wedi rhybuddio criw bychan o wŷr ifainc o'r Wladfa Gymreig â'u bryd ar ddarganfod aur yn y parthau gorllewinol, i gadw draw oddi yno.

Atebodd Ifor na ddylai'r Cyrnol bryderu'n ormodol ynglŷn â'i gyd-wladwyr gan fod y Cymry'n dra chyfarwydd â'r rhanbarth, ac yn cyd-dynnu'n rhagorol gyda'r Indiaid – neu 'brodyr y diffeithwch' fel y'u gelwid gan drigolion y Wladfa.

A'u boliau'n llawn a'u barfau'n seimllyd wedi'r wledd, teimlai'r cwmni'n braf iawn eu byd er garwed a pherycled yr oedd hwnnw mewn gwirionedd. Nid oedd awydd ar neb i adael clydwch y tân am anghysur ei wely caled a chymeradwyodd y Cyrnol gais un o'r milwyr i ddiddanu'r cwmni trwy ganu i gyfeiliant ei gitâr.

'Ardderchog, Entraigas!' ebe Oris de Roa. 'Da o beth fydd i'r cyfaill Thomas glywed rhai o'n caneuon Archentaidd ni. Efallai y dysgith e un!'

Cododd y milwr i sŵn y chwerthin a enynnodd sylw bachog y Cyrnol a chydag un droed ar ei gadair wersyll a'i gitâr yn pwyso ar ei glun, canodd gân a ddathlai fywyd y *gaucho* a'i ddawn hynod ac arwrol fel dofwr ceffylau gwyllt. Er bod y penillion yn ddigon celfydd, geiriai'r milwr hwy'n aneglur mewn llais trwynol, a chlaear oedd y gymeradwyaeth pan ddaeth y datganiad i ben.

Rhag i berfformiad pur siomedig ddifetha'r awyrgylch, anelodd y Cyrnol sylw cellweirus arall at Ifor, 'Beth oeddech chi'n 'feddwl o hynna, Thomas?' holodd. 'Fe glywais i eich bod chi bobol y Wladfa yn hoff o ganu. Beth amdani?'

'Si, señor!' atebodd y llanc o Gymro yn ei *castellano* gorau. '*Nosotros también cantamos. Gusta mucho, mucho!*'

'*Y bueno, hombre!*' ebe'r pennaeth gan edrych ymlaen at dipyn o hwyl wrth wrando ar y crwtyn diniwed yn cam-drin yr iaith Sbaeneg â'i oslef *gringo* anghyffredin. 'Ar eich traed ar unwaith! Rho'r gitâr yna iddo fe, Entraigas!' gorchmynnodd.

'Dim diolch yn fawr, *señor*,' meddai'r datgeinydd wrth godi o'i sedd. '*Yo canto solo.*'

Heb ragor o ragymadroddi, dechreuodd Ifor ganu, a'i lais godidog yn esgyn i dywyllwch serennog nos y paith a bwrw'i hud dihafal ar ei wrandawyr. Ni ddeallai'r criw didoreth yr un gair o iaith ddieithr yr emyn a gymharai'r ffydd Gristnogol i gaer gysurlon a chadarn a adeiladwyd gan Dduw ar gyfer dynion, yn lloches i'w heneidiau pan fyddai blinderau bywyd yn bygwth eu llethu; treiddiodd swyn y llais a'r alaw i'w calonnau serch hynny.

Ond yr oedd un gwrandawr a ddeallai eiriau fel *ffydd, Duw, enaid, calon, bywyd* ac a gofiai ddysgu eu hystyron pan oedd yn blentyn; ac wrth i lais y canwr dewi i gymeradwyaeth swnllyd y gynulleidfa filwrol, hiraethai am y dyddiau difyr hynny.

'Mwy! Mwy!' bloeddiodd y dynion a chydsyniodd y datgeinydd yn ewyllysgar gydag emyn arall a barodd i'r gŵr a wrandawai yn y dirgel wylo.

Parhaodd y cyngerdd hwyrol, byrfyfyr am dros awr. Erbyn hynny roedd y llanc a fu'n gyff gwawd pan gyrhaeddodd y gwersyll yn arwr, ac ni fuasai'r Cyrnol wedi dod â'r adloniant i ben oni bai ei bod hi wedi hanner nos a rheidrwydd ar y gatrawd i godi gyda'r wawr.

Ifor oedd y cyntaf i ymolchi yn nŵr yr afon fore trannoeth, gan gerdded o fewn ychydig droedfeddi i gylch y carcharorion wrth fynd ac wrth ddychwelyd. Tybiodd, ar ei ffordd yn ôl, iddo glywed un o'r brodorion caeth yn murmur ei enw.

Safodd a gwrando'n astud. A chlywed, yn ddigamsyniol. lais yn galw,

'Ifor! Ifor!'

Wrth i Ifor graffu i blith y carcharorion, cododd un ohonynt – gydag anhawster oherwydd y llyffetheiriau amdano – gan chwifio'i law i dynnu sylw'r llanc. Nid adnabu Ifor y dyn yng ngwyll y cyfddydd, hyd nes iddo ofyn,

'Dwyt ti ddim yn fy 'nabod i, fy mrawd?'

'Fidel!'

Camodd Ifor rhwng y carcharorion eraill i gofleidio ei gyfaill ac i'w holi mewn cymysgedd o Gymraeg a Tehuelche sut y daeth i'r fath gyfwng. Achosodd eu cyfathrachu a'u parablu byrlymus, dieithr gynnwrf nid bychan ymhlith y milwyr arfog a warchodai'r carcharorion.

Dywedodd Fidel wrth Ifor iddo ef a thri chydymaith adael eu pentref rai misoedd ynghynt i werthu crwyn a phlu ym Mhatagones. Galwasant yn y Dyffryn ar eu hynt i ymweld â'r teulu Thomas, a chlywed ei fod ef, Ifor, wedi mudo i'r Ffos Halen. Aethant rhagddynt tua'r gogledd wedyn, gan fasnachu ym Mhatagones a'r cyffiniau am rai wythnosau.

Penderfynasant fynd heibio'r Ffos Halen wrth ddychwelyd tua'r de, am fod Fidel yn awyddus i weld ei hen gyfaill. Dyna sut y'u restiwyd gan y milwyr, ddeuddydd ynghynt, heb i'r rheini holi pwy oeddynt na beth oedd eu perwyl.

Siomwyd Ifor gan yr hanes yn fwy hyd yn oed nag y'i syfrdanwyd gan ymddangosiad Fidel. Anodd coelio mai cyfaill ei faboed oedd yr oedolyn hwn â'r wyneb garw a guriwyd gan yr hin. Yn yr un modd, rhyfeddai Fidel fod Ifor yn awr yn ŵr ifanc tal, cyhyrog ac yn dechrau tyfu barf. Nis adwaenai y noson cynt hyd nes iddo'i glywed yn canu.

Parai gweld cyfaill yr oedd ganddo gymaint o feddwl ohono mewn sefyllfa mor druenus loes calon i Ifor Thomas, ac fe benderfynodd weithredu ar unwaith.

'Gaf i air â'r pennaeth,' meddai a'i fraich am ysgwyddau ei ffrind.

Pan gyfarchodd Ifor y Cyrnol, roedd hwnnw gyda'i ringyll yn arolygu'r paratoadau ar gyfer ymadawiad y gatrawd, a phelydrau coch a melyn haul y bore'n rhoi gwedd afreal ar y prysurdeb o'u hamgylch, fel petaent oll yn actorion mewn drama a chwaraeid ar lwyfan enfawr.

'*Disculpa, señor Coronel.*'

Trodd Roa at y llanc gyda gwên. Hoffai ei naturioldeb, ei ddidwylledd a'i frwdfrydedd a rhoddai ei Sbaeneg clogyrnaidd fodd i fyw i ddyn.

'Daeth yn bryd inni ymadael, gyfaill,' meddai'r Cyrnol.

'Ydych chithau'n barod?'

'Nac ydw, *señor*. Rydw i am siarad gyda chi am Fidel.'

'Fidel?' ebe'r Cyrnol yn syn. 'Pwy yw e?'

Adroddodd Ifor yr hanes a glywsai gan ei gyfaill gan egluro mai Tehuelches, cenedl nodedig o heddychlon, oedd Fidel a'r tri arall, yn dychwelyd i'w bro eu hunain yn y deheudir ar ôl taith fasnachol gwbl gyfreithlon.

'Beth ddwedoch chi?' gofynnodd y Cyrnol yn syn. 'Ffrindiau ysgol? Indian yn siarad Cymraeg? Peidiwch â chellwair, da chi, Thomas bach.'

Taerodd y llanc ei fod yn dweud y gwir ac, yn llawn gofid na lwyddai ei eiriau i ryddhau ei gyfaill, dadleuodd yn fwy angerddol fyth o'i blaid, nes i'r Cyrnol gymryd ei berswadio i fynd gydag ef at y fan y cedwid y carcharorion.

Aeth Ifor yn syth at Fidel a'i gymell yn Gymraeg,

'Cana gyda fi nawr, frawd!'

Er syndod a dryswch i'r milwyr a wyliai ac a wrandawai, dechreuodd Ifor a Fidel ganu gyda'i gilydd, mewn cynghanedd leisiol berffaith, garol Nadolig a ddysgasent ddegawd ynghynt yn yr Ysgol Sul. Wedi iddynt dewi'n ddisgwylgar, syllodd y Cyrnol ar y naill ac yna ar y llall sawl gwaith, tra rhythai ei ddynion arnynt ill tri. Yna meddai, yn glir a phendant,

'O'r gore, fy mab. Pa rai yw ei ffrindie fe?'

Nid oedd angen cyfieithiad cynhyrfus Cymraeg Ifor ar Fidel i ddeall arwyddocâd y geiriau a phwyntiodd at y tri Tehuelche arall.

'Ramirez!' arthiodd y Cyrnol. 'Rhyddha'r pedwar acw. Ar unwaith, ddyn!'

Ni syflodd y Rhingyll. Ni allai goelio'r hyn yr oedd newydd ei weld a'i glywed, hyd yn oed orchymyn y Cyrnol de Roa.

'Am beth rwyt ti'n disgwyl, y twpsyn?' gwaeddodd y Cyrnol, fel petai ef yn amau synnwyr a doethineb yr hyn a wnâi. 'Wyt ti am inni sefyll man hyn drwy'r dydd yn edrych ar ein gilydd fel ffyliaid?'

'*Si, mi coronel!*'

Roedd Ifor ymhell dros ben ei ddigon a baglai'n garbwl dros y geiriau *castellano* wrth ddiolch i'r Cyrnol de Roa am drugarhau wrth ei gyfaill a'i gymdeithion. Cydiodd yn llaw'r swyddog a'i hysgwyd fel petai am ei datgysylltu oddi wrth ei arddwrn.

'Popeth yn iawn, fachgen. Does dim raid iti ddiolch imi. Cer di'n awr, a bendith Duw arnat,' ebe'r Cyrnol gyda gwên dadol, cyn troi at y Rhingyll a gofyn yn arwach ei oslef, 'Ydi popeth yn barod, Ramirez?'

Hanner awr yn ddiweddarach, gwyliai Ifor, Fidel a'r tri arall y gatrawd yn martsio tua'r gogledd gyda'u carcharorion nes diflannu yn y pellter mewn cwmwl o lwch. Wrth feddwl am ffarwelio, daeth fflyd o atgofion bore oes i feddwl Ifor.

'Sut mae'r hen ŵr dy dad, Fidel?' gofynnodd.

A'i lygaid yn llenwi, adroddodd Fidel sut y bu Iancetsial farw ddwy flynedd yn ôl o ganlyniad i glwyf heintiedig. Ef, ei fab, oedd pennaeth y llwyth yn awr, ac yn rhinwedd y swydd honno yr oedd wedi penderfynu mai dim ond ef a'r tri arall a âi i Batagones i fasnachu. Clywsai am gyrchoedd y Fyddin yn erbyn llwythau gogledd Patagonia a thybiai y byddai gan grŵp bychan well gobaith o dramwyo'r diriogaeth yn ddidramgwydd.

A hwythau wedi bod o gartref ers rhai misoedd, roedd Fidel yn awyddus i ddychwelyd at ei bobl rhag blaen. Ofnai fod y berthynas rhwng y cenhedloedd brodorol a'r dynion gwynion wedi dirywio i'r fath raddau fel na ellid fyth mo'i hadfer ac mai gorthrwm a darostyngiad parhaol a fyddai tynged ei bobl ef.

Defod fer, ddi-lol fu'r ffarwelio, ond un emosiynol, serch hynny. Cofleidio, ysgwyd llaw a gobeithio y byddai llwybrau eu meirch yn croesi eto rywbryd gan feddwl na ddigwyddai hynny fyth, efallai.

Oddeutu mis yn ddiweddarach, oedodd mintai o ddeugain a mwy o wŷr y Wladfa am seibiant yn y Ffos Halen. Yn eu plith roedd Tomi, a esboniodd wrth Ifor pam y teithient tua'r gorllewin dan arweiniad Lewis Jones ei hun.

Bum niwrnod yn flaenorol, roedd rhyfelwyr brodorol wedi ymosod ar bedwar o Gymry ifainc yng nghyffiniau Hafn y Glo, lle'r oeddynt yn chwilio am aur; y dybiaeth oedd bod yr Indiaid yn amau mai milwyr, neu ysbiwyr y Fyddin oeddynt. Dim ond llanc o'r enw John D. Evans a lwyddodd i ddianc, diolch i lewder anhygoel ei farch yn llamu dros hafn ddofn – camp na feiddiodd eu hymlidwyr ei hefelychu.

Dychwelodd John Evans i Drerawson gyda'i stori frawychus ac roedd yntau'n awr yn aelod o'r fintai a gynullwyd i chwilio am ei dri chyfaill, yn y gobaith, os oeddynt yn dal yn fyw ac yn nwylo'r Indiaid, y gellid cymell y rheini i'w rhyddhau.

Pan ddangosodd Tomi iddo pa un oedd John Evans, sylweddolodd Ifor ei fod yn ei adnabod, gan i'r gŵr ifanc, fforiwr o fri, ymweld â'i fwthyn pridd nifer o weithiau. Adwaenai'r tri arall hefyd, Zachariah Jones a ymfudodd i'r Wladfa o'r Unol Daleithiau, Richard Davies oedd newydd gyrraedd o Lanelli, a John Parry o Ruddlan. Oblegid hynny, teimlai fod dyletswydd arno i gynnig ei wasanaeth a'i wybodaeth o'r wlad i arweinydd y fintai, a derbyniodd Lewis Jones ef gyda diolch.

Gynted ag yr oedd Ifor wedi hel ychydig o geriach at ei gilydd a chyfrwyo Campwr, ailgychwynnodd y fintai tua Hafn y Glo. Gwaethygodd y tywydd yn ddybryd yr un pryd ac felly y bu gydol y siwrnai bum niwrnod. Gwlychwyd hwy at eu crwyn gan lawogydd trymion di-dor, slaeswyd eu hwynebau gan rasal o wynt, tra drybowndiai mellt a tharanau uwch eu pennau.

Yr arwydd cyntaf eu bod yn dynesu at y fan yr ymosodwyd ar y llanciau oedd ymddangosiad dau gi John Evans o'r prysgwydd. Yn fuan wedyn, sylwasant ar farcutod yn cylchdroi uwchben. Dywedodd John na allai fynd ymhellach ac arhosodd gyda rhelyw y fintai tra ymgymerai carfan fechan, yn cynnwys Ifor a Tomi, â'r gorchwyl gwrthun, anorfod, o gasglu a chladdu gweddillion y bechgyn truain, a chwalwyd dros wyneb y tir.

Wedyn, ymgynullodd y fintai gyfan o amgylch y bedd i wrando ar Lewis Jones yn arwain gwasanaeth angladdol syml dirdynnol, canwyd yr emyn 'Bydd Mil o Ryfeddodau', a dychwelwyd yn athrist tua'r Dyffryn.

Parhaodd y tywydd garw gydol y daith yn ôl hefyd, fel petai Natur yn datgan ei chydymdeimlad â'r Cymry yn eu galar.

Ymwelodd Ifor Thomas â'r llecyn a fedyddiwyd yn 'Dyffryn y Merthyron' sawl gwaith yn ystod y blynyddoedd canlynol, gan offrymu gweddi, bob tro, uwch beddrod ei gyfeillion yng ngweryd garegog y paith. Cysurai hynny ef er ei fod o'r farn mai diwerth a di-fudd fu'r marwolaethau hynny a ddeilliodd o anlwc a chamddealltwriaeth.

Fe'i cysurwyd hefyd gan argyhoeddiad na fyddai'r digwyddiad yn amharu'n barhaol ar berthynas y Cymry a'r cenhedloedd brodorol, ac y byddai ei gyd-wladwyr yn dal i'w hystyried yn frodyr.

I'r Gwladfawyr cynnar, nid oedd hil dyn na dynes o bwys. Roedd gorfodaeth ar holl drigolion yr eangderau gwyntog, moel, didostur, diffiniau hynny, waeth i ba lwyth neu genedl y perthynent, i rannu adnoddau prin eu byd llwm a gweld eu hunain, yn anad dim, fel aelodau o'r hil ddynol.

XVI

Ar brynhawn gwanwynol, tyner, ddiwedd mis Medi 1885, edrychai Ifor Thomas i lawr ar ardal Gaiman o lwyfandir y paith gan ymhyfrydu yn yr olygfa adfywiol a ymestynnai o'i flaen.

Bu'r Gwladfawyr wrthi'n ddiwyd o'r dechrau yn plannu coed ar eu tiroedd ac yn awr, o'i safle freintiedig, dotiai Ifor ar lesni ifanc yr helyg rhwng rhesi o boplys llwydion nad oeddynt wedi dechrau deilio eto. Sylwodd ar y modd y trawsnewidiwyd tirwedd y Dyffryn gan ddatblygiadau amaethyddol ar ddwy lan yr afon a'r gwahaniaeth amlwg rhwng dolydd ffrwythlon y *chacras* a diffeithwch caregog y paith. Roedd erwau ar erwau wedi eu braenaru, eu llyfnu a'u rhannu'n gaeau taclus a llawer o'r rheini eisoes yn las gan flagur y gwenith.

Nid gan degwch yr olygfa yn unig y llonnwyd Ifor eithr yn ogystal gan amgyffrediad o'i harwyddocâd. Er gwaethaf llu o helbulon ac aflwyddiannau a mwy nag un drychineb, roedd gwedd galonogol ar y Wladfa erbyn hyn a phrosiect a fu'n agos iawn at fethiant truenus, sawl tro, yn awr yn llwyddo. Ymfalchïai Ifor yn arwriaeth ddiymhongar y to hŷn, a'r dycnwch a'u galluogodd i oresgyn cyni, angharedigrwydd Natur a mileindra afon oriog, anystywallt. Nid yn ofer y bu'r ymdrech a'r aberth.

Gwasgodd Ifor ei sodlau yn ystlysau Campwr i'w annog i

lawr y llethr tua'r Dyffryn a thri mul blin dan bynnau trymion yn dilyn yn anewyllysgar yn ei sgil. Roedd i'w siwrnai dridiau o'r Ffos Halen dair amcan: gwerthu deunaw croen ar hugain a phedair sachaid fawr o blu; prynu bwyd a nwyddau eraill a aethai'n brin wedi gaeaf hirfaith, caled; a gweld ei deulu am y tro cyntaf ers pum mis.

Ychydig yn ddiweddarach, wrth i'w geffylgad bychan duthio ar hyd prif heol Gaiman a haid o blant yn ei hebrwng dan chwerthin a chellwair, amgyffredai Ifor newid pendant yn awyrgylch y lle a chynnydd ym mhrysurdeb ei drigolion oddi ar ei ymweliad diwethaf. Yn gymysg â thrwst ceffylau a cherbydau'n tramwyo'r stryd, clywai sŵn morthwylio egnïol yn dod o'r efail a gwelai bobl yn mynd a dod gyda sioncrwydd anghyffredin yn eu cerddediad.

Un rheswm am y bwrlwm newydd oedd ethol Cyngor Tref cyntaf Gaiman y mis Awst blaenorol, trwy orchymyn Senor Luís Jorge Fontana, Rhaglaw Tiriogaeth Chubut. Roedd cynlluniau uchelgeisiol eisoes ar y gweill gan y Cyngor, dan gadeiryddiaeth Edward J. Williams, ar gyfer gwella amgylchiadau eu cyd-ddinasyddion. Ymfalchïai pawb mai eu tref hwy oedd y gyntaf yn y diriogaeth i gael cydnabyddiaeth wleidyddol a gweinyddol ffurfiol ynghyd â'r breiniau cyfatebol.

Ymelwodd Ifor ar ffyniant y dreflan trwy gael prisiau rhagorol gan Acosta am ei blu a'i grwyn. Prynodd bâr o fotasau, llodrau, siaced a dau grys yn y faelfa a mynd ymlaen tua *chacra* Tomi a Cynthia.

Roedd gweld ei gilydd eto wedi misoedd ar wahân wastad yn brofiad emosiynol i Ifor a Tomi, ond y tro hwn roedd rheswm ychwanegol ganddynt dros gydlawenhau. Gwyddai Ifor fod Cynthia'n disgwyl ei hail blentyn ddiwedd mis Gorffennaf ac roedd Gladys fach, fochgoch, â'r gwallt brown golau yn bum wythnos oed pan welodd ei 'hewythr' hi am y tro cyntaf.

Eisteddai Cynthia ger y tân, yn rhoi'r fron i'r fechan, pan

groesodd Ifor riniog y ffermdy. Tra oedd yn gwneud hynny, ceisiai'r fam, gyda'i llaw rydd, roi mwythau i Edward, ei mab deunaw mis, a oedd yn genfigennus iawn o'i chwaer fach. Igamogamodd y crwt yn simsan ar draws y stafell a cheisio dringo i ben y bwrdd, er mwyn tynnu sylw ato'i hun, hyd nes i Ifor gydio ynddo a'i godi i'r awyr dan chwerthin.

Ni fynnai Edward wneud dim yw dim â'r dieithryn mawr, tal a ddrewai o arogl ei chwys ei hun ac eiddo'i geffyl a'i fulod, a dechreuodd lefain nerth ei ben.

Cân oedd ateb parod Ifor Thomas i unrhyw argyfwng a datseiniodd y gegin i seiniau,

Mae gen i dipyn o dŷ bach twt,
O dŷ bach twt, o dŷ bach twt . . .

Tra canai, siglai Ifor y bychan i rythmau'r hwiangerdd ac, er mawr syndod i bawb, tawodd yr wylofain yn ddisymwth. Cododd Ifor y bychan uwch ei ben a'i ysgytwad, gan chwerthin yn smala. Chwarddodd Edward yntau'n uchel a phrotestio pan ososdodd ei ewythr ei draed ar lawr y gegin.

Aed â'r twba pren, teuluol i stafell wely'r plant, lle y cysgai Ifor y noson honno, a'i lenwi â dŵr twym a gorweddodd y gwestai blinedig ynddo am orig felys, faith. Wedi i Ifor ymolchi drosto, eillio, cribo'i wallt a gwisgo'i ddillad newydd, adferwyd y wynepryd bachgennaidd a wrthgyferbynnai'n drawiadol â'i ddatblygiad corfforol cydnerth, aeddfed.

Trafodwyd nifer o bynciau dros swper a soniodd Ifor am ei anturiaethau diweddaraf ar gyrion pellaf y Wladfa. Yn naturiol ddigon, wedyn, trodd y sgwrs at ddirgelion a chyfrinachau'r parthau gorllewinol a chlywodd Ifor fod criw o Gymry wedi gofyn i'r Rhaglaw Fontana am ganiatâd i ffurfio mintai i archwilio'r tiroedd hynny, hyd at y mynyddoedd uchel ar eu gororau pellaf, yr Andes y clywsai'r Gwladfawyr gymaint am eu godidogrwydd gan y Brodorion. Cyndyn fu Fontana i gydsynio ond ildio a wnaeth, yn y diwedd, i bwyso taer o du'r

Cymry, a ffurfio catrawd o reifflwyr, *rifleros*, a fyddai'n ymgynnull am y tro cyntaf, yn ystod y dyddiau nesaf, i dderbyn hyfforddiant milwrol.

Cynhyrfodd Ifor drwyddo. 'Beth am i ni'n dau fynd, Tomi?' holodd yn frwd.

'Alla i ddim, mae'n flin gen i,' ymddiheurodd Tomi. 'Allwn i fyth adael Cynthia a'r plant a'r *chacra* am gyhyd o amser.'

'Gyda pwy dylen i siarad?' gofynnodd Ifor.

'Ddwedais i wrthyt ti,' ebe Tomi. 'John Murray Thomas. Fe, yn ôl pob sôn, fydd yn arwain y fintai.'

'Dos i'w weld o, Ifor,' anogodd Cynthia. 'Fydd o'n siŵr o adal iti ymuno, a chditha'n gwbod cymaint am y paith, ar ôl byw yn ei ganol o gyhyd.'

'A' i draw i Drerawson i weld y dyn ben bore fory,' ebe Ifor. 'Rwy' am fod yn un o'r arloeswyr cyntaf i droedio'r Andes enwog.'

Drannoeth, ar ôl brecwast cynnar gyda Tomi a Cynthia, ffarweliodd Ifor â hwy, gan addo'n hyderus ddychwelyd maes o law i sôn am ryfeddodau'r Gorllewin.

'Ac os na cha i ymuno â'r *rifleros*, fe a' i ar ben fy hunan,' meddai wrth godi ei law a chychwyn am y dref.

XVII

Cyrhaeddodd Ifor ei hen gartref oddeutu hanner awr wedi deg o'r gloch y bore. Roedd hwn yn dymor prysur i amaethwyr a Glyn ac Emyr wrthi'n dyfrio cae o wenith oedd newydd flaguro, ryw ddau gan llath o'r tŷ. Cododd Ifor ei law arnynt wrth farchogaeth tua'r buarth a gwaeddodd y ddau eu cyfarchion yn ôl.

Roedd Gwen wedi clywed sŵn carnau ei feirch yn dynesu ac yn disgwyl amdano ar stepen y drws. Disgynnodd Ifor oddi ar Campwr a'i chofleidio.

'Rwy' mor falch o dy weld di, grwt,' murmurodd Gwen Thomas.

'Diolch, Mam,' meddai Ifor dan wyro'i ben i gusanu ei boch.

Er chwerwed y profiad o ddarganfod y gwir am eu perthynas, nid oedd Ifor erioed wedi rhoi'r gorau i'w hannerch felly. O fyfyrio'n hir a dwys ar y mater yn ei feudwyaeth, daethai i'r casgliad y dylai ddiolch i'r Brenin Mawr am roi dwy fam iddo yn hytrach nag un, fel pawb arall.

Aethant i mewn i'r gegin ac, wedi i Gwen wneud paned o de iddynt ill dau, eistedd o boptu'r bwrdd i sgwrsio. Gwelai Ifor hi wedi heneiddio a'r wyneb a fu gynt mor hoenus yn rhychiog a gwelw. Ofnodd ynglŷn â chyflwr ei hiechyd.

Disgrifiodd Ifor helyntion a throeon trwstan y misoedd diwethaf dan gellwair a gwamalu oherwydd ei fod yn ymwybodol pa mor bryderus oedd hi yn ei gylch.

Gwrandawodd Gwen yn astud ac yn amyneddgar arno yn parablu nes y tawodd i lymeitio ei de, ac yna meddai a llesgedd yn ei llais,

'Ifor, mae 'na rywbeth mae'n rhaid imi ei ddweud wrthot ti.'

'Ie, Mam?' ebe Ifor gan synhwyro fod y 'rhywbeth' hwnnw yn go ddifrifol.

'Dydyn ni erioed wedi siarad llawer am hyn, ond rwy'n teimlo bod f'amser i ar yr hen ddaear 'ma'n tynnu at ei derfyn . . . '

'Nac yw, Mam! Peidiwch â dweud shwt beth! Rydych chi'n dal yn ifanc!' protestiodd Ifor.

'Gad imi ddweud yr hyn rwy' am ei ddweud, os gweli di'n dda,' meddai Gwen Thomas.

Ufuddhaodd Ifor ac aeth hithau rhagddi.

'Oherwydd fy meie i, mae llawer o bethe diflas wedi digwydd iti ac rwyt ti wedi diodde llawer. Ddylen ni ddim fod wedi dweud anwiredd wrthot ti. Ond does yr un drwg sy'n ddrwg i gyd ac mae un wers werthfawr alli di ddysgu o hyn, a dyma hi: er y gall dyn wneud sawl camgymeriad yn ystod ei oes, mae Duw wastod yn rhoi cyfle iddo fe edifarhau a gwneud iawn am y drwg achosodd e.'

Crefodd Ifor ar Gwen Thomas i roi'r gorau i feio ei hun ond roedd hi'n benderfynol o wyntyllu'r mater yn drylwyr, unwaith ac am byth. Disgrifiodd garwriaeth Megan a'i dad wrth Ifor, a'i chyfyng-gyngor hi a Glyn, fel aelodau o gymdeithas a arddelai egwyddorion crefyddol a moesol pendant iawn, pan sylweddolwyd bod eu merch yn feichiog. Oni bai am ddiflaniad Dafydd Williams a'i farwolaeth drychinebus, buasent, yn fwy na thebyg, wedi caniatáu i Megan ei briodi, a buasai popeth wedi dod i drefn, maes o law. Ymgais daer, ddiniwed ac aneffeithiol i amddiffyn y fam a'i phlentyn oedd cymryd arnynt mai brawd a chwaer oeddynt. Felly y gobeithient warchod Ifor rhag cael ei wawdio gan ei gyfoedion am fod yn fab i fam ddibriod, ac y byddai gan Megan well siawns o ddod o hyd i gymar cymeradwy heb y gwaradwydd o fod yn fam i blentyn anghyfreithlon.

'Gwrddes i â dy dad ychydig ddyddie cyn inni hwylio o Lerpwl,' meddai Gwen Thomas. 'Fe alla i ddweud yn onest wrthot ti taw bachgen hyfryd oedd e, yn llawn bywyd ac yn llawn syniade a chynllunie, hefyd, ynglŷn â'r hyn roedd e'n bwriadu ei wneud yn y wlad newydd hon. Ond fe gymerodd y paith e oddi arnon ni. Colled ofnadw, 'nghariad i. Dim ond un o'r colledion drud, gwaetha'r modd, sydd wedi dod i'n rhan ni fel pobol er pan adawon ni Gymru. A pham wnaethon ni hynny? Mae'n bwysig dy fod ti'n cofio'r rheswm. Er mwyn cadw'n hiaith a'n traddodiade, a pharhau i fod yn Gymry ac i fyw fel Cymry. Dyna pam rwy' am iti gadw'r cof am dy dad yn fyw yn dy galon, a bod yn falch o dy alw dy hunan yn fab iddo fe, heb deimlo unrhyw fath o gywilydd.

'Rwy' am ofyn rhywbeth arall iti, Ifor. Gofyn iti fadde imi. Rwy'n gobeithio bod Duw wedi gwneud hynny ond hoffen i glywed gen ti nac wyt ti'n dala dig yn f'erbyn i am dy dwyllo di mewn ffordd mor ffôl a di-fudd.

'Ta p'un. Drwot ti ac ynot ti mae dy dad, Dafydd Williams, wedi dod i adnabod y paith a'i drechu e hefyd. Rwy'n siŵr bod e, Ifor, lan fry 'co'n rhywle, yn drychyd i lawr arnot ti yn llawn o'r cariad chas e ddim ei roi iti tra oedd e ar y ddaear.'

Pan ddychwelodd Glyn i'r tŷ ychydig yn ddiweddarach, canfu Gwen ac Ifor â'u dwylo ymhleth ar draws y bwrdd ac yn eu dagrau. Cododd y ddau ar eu traed pan ddaeth y penteulu i mewn i'r gegin, fel petai'r un gynneddf yn eu cymell, a lapiodd y tri eu breichiau'n dynn am ei gilydd.

Drannoeth, marchogodd Ifor i Rawson gyda'r bwriad o listio fel *riflero*. Ni lwyddodd i gael gair gyda John Murray Thomas am fod hwnnw a rhai o arweinwyr eraill y fintai ar daith drwy'r Dyffryn yn casglu offer, bwyd, ceffylau a nwyddau ar gyfer y fenter. Drwy hap a damwain, fodd bynnag, ar y ffordd rhwng y dreflan a'r *chacra* a oedd yn gartref dros dro i weinyddiaeth y Rhaglaw Fontana, cyfarfu â'r Rhingyll Franco, un o'r ddau swyddog milwrol a fyddai'n mynd ar yr hirdaith.

Cyflwynodd Ifor ei hun i'r Rhingyll, dywedodd faint oedd ei oed a mynegodd ei awydd i ymuno â'r gatrawd arloesol. Â'i lygaid tywyll, sinicaidd, archwiliodd Franco y gŵr ifanc od o'i ben i'w sawdl ac o'i sawdl i'w ben a'i hysbysu bod y rhestr wedi ei chau a'r cais, felly, yn aflwyddiannus.

A dyna'r oll a fu. Roedd y dyfarniad mor swta a therfynol fel na feiddiai Ifor ei herio a chyn y medrai agor ei ben, aeth y Rhingyll yn ei flaen heb ffarwelio ag ef hyd yn oed.

Ac yntau bron â'i lethu gan y siom annisgwyl arhosodd Ifor yn ei unfan am funud cyfan heb syflyd fodfedd. Efallai bod y rhestr wedi'i chau, meddyliodd, ond nid oedd hynny'n rheswm digonol dros ei atal rhag cyd-deithio â'r fintai, heb fod yn aelod o'r gatrawd. Bu ond y dim iddo roi sbardun yn Campwr a charlamu ar ôl y Rhingyll i bledio'i achos ond synhwyrodd na thyciai hynny.

Sut y câi ei faen i'r wal? Wrth i Ifor bendroni, cofiodd rywbeth a glywsai yn y dreflan y bore hwnnw, tra chwiliai am John Murray Thomas. Cofiodd hefyd y ddihareb a adroddai Dewyrth Richard bob tro y byddai problem yn ei wynebu, 'Mae pont i groesi pob anhawster'.

Gwenodd Ifor Thomas. Roedd newydd gael syniad ardderchog.

XVIII

Ganol mis Hydref 1885, gwersyllai'r *Compañía de Rifleros del Chubut* newydd-sbon-danlli-grai ar lain o dir ger y Creigiau, yn cwblhau'r paratoadau olaf cyn cychwyn am yr Andes. Nid oedd ond rhyw ddeugain milltir rhyngddynt a Rawson, eithr wrth gael eu hyfforddi i drin arfau yn y llecyn anghyfannedd hwn, teimlai'r milwyr newyddian eu bod ar drothwy anturiaeth aruthrol.

O gopa bryncyn cyfagos ac ynghudd y tu ôl i gruglwyth o gerrig, ysid Ifor Thomas gan genfigen wrth iddo wylio'r ymarferiadau a'r paratoadau. Roedd rhai o aelodau'r fintai yn adnabyddus iddo: gwŷr y Wladfa a adwaenai er pan oedd yn blentyn; dynion yn eu hoed a'u hamser a ymddangosent, am ryw reswm, yn iau o lawer nag y cofiai ef hwy.

Yr hyn a gynhyrfai'r ysbïwr yn fwy na dim oedd yr ymarfer saethu. Craffai ar y *rifleros*, mewn grwpiau o bedwar, yn cymryd eu tro i danio o wahanol safleoedd – ar eu traed, ar un ben-glin, ar eu boliau – i anelu at dargedau a gawsent eu peintio ar gynfasau wedi eu hongian rhwng llwyni, a thanio fel bod pedair taran yn diasbedain drwy'r cwm. Wrth feddwl am y pleser o ysgwyddo un o'r Remingtons enwog a phwerus, a fedrai ladd gwanaco o bellter llawer hwy na dryll cyffredin, gresynai Ifor fwy nag erioed na chawsai ei dderbyn i blith y gwirfoddolwyr.

Sylwodd Ifor gyda diddordeb ar y gŵr yr oedd ei wedd

uchelwrol, ei gerddediad urddasol a'i ddiwyg cymen yn datgan mai ef oedd pennaeth y fintai. Y Rhaglaw Fontana a'r Rhingyll Franco oedd yr unig ddau mewn gwisg filwrol, eithr nid y graen rhagorach ar lifrai'r cyntaf oedd yr unig arwydd o'i statws. Rhodiai o amgylch y gwersyll fel un a chanddo awdurdod, yn cyfarch neu'n cyfarwyddo neu'n gorchymyn heb gynhyrfu ei hun na'r sawl a wrandawai arno. Digon hawdd gweld bod y Rhaglaw yn dra phrofiadol mewn gweithgareddau fel hyn. Pan chwythai'r awel o gyfeiriad y gwersyll clywai Ifor ei lais croyw'n rhoi cyfarwyddiadau ynglŷn â llwytho'r ceffylau pwn neu'n esbonio wrth Franco ym mha drefn y dylai gwahanol adrannau'r fintai adael y gwersyll – mater o bwys gan fod dros ddau gant a hanner o feirch dan eu gofal, yn cynnwys ceffylau sbâr ar gyfer pob gŵr, chwech ar hugain o geffylau pwn a bwyd am dri mis ar eu cefnau a dau geffyl a gariai offer ar gyfer mesur tir.

Pan ddeallodd Ifor fod ymadawiad y fintai'n nesáu, dychwelodd adref ar frys – taith ddwyawr – i roi trefn ar ei stad a diogelu ei eiddo cyn gadael y cyfan am gyfnod maith ac amhenodol.

Gadawodd y *Rifleros* ardal y Creigiau ddeuddydd yn ddiweddarach, gan gychwyn ar ran gyntaf eu siwrnai – 'Hirdaith Edwin', fel y gelwid hi gan y Cymry. Aethant drwy'r Ffos Halen yn ddigon agos at gartref Ifor i ambell un synnu nad oedd golwg o'r perchennog ar gyfyl y lle, a gwersylla ym mhen uchaf y cwm am ddeuddydd cyn wynebu anawsterau'r ucheldir llwm, y *meseta*.

Er eu blinder, ni chafwyd llawer o gwsg yng ngwersyll y *Rifleros* y noson cyn iddynt ailgychwyn. O'i guddfan newydd ac yng ngolau'r lloer a fflamau'r tanllwythi, gwyliai Ifor y mynd a dod parhaus. Mynnai rhai o'r meirch ac amryfal orchwylion sylw rhywrai gydol y nos, câi'r wyliadwriaeth o bedwar ei newid bob awr, ac roedd y *patrols* o ddeuoedd a thrioedd yn rhodianna'r cyffiniau o bryd i'w gilydd. Yr ofn o gael ei ddal gan y rheiny achosodd fod Ifor ar ddihun tan y wawr, pryd y cysgodd am ryw awr ar ei fatras faen.

Ond er i'w gorff ymlacio, crwydrai ei feddwl drwy fro breuddwydion lle y cymysgwyd profiadau diweddar ag atgofion ac argraffiadau o'i orffennol. Dyna pryd y sleifiodd cysgod sinistr dros y cerrig tuag ato a hofran drosto cyn iddo ddod yn ymwybodol o'r perygl. Gŵr, nid cysgod, a rythai arno â llygaid tanbaid. Adyn y cuddid gweddill ei wyneb gan fwgwd du a chantal ei het. Parlyswyd Ifor gan ofn. Ni allai symud na llaw nac aelod ac roedd ar fin gweiddi am help pan sibrydodd y rhith wrtho, 'Hisht! Taw! Nac ofna. Dy dad di ydw i.'

Deffrwyd Ifor o'i hunllef gan ei ochenaid ddofn ei hun a chynnwrf y gwersyll, lle'r oedd pawb a phopeth ar gychwyn.

Bu'r Hirdaith yn benyd i bawb, yn enwedig i rai o'r ceffylau pwn arafaf a gymerodd ddeng awr ar hugain i'w chroesi – pymtheng awr yn hwy na'r 'ceffylau blaen'. Cafwyd seibiant o dridiau yn Nôl yr Ymlid, lle'r ymosodwyd ar y pedwar Cymro flwyddyn a hanner ynghynt ac aed ymlaen wedyn i Ddyffryn y Merthyron, i dalu teyrnged wrth fedd y tri a laddwyd. Roedd rhyw ddwylo anfad, llwfr wedi difrodi'r beddau ac fe'u hadferwyd â charnedd o gerrig a phlac a phriflythrennau enwau'r merthyron wedi eu naddu arni. Traddododd y Rhaglaw Fontana araith gref a theimladwy, taniodd y *Rifleros* eu gynnau uwch y bedd a diweddwyd y gwasanaeth gyda'r emyn *O Fryniau Caersalem ceir gweled* . . . a ganwyd gydag angerdd anghyffredin.

Disgynnodd y fintai o'r ucheldir wedyn, gan gyfeirio ei chamre, unwaith eto, tuag afon Camwy yn nyffryn Cel-Cein, a chodi'r pebyll dan ddail gwyrddlas yr helyg, ar lan y dŵr, mewn llecyn a oedd yn nef o'i gymharu ag uffern arw, grin y *meseta*. Dosbarthwyd gwahanol orchwylion ymhlith y dynion: cadw gwyliadwriaeth, cynnau tanllwythi, gofalu am y ceffylau, chwilio am fwyd. Ymddiriedwyd y swydd olaf i ddwsin o wŷr a rannwyd yn ddwy garfan gyfartal o helwyr a physgotwyr.

Tra âi'r gweithgareddau ymarferol pwysig hynny

rhagddynt, aeth y Cyrnol-Raglaw Fontana gyda'i ysgrifennydd, Pedro Derbes, a'r Rhingyll Franco i archwilio'r ardal am fwynau – un o brif amcanion yr ymgyrch. Roedd y Rhaglaw'n fwy na bodlon ar yr arwyddion o bresenoldeb calch, *gypsum* a caolin a ddarganfu, ac fe'i synnwyd gan luosogrwydd y ffosilau morol a geid ar y *meseta* mewn rhai mannau. Gan ei fod yn naturiaethwr academaidd o fri ac yn gyn-geidwad Amgueddfa Buenos Aires, yn ogystal â milwr a gwleidydd, deallai Fontana arwyddocâd y darganfyddiadau hyn ac fe'u cofnododd gyda manylder gwyddonol.

Pan ddychwelodd y tri swyddog i'r gwersyll gyda'r hwyr, cawsant y Cymry mewn hwyliau arbennig o dda, gyda'r pysgotwyr yn clochdar am iddynt ddal dros ddeg ar hugain o frithyll braf ac un pysgodyn cefngrwm banw â llond y groth o wyau, ac yn gwawdio'r helwyr anffodus gyda'u dwy ysgyfarnog ac un cyw gwanaco.

Wedi swper a oedd wrth fodd pawb, cerddodd Fontana a Derbes o amgylch y gwersyll i'w arolygu gyda thrylwyredd anffurfiol tra cynllunient ar gyfer y dyddiau nesaf yr un pryd. Roedd J. D. Evans, *'El Baqueano'* (Yr Arweinydd), a fu'n tramwyo'r parthau hynny nifer o weithiau, wedi eu rhybuddio ynglŷn â'r llethrau serth a'r pantiau dyfnion y byddent yn eu tramwyo yn ystod rhan nesaf y daith ac wedi argymell rhwymo'r paciau'n sownd iawn ar gefnau'r ceffylau pwn er mwyn osgoi trafferthion dianghenraid.

Ond roedd problem arall ar feddwl Pedro Derbes, un a barai iddo giledrych yn nerfus ar ei bennaeth bob hyn a hyn wrth iddynt gerdded yn hamddenol rhwng y tanllwythi a'r pebyll; roedd am fod yn siŵr bod y Rhaglaw mewn tymer dda cyn crybwyll rhywbeth nad oedd, o bosib, ond celwydd golau a luniwyd gan rywun neu rywrai o blith y criw er mwyn codi ofn ar ambell frawd mwy hygoelus neu ddiniwed na'r rhelyw. Ond roedd y Rhingyll Franco wedi ategu'r stori, ac nid un i wamalu oedd y creadur surbwch hwnnw.

'Cyrnol,' meddai Derbes o'r diwedd gyda phesychiad

nerfus. 'Mae 'na rywbeth mae'n rhaid imi sôn amdano fe wrthych chi . . . '

Safodd y Rhaglaw a syllu i wyneb ei ysgrifennydd gan synhwyro fod y 'rhywbeth' o natur gyfrinachol a difrifol, hwyrach. 'Beth sydd wedi digwydd, Derbes?' holodd.

'Wel, *señor*,' meddai'r ysgrifennydd fel petai'n ymddiheuro, 'mae rhai o'r dynion yn dweud, ac wn i ddim faint o goel i roi ar eu stori . . . '

'Beth maen nhw'n 'ddweud, ddyn?' gofynnodd y Rhaglaw yn ddiamynedd wrth i'r llall lyncu ei boer.

'Bod marchog, un marchog, ar ei ben ei hun, yn ein dilyn ni, *señor*.'

Gwenodd Derbes yn wanllyd fel petai arno gywilydd.

'Marchog? Yn ein dilyn ni?' meddai'r pennaeth. 'Sut olwg sy arno fe? Indiad ynteu Cristion yw e? Beth arall fedri di ei ddweud am y dyn?'

'Dim ond, *señor*, fod ei geffyl e'n un go lew a'i fod e'n gofalu na ddaw e'n rhy agos aton ni ac yn cadw o'n golwg ni gymaint ag y gall.'

'Hmm,' ebychodd y Rhaglaw drwy ei drwyn. 'Anaml y gwelir dyn yn teithio ar ei ben ei hun yn y rhan hon o'r byd,' sylwodd yn swta. 'Rho wybod imi ar unwaith y tro nesaf y caiff rhywun gip ar y marchog hynod hwn.'

'*Si, mi coronel!*'

Parhaodd y ddau swyddog â'u harolwg gyda'r Rhaglaw'n oedi o bryd i'w gilydd i sgwrsio â hwn ac i roi gorchymyn cwrtais ond pendant i'r llall. Pan deimlai'r pennaeth fod trefn gystal ag y gellid ei disgwyl ar bopeth, gadawodd i'w ysgrifennydd fynd a throi am ei babell ei hun.

'Hm,' murmurodd dan syllu ar ysblander serennog yr wybren lydan uwch ei ben. 'Marchog unig yn ein hymlid ni! On'd yw dyn yn clywed y pethau rhyfeddaf!'

Ni chlywyd sôn am 'y marchog' yn ystod y dyddiau canlynol o ddringo a disgyn dros fryn a phant rhwng Cel-Cein a'r Dyffryn Coediog, gwastatir eang, creigiog haws ei dramwyo. Draw ar y gorwel gorllewinol safai rhes o fynyddoedd a'u copaon gwynion.

'Yr Andes!' tybiai'r mwyafrif.

'Nage,' meddai'r *Baqueano*. 'Peidiwch â chymryd eich siomi. Rydym ni ymhell iawn o fanno.'

Ychydig yn ddiweddarach, yng ngoleuni gwanwynol, tyner y prynhawn, ymddangosodd golygfa unigryw, odidog, o flaen llygaid syn y fintai. Roeddynt newydd ddisgyn eto at lan ogleddol yr afon, ger man lle'r oedd y llif yn bwrw yn erbyn godreon clogwyn uchel y gellid tybio i ddwylo cawraidd ei naddu'n golofnau tal a pheintio'r rheini ag arlliwiau porffor, melyn, llwyd, oren a choch. Gan mor debyg oedd y diffwys a'i goron o greigiau pigfain i eglwys gadeiriol fawreddog enwyd y fangre yn 'Ddyffryn yr Allorau'.

Fel yr ymlwybrai'r fintai dros y draethell dywodlyd ar lan yr afon, a'r Rhaglaw, yn ôl ei arfer, ar flaen y gad, carlamodd y Rhingyll ato gyda neges o'r pwys mwyaf,

'*Mi coronel!* Rydyn ni newydd ei weld e eto! Y dyn sy'n ein dilyn ni!'

'Wedi ei weld e eto?' ebe'r Rhaglaw'n ddilornus. 'Ddiflannodd e eto hefyd?'

'Naddo,' ebe Franco. 'Mae'n dal yno, heb geisio cuddio'i hunan. Dewch, *señor*. Ddangosa i ichi.'

Wedi dilyn Franco tua rhengoedd olaf y fintai, edrychodd y Rhaglaw drwy ei ysbienddrych i'r cyfeiriad y pwyntiai'r Rhingyll ato a gweld, yn eglur iawn, ddyn ar gefn ceffyl a cheffyl pwn yn eu dilyn.

'O'r gore, Franco,' meddai'r Rhaglaw. 'Cer di, Thomas a Derbes draw acw a dewch â hwnna'n ôl yma gyda chi, inni gael setlo'r mater.'

Aeth y tri ar garlam a llygaid y fintai gyfan yn eu dilyn, tra gwyliai'r pennaeth hwy a'r hyn a ddigwyddodd wedyn drwy ei sbenglas dwbl. Gwelsant y patrôl yn cyfarch y marchog a oedd wedi aros yn ei unfan tra dynesent ato, ac wedi sgwrs fer, yn dychwelyd gyda John Murray Thomas a Derbes o boptu i'r gŵr a Franco'n dilyn. Ffrwynodd y pedwar eu meirch pan oeddynt o fewn rhyw bymtheg llath i'r fintai ac wedi i J. M. Thomas siarad yn Gymraeg â'r marchog – llanc ugain oed, os hynny, sylwodd Fontana dan ryfeddu – disgynnodd hwnnw oddi ar ei geffyl a cherddded yn dalog at y Rhaglaw. Safodd ychydig droedfeddi oddi wrtho dan wenu'n glên.

'Pwy ydych chi?' gofynnodd y Rhaglaw Fontana.

'Ifor Randal Thomas, *señor*,' atebodd y bachgen.

'Aha!' ebe Fontana dan graffu ar y dieithryn. 'Thomas arall, eto fyth! Gawn ni glywed beth mae hwn yn 'wneud yn y parthau hyn?'

'Rydw i'n teitho tua'r Andes, *señor*.'

'Tua'r Andes ai ie?' ebe'r Rhaglaw gan geisio peidio â gwenu. 'Dyna inni gyd-ddigwyddiad diddorol! Rydyn ninnau'n mynd i'r un cyfeiriad. Ydi'r Thomas yma'n teithio ar ei ben ei hun?'

'Ydw, *señor*. Ar fy mhen fy hun,' atebodd Ifor.

Edrychodd y Rhaglaw Fontana o'i amgylch ar wynebau gwenog y *Rifleros*. 'Pwy sy'n adnabod y gŵr bonheddig yma?' holodd. 'Ŵyr rhywun rywbeth o'i hanes?'

Bu ennyd o ddistawrwydd cyn i un o'r gwirfoddolwyr ateb yn groyw,

'Rydw i'n ei adnabod o'n iawn, *mi coronel*.'

John Thomas Jones, Monwysyn a ymfudodd i'r Wladfa gyda'r ail fintai yn 1874 a siaradai. 'Mae Ifor yn hen hogyn iawn,' tystiodd. 'Mae ei frawd o, Tomi, a finna'n gymdogion.'

'Da iawn,' meddai Fontana gan graffu ar y gŵr ifanc hynod â'r wên ddengar ac yna ar ei ddau geffyl – ebol cryf a phabell, dwy sgrepan, *poncho* a rhagor o ddillad ar ei gefn, a march 'tebol a hen *shotgun* yn hongian ar slent dros ei ystlys.

'Wyddoch chi sut i saethu?' gofynnodd y Rhaglaw.

Taflwyd Ifor gan y cwestiwn annisgwyl. 'Saethu? Yr *escopeta* ydych chi'n feddwl?' meddai'n fyngus. 'Gwn . . . '

'Gawn ni weld,' ebe'r Rhaglaw gan droi at ei ysgrifennydd gyda gorchymyn, 'Dos i nôl Remington, Derbes, llenwa fe, a thyrd ag e yma.'

Ufuddhaodd Derbes yn anewyllysgar ac wedi iddo roi'r dryll i'w bennaeth, camodd hwnnw at Ifor a chodi'r het gantel lydan a'r plu estrys o boptu'r corun oddi ar ei ben a'i gosod ar frigyn uchaf un o'r llwyni, lle y siglai'n ôl a blaen yn yr awel. Yna dychwelodd at Ifor, peri iddo sefyll ryw ddeg llath oddi wrth yr het a rhoi'r dryll yn ei ddwylo gyda'r gorchymyn, 'Saethwch hi!'

Clywyd piffian chwerthin o rengoedd y *Rifleros* wrth i Ifor syllu'n gegrwth ar y dryll y bu'n ei chwenychu gyhyd. Yna, heb arlliw o ansicrwydd, dododd fôn yr arf i bwyso yn erbyn ei ysgwydd, anelodd, taniodd a chwympodd yr het yn gyfamserol â'r glec.

Troes chwerthin y gwirfoddolwyr yn gymeradwyaeth wrth i'r Rhaglaw Fontana fynd i nôl yr het a'i dychwelyd i'w pherchennog gyda'r geiriau 'Hoffet ti ymuno â ni, grwt?'

'Yo . . . *Si señor! Si, mi coronel!*' ebychodd Ifor Thomas a'i lygaid yn pefrio.

'Rhagorol. Ringyll, rho hanner cant o fwledi i'r milwr!'

XIX

Cysylltir fy atgofion am Dewyrth Ifor, fel y byddwn yn galw'r gŵr a oedd mewn gwirionedd yn gefnder imi – yn ôl a glywais yn ddiweddarach – â darluniau ac argraffiadau o Ddyffryn gwahanol iawn i'r hyn ydyw heddiw.

Sôn yr wyf, wrth gwrs, am y Wladfa fel y deuthum i i'w hadnabod, ar ddiwedd y bedwaredd ganrif ar bymtheg. Bryd hynny, roedd bywyd y Dyffryn yn drylwyr Gymraeg a Chymreig a buasai ymwelydd dieithr wedi'i gael ei hun mewn cymdeithas *exótica*, a defnyddio gair *castellano*, lle'r oedd arferion, meddylfryd, safonau moesol a hyd yn oed wynebau'r trigolion yn dra annhebyg i'r hyn a geid yng ngweddill y wlad.

Mae'n rhaid fy mod i rhwng pump a chwe blwydd oed ar y pryd, sef dechrau'r nawdegau, pan ysgythrwyd ar fy ymwybyddiaeth ddarlun o'r dyn talgryf hwnnw â'r llais mawr a'r wên heintus yn neidio oddi ar ei geffyl ac yn cydio ynof a'm codi uwch ei ben dan ganu un o'r hwiangerddi a ddysgais ganddo ef ac a ddysgais innau, yn fy nhro, i'm plant a'm hwyrion.

O gau fy llygaid, gallaf ei weld yn nrych annelwig y cof: cawr o ddyn gyda gwên fachgennaidd. Gallaf wynto'r mwg a'r seimiach ar ei ddillad fel hanfodion ei bersonoliaeth, nid fel arogleuon annymunol. Gellid ei ddisgrifio fel oedolyn bythol ifanc neu blentyn henaidd; cyfuniad o dynerwch gwrywaidd, urddas diymhongar a diffuantrwydd a swynai bawb a

128

gwrddai ag ef. Ni hidiai neb y gwn i amdano am y chwaon chwys a baco a lynai wrth ei ddillad; roedd y rheini mor naturiol ag arogleuon gwyllt y paith. Maent yn awr yn rhan o'm bod i, yn elfen hanfodol yn fy ymdeimlad o berthyn i Batagonia.

Teimlaf fwyfwy fod yr awelon a ddaw o'r paith ac o'r meysydd – mwg o dân coed, alffalffa newydd ei dorri – yn rhan ohonof, gan fod y dydd yn nesu pan fyddaf i yn un â daear annwyl y wlad y ganed ac y maged fi ynddi. Rwy'n hen ac yn wael iawn fy iechyd. Cyn bo hir bydd fy nghorff yn gwrteithio tir y Dyffryn, fe'm disychedir yn dragwyddol gan leithder hen afon Camwy a byddaf, rwy'n gobeithio, yn perarogli'r paith yn sawr ei flodau a'i berlysiau.

Un o blant yr Ariannin a Phatagonia wyf i, merch i Gymro a Chymraes oedd ymhlith y fintai wladfaol gyntaf. Fy enw yw Gladys Lowri Thomas, ail blentyn Thomas Joseph Thomas, a oedd yn fwy adnabyddus yn ei ddydd fel Tomi Maes Helyg.

Tyfai cynifer o'r coed hynny yng nghyffiniau'r *chacra* fel nad oedd modd i'r sawl a deithiai heibio i'r tŷ yn ystod misoedd yr haf ei weld oherwydd trwch y dail gwyrddlas ar y cangau gosgeiddig.

Cefais blentyndod hapus, eithr nid oherwydd inni osgoi profedigaethau a chyni ac mae llawer y gallwn ei ddweud ar y pen hwnnw. Heddiw, pryd y dylid mesur yr amser sy'n weddill imi ar y ddaear mewn misoedd yn hytrach na blynyddoedd, llenwir fy meddwl gan atgofion hapus y taenwyd haen o hiraeth drostynt. Teimlaf fel rhywun sydd wedi agor bocs â'i lond o hen ffotograffau wedi gwelwi a melynu sy'n dwyn o flaen ei lygaid wynebau ei anwyliaid ac yn ei atgoffa o 'erstalwm'.

Blith draphlith ac yn annosbarthus y daw'r atgofion hyn ac wedi eu rhaffu wrth ei gilydd, rwy'n amau, mewn modd hollol fympwyol, fel petai'r digwyddiadau a'u hysgogodd yn perthyn i benodau cryno neu'n dilyn ei gilydd mewn trefn hanesyddol tra, mewn gwirionedd, gallai blynyddoedd lawer fod rhyngddynt. Mae fel agor hen, hen goffor lle bu'r cyfan yn gorwedd am flynyddoedd, yn cael ei weddnewid yn raddol gan anarchiaeth fyfiol a digywilydd cof sy'n mynnu dileu pethau annymunol a rhoi sylw anhaeddiannol i rai sy'n ein plesio.

Un o'r arwyr anhysbys, lluosog nas enwir ar feini a medalau swyddogol oedd Ifor Randal Thomas. Hwyrach nad yw'n weddus i mi sy'n perthyn mor agos ato ei ganmol fel hyn, ond nid 'brolio ein teulu ni' cyn i bob un ohonom ddiflannu o'r tir yw'r amcan. Awydd ydyw yn hytrach i draddodi i genedlaethau'r dyfodol dystiolaeth am ddyddiau cynnar y Wladfa fel y'i clywais gan rai oedd yno ar y pryd.

O'r gwerthoedd y dysgwyd fi i'w harddel a'u parchu gan fy rhieni, efallai mai Cyfiawnder oedd y pwysicaf yn eu golwg hwy. A rhywbryd bydd rhaid talu gwrogaeth i'r ddau hynny a'u cyfoedion y gosododd eu gweithredoedd a'u gweithgareddau beunyddiol, syml eu stamp arnaf mewn modd yr un mor ddylanwadol â holl eiliadau olynol y blynyddoedd y bûm i byw.

Rwy'n sôn, er enghraifft, am y Gwladfawyr hynny, heb ddim ond rhawiau a nerth bôn braich, fu'n cydymdrechu ac yn cydweithredu i atal afon Camwy rhag gorlifo'i glannau ar ôl glawogydd ac i dorri ffosydd a fyddai'n peri iddi ddyfrio'r meysydd yn sychdwr haf. Am y mamau a roddodd enedigaeth i'w plant yn nhywyllwch rhynllyd eu bythynnod pridd, a lwyddodd i fwydo eu teuluoedd pan oedd newyn yn y tir, ac a weddïai wrth erchwyn gwely plentyn claf pan nad oedd yr un feddyginiaeth heblaw'r ffydd Gristnogol ar gael.

Bu farw fy nain, Gwen Thomas, tra oedd Ifor draw yn y Gorllewin gyda'r *Rifleros*. Ifanc iawn oeddwn i ar y pryd, ond cofiaf fy nhad yn dweud fod Dewyrth wedi cymryd ato'n ddychrynllyd pan glywodd y newydd trist ar ei ddychweliad i'r Dyffryn, ac iddo wylo fel plentyn am oriau bwygilydd. Nid wyf i'n meddwl iddo lwyddo, fyth, i ddatrys y croestyniad dirdynnol o garu dwy fam. Boed y ddamcaniaeth honno'n wir ai peidio, mae'n ffaith i Ifor glosio'n agosach fyth at Megan wedi marwolaeth Gwen, gan arddel eu perthynas fel mab a mam gyda balchder. Tybiaf iddo, cyn hynny, ofni brifo'r naill fenyw neu'r llall trwy rannu ei serchiadau'n anghyfartal rhyngddynt.

Ond ddeunaw mis yn ddiweddarach, bu Megan farw hefyd, o lid ar yr ysgyfaint, gan adael Dewyrth Emyr i fagu dau blentyn bychan ar ei ben ei hun. Ailbriododd ef ymhen llai na blwyddyn â dynes lawer iau nag ef. Dyna sut yr oedd hi yn y dyddiau hynny. Fel pob amaethwr yn y Dyffryn, roedd cymaint o waith gan Emyr fel y buasai wedi gorfod anfon y plant i'w magu gan deulu arall oni bai iddo ailbriodi.

Er bod Ifor yn meddwl y byd o'i hanner brodyr bach, rhoddodd y gorau i ymweld â'r aelwyd honno wedi marwolaeth Megan. Honnai rhai aelodau o'r teulu ei fod wedi digio efo Emyr, ond nid yw hynny'n wir, yn fy marn i. Rwy'n meddwl iddo ei chael hi'n anodd dygymod â cholli Megan mor fuan wedi iddo ddechrau edrych arni fel mam. Beth bynnag am hynny, cadwodd draw o'r Dyffryn am flwyddyn gron wedi'r angladd, nes i 'nhad anfon llythyr ato i ddweud cymaint yr oedd ei deulu'n poeni amdano.

Llythyr-gludydd Tomi oedd gŵr o'r enw Cynan Lewis, a alwodd heibio'r Ffos Halen ar ei ffordd gyda'i deulu tua'r Andes, lle y bwriadent ymgartrefu. Llwyddodd Cynan i argyhoeddi Ifor o bryderon ei deulu, yn enwedig ei frawd, ac o'r ddyletswydd oedd arno i liniaru eu gofid mewn modd ymarferol.

Ond nid yr hyn a glywais gan bobl eraill a ysgogodd y darluniau sydd gen i yn fy meddwl o'm 'hewythr' difyr, deniadol, unigryw. Deilliant o'r oriau lawer a dreuliais yn ei gwmni pan oeddwn yn eneth fach ac yn ferch ifanc, yn sgwrsio gydag ef, yn gwrando ar ei straeon anhygoel, gwir-pob-gair, neu'n ei holi'n dwll.

Mae arna i ofn imi fynd dros ben llestri unwaith, trwy ofyn pam nad oedd erioed wedi priodi. Cofiaf yr achlysur yn eglur.

Roeddem newydd fod yn ein glannau'n chwerthin am ben rhywbeth gwirionach na'i gilydd pan ofynnais y cwestiwn. Tawodd ar amrantiad a sobreiddio drwyddo. Roedd golwg ddieithr, nas gwelais na chynt na chwedyn, ar ei wyneb: cymysgedd o syndod, chwithdod, siom, gofid a chywilydd. Oedodd yn hir iawn cyn ateb, 'Am na wn i ddim sut i ddal gwenoliaid, Gladys.'

Syllai draw tua'r gorwel wrth siarad, fel petai'n gweld rhywbeth na welwn i, rhywbeth pell ac annelwig, er bod ei lygaid tlws, glas golau bron ynghau ac yn llawn dagrau. Trodd a syllu'n ddwys arnaf am hydoedd ac yna, er mwyn dryllio'r hud a oedd wedi ein meddiannu ni'n dau, neidiodd ar ei draed dan ganu un o'i unawdau smala, cydiodd yn fy nwylo a'm chwyrlïo o amgylch y buarth mewn dawns wallgo, wyllt nes inni gwympo'n bendramwnwgl ar ben ein gilydd.

Flynyddoedd lawer yn ddiweddarach, cefais eglurhad am ymateb hynod Dewyrth Ifor i'm cwestiwn diniwed. A minnau'n oedolyn erbyn hyn, soniais am y digwyddiad wrth fy nhad a adroddodd wrthyf hanes yr oedd Ifor wedi ei adrodd wrtho ef un diwrnod, mewn ymgais, hwyrach, i leddfu rhywfaint ar benyd hir a chaled.

Ond nid wyf am sôn am hynny yn awr. Wn i ddim a ddylwn i o gwbl, a dweud y gwir. Yn sicr ddigon, nid dyma'r amser.

XX

Ychydig filltiroedd y tu draw i Ddyffryn yr Adfeilion, bu raid i Ifor Thomas gydnabod caswir a'i blinai: byddai'r diriogaeth yn anghyfarwydd iddo o hyn ymlaen. John Evans y *Baqueano* a John Murray Thomas oedd yr unig aelodau o'r fintai a oedd wedi teithio cyn belled â glannau afon Teca o'r blaen, a bu eu cynefindra hwy â'r diriogaeth o fudd mawr i'r ymgyrch.

Teimlai Ifor yn chwithig nad oedd ei adnabyddiaeth o'r paith, ei brofiad o fywyd y fforiwr a'r hyn a ddysgodd gan ei gyfeillion brodorol yn ddigon i gynnal ei statws fel un o'r arweinyddion. Efallai mai dyna pam y manteisiai ar bob cyfle i arddangos ei fedrau a'i ddeheurwydd. Oherwydd ei lwyddiant fel heliwr, penodwyd ef a gŵr ifanc arall o'r enw Tomi Davies yn brif gyflenwyr cig y fintai ac nid âi diwrnod heibio heb iddynt ddychwelyd i'r gwersyll fin nos gyda gwanaco, pâr o sgwarnogod, armadilo, estrys, neu bysgod o'r afon. Sylwodd y Rhaglaw ar gampau helwriaethol Ifor a bu geiriau canmoliaethus y pennaeth yn anogaeth iddo amlygu ei hun fwyfwy ac i brofi nad oedd y Rhaglaw wedi cyfeiliorni wrth ymddiried Remington i'w ofal.

Dyma enghraifft arall o awydd plentynnaidd i blesio'r pennaeth ac o fyrbwylltra anghyfrifol.

Oherwydd bod dŵr yr afon yn uchel ger Rhyd yr Indiaid o ganlyniad i gawodydd trymion a'r dadmer gwanwynol, bu raid mynd ati i lunio rafft llydan o goed i gludo'r pynnau a'r paciau o'r lan ogleddol i'r un gyferbyn. Boddodd un o'r ceffylau wrth nofio a bu ond y dim i Ifor foddi hefyd wrth achub ceffyl arall rhag mynd gyda'r llif. Neidiodd i mewn i'r afon, cydio yn y penffrwyn ac wedi iddynt gyrraedd dŵr bas, tywysodd yr anifail at draethell o dywod melyn ar y lan ddeheuol i gymeradwyaeth ei gymdeithion. Ddwyawr yn ddiweddarach roedd Ifor yn un o griw a achubodd geffyl arall mewn cyfyngder cyffelyb, pryd y gwobrwywyd ef gan ddiolchiadau graslon y Rhaglaw.

Anwylodd campau fel hyn Ifor yng ngolwg y rhan fwyaf o'r fintai, ond nid pob un, ac efallai bod hynny'n egluro pam na welir enw Ifor Randal Thomas ar restrau swyddogol y *Rifleros* nac yn y croniclau sy'n adrodd hanes yr anturiaeth. Tynghedwyd ef, hwyrach, i gael ei ddisgrifio ar y placiau a'r cofgolofnau fel 'y milwr anhysbys'.

Roedd i ymgyrch y *Rifleros* amcanion llawer mwy uchelgeisiol nag ymweld â thiroedd y Gorllewin; gydol y daith, anfonid carfanau allan i archwilio'r wlad y byddid yn ei thramwyo ar y pryd, er mwyn darganfod ei nodweddion, ei chyfoeth daearegol a'i phosibiliadau. Breuddwydiai llawer am ddod o hyd i aur a bu'r rheini wrthi'n ddyfal yn golchi ac yn hidlo graean a thywod afon Camwy ac afonydd a nentydd eraill y diffeithwch. Manteisiodd Ifor ar ei brofiadau blaenorol trwy gynnig hyfforddiant i rai o'i gymdeithion. Dau a dderbyniodd y cynnig yn frwd oedd y Monwysyn, John Thomas Jones, a'r peiriannydd o Almaenwr, Guillermo Katerfield, ond er i'r tri dreulio oriau yn nŵr yr afon ni chawsant ond ychydig ronynnau. Dyna brofiad y rhelyw a barnwyd nad oedd digon o'r mwyn melyn yn yr ardal i warantu buddsoddi amser, arian a llafur yn chwilio amdano yno.

Wedi iddynt gyrraedd ardal Gualjaina, cododd calon ac ysbryd pob *Riflero* wrth weld arwyddion pendant eu bod yn dynesu at yr Andes a phen y daith: nentydd yn ffrydio i lawr llethrau gwyrddlas i ddolydd breision, coedydd a meysydd ffrwythlon a stribyn o fryniau isel ar y gorwel.

Buont mor ffodus â tharo ar yrr o wartheg gwylltion a drowyd mewn byr o amser yn gyflenwad helaeth o gig a braster. Gorchmynnodd y Rhaglaw i'r cogyddion baratoi *tortas fritas*, sef toes bara wedi ei ffrio mewn saim buwch, i goroni'r wledd a gafwyd i ddathlu'r achlysur. Nid oedd neb fawr gwaeth, drannoeth, ac eithrio John Thomas Jones a deimlai'n sâl ofnadwy. Roedd ganddo gur enbyd yn ei ben, wyneb chwyddedig a llygaid clwyfus, coch; dim ond pan fu raid iddo chwydu ei berfedd y cododd oddi ar ei fatres wellt. O weld aneffeithiolrwydd y meddyginiaethau amheus a lyncai John ar anogaeth ei gyfeillion, aeth Ifor draw at nant gyfagos ac, o ddeiliach a gasglodd ar ei glan, paratôdd drwyth a ddaeth â iachâd i'r claf yn fuan iawn wedi iddo'i yfed.

'Dyw'r deisen fras ddim yn dygymod â thi, gyfaill,' awgrymodd Ifor dan wenu.

'Mi oedd honna cyn drymad ag un o dy beli hela di, wàs,' cytunodd John. 'Fyta i'r un cegiad o'r sglyfath eto!'

Dylanwadir yn drwm ar bob un a gymer ran mewn menter dorfol gan ei anian a'i amgylchiadau ef ei hun – ofnau, dyheadau, uchelgais, ac yn y blaen – ac roedd gan y *Rifleros* i gyd eu syniadau eu hunain ynglŷn â sut le fyddai'r fro fynyddig ym mhellafoedd y Gorllewin. Ni siomwyd yr un ohonynt. Syfrdanwyd pawb, yn hytrach, gan odidogrwydd mawreddog yr olygfa a ymledai o flaen eu llygaid: tiroedd breision, porfeydd eang, blodau a ffrwythau gwylltion ymhobman, bryniau, dolydd, coedydd a nentydd, a'r Andes a'u copaon claerwyn a'r wybren las yn gefnlen ysblennydd i'r cyfan. Roedd y parthau gwyrddlas, toreithiog hyn mor wahanol i'r anialdir crin a fu'n gartref iddynt yn ystod yr wythnosau diwethaf a chytunai pawb fod y Wladfa Gymreig ar drothwy un o'r datblygiadau pwysicaf yn ei hanes.

Rhyfeddai Ifor gymaint â neb, a sylwodd John Jones ar ei gyfaill ifanc yn syllu ar y panorama paradwysaidd fel petai mewn llesmair.

'Dyma'r lle i chdi, Ifor,' meddai John. 'Ma' nhw'n deud bod y Llywodraeth am roid darn go lew o dir i bob un ohonan ni sydd am setlo yma efo'n teuluoedd. Wt ti'n meddwl s'mudi di?'

Dadebrodd ei eiriau Ifor a ystyriodd eu harwyddocâd am rai eiliadau cyn ateb,

'Mae'n hardd iawn, John, rhaid cyfadde, a'r tir yn addawol dros ben, hefyd. Ond i'r lle arall rwy'n perthyn, ac yn ôl i 'mwthyn bach yn y Ffos Halen yr a' i. Fanno mae 'nghartre i a newidia i mo 'nghartre am unman yn y byd.'

XXI

Bu farw fy nhad-cu, Glyn Thomas, yn dawel yn ei gwsg ym mis Ionawr 1899 ar ôl byw efo ni ym Maes Helyg am bum mlynedd olaf ei oes oherwydd bod y gwynegon yn ei rwystro rhag gofalu amdano ef ei hun.

Bu Dad-cu yn ffodus ei fod wedi'n gadael ni heb fod yn dyst i'r drychineb a ddaeth i'n rhan ychydig fisoedd yn ddiweddarach. Buasai gweld ei Wladfa annwyl o dan ddŵr wedi bod yn ergyd greulon.

Mae gen i atgofion byw iawn am yr argyfwng hwnnw. Roeddwn newydd gael fy mhen-blwydd yn bedair ar ddeg, oedran pan oedd fy meddwl yn llawn syniadau a diddordebau plentynnaidd tra aeddfedai fy nghorff i ffurf dynes ifanc. Dyna pryd, mewn sawl ffordd, y daeth bywyd llawen, digyffro fy mlynyddoedd cynnar i ben. Fe wnes i fyw profiadau'r dyddiau helbulus hynny gydag angerdd glaslencyndod yn byrlymu ynof.

Dechreuodd y glawogydd trymion ym mis Mawrth, gan barhau'n ysbeidiol drwy fis Ebrill a gwaethygu ym mis Mai. Roedd glaw Mehefin yn fwy cymedrol gyda rhai ysbeidiau heulog ond dychwelodd y cymylau duon cyn bo hir i arllwys eu diferion dihysbydd ar y Dyffryn a'i drigolion.

Rhyw noson ym mis Gorffennaf, clywsom rywun yn gweiddi bod yr afon wedi torri dros ei glannau a'i dyfroedd yn llifo'n arswydus o gyflym tua'r ffermydd ar y llethrau. Gan fod

Maes Helyg ar dir gweddol uchel, ar gyrion bryniau deheuol y Dyffryn, teimlai fy nhad y byddem yn ddiogel, ond wedi iddo fynd allan gyda dau gymydog i archwilio'r sefyllfa dychwelodd yn fuan iawn i'n deffro a'n codi o'n gwelyau gyda'r newydd bod tafodau treisiol y dilyw yn llyfu meysydd isaf y *chacra*.

Gorchmynnodd Tada fy mrawd deunaw oed, Edward, i gasglu'r anifeiliaid at ei gilydd a'u hebrwng i lecyn diogelach a dywedodd Mam wrthyf am lapio pentwr o'm dillad i ac Eira a Ronald, naw a saith oed, yn fwndel mewn cynfas wely. Ufuddhaodd y ddau ohonom ar unwaith.

Ystyriodd Tada'r posibilrwydd o rwymo dodrefn i ddellt y nenfwd cyn penderfynu y dylem ganolbwyntio ar achub y pethau hanfodol y byddai arnom eu hangen yn ein lloches – ble bynnag y lleolid honno. Cofiaf ef yn rhuthro allan i roi'r gaseg rhwng llorpiau'r drol dan floeddio, 'Hastwch! Hastwch, da chi, i gael popeth yn barod!' Pawb yn rhuthro'n ôl a blaen rhwng y tŷ a'r drol, yn wlyb at ein crwyn, yn bwrw yn erbyn ein gilydd, yn baglu, yn cwympo ar ein hwynebau yn y llaid. Mam yn llefain pan welodd fod y drol yn llawn dop ac y byddai'n rhaid gadael cynifer o bethau oedd mor annwyl iddi ar ôl.

'Paid â becso, Cynthia,' meddai Tada mewn ymgais i'w chysuro. 'Achubwn ni'r pethach hyn nawr a wedyn ddof i'n ôl am y gweddill!'

Wn i ddim ai celwydd golau oedd hwn ond dyna'r oll o'n heiddo y llwyddwyd i'w warchod y noson ddychrynllyd honno. Ychydig oriau'n ddiweddarach torrodd y dilyw cynddeiriog i mewn i'n cartref a dwyn ymaith bob celficyn a adawyd.

Byddai'n amhosib imi adrodd yr hanes yn fanwl ac yn ffeithiol oherwydd y braw a deimlwn ar y pryd, yr anhrefn gwyllt o'm hamgylch a threigl y blynyddoedd, ond mae gen i gof byw iawn am ddigwyddiadau, argraffiadau a golygfeydd a sgyrsiau, hyd yn oed, a seriwyd ar fy meddwl yn y cyfwng hwnnw. Rhaid imi chwilio yn rhywle am nerth i'w traethu.

Dychwelaf, felly, at ein fföedigaeth dorcalonnus tua'r

bryniau. Yr hyn a gofiaf yn anad dim am y noson honno yw'r oerfel, yr ofn a'r teimlad o fod yn hollol ddiamddiffyn ynghanol y *campo*, yn y gwynt a'r glaw, yn dilyn y drol a yrrai Mam gyda'r ddau fach o boptu iddi. A Tada, Edward a minnau'n straffaglio i'w dilyn, a'n llygaid ar oleuni pŵl y llusern a glymwyd ar gwt y drol. Dringo, dringo i ryw fan digon uchel i'n harbed rhag mynd i ganlyn y llif. Hercio a baglu drwy ffosydd a gwrychoedd, rhwng creigiau a llwyni ac, o'n cwmpas, yn y fagddu, leisiau ein cymdogion yn gweiddi ar ei gilydd a phlant bach yn llefain.

Wn i ddim ai'r hyn a welais fore trannoeth yw'r olygfa a ymddengys o flaen fy llygaid yn awr ynteu atgof cyfansawdd o'r hyn a welwn bob bore am wythnosau lawer. Y Dyffryn wedi ei foddi, yn llythrennol, dan ddyfroedd llwyd, aflan, ewynnog llyn anferth yn ymestyn o'r rhes o fryniau ar lan ogleddol yr afon i'r rhai ar y lan arall. Hwnt ac yma gwelid brigau uchaf rhai o'r coed a tho ambell dŷ, fel staeniau pyg. Dyna'r oll oedd yn weddill o'r cyfanheddrwydd a grëwyd gan deuluoedd y Wladfa, o'r gwareiddiad a ddifethwyd gan Natur lidus.

Wedi rhai dyddiau fe gawsom symud o babell o darpowlin, cynfasau gwely a llieiniau bwrdd i loches bigfain, fymryn mwy cyffordus, a luniodd Tada ac Edward o foncyffion a gariwyd gan y llif. Plastrwyd parwydydd geirwon y cwt â mwd a brigau a'n cysgodai rhag y gwynt tra amsugnent leithder. Roedd ein cartref newydd ryw dair llathen o hyd a dwy o led a'i nenfwd mor isel fel bod pawb ynddo yn ei gwman. Er gwaethaf popeth, teimlwn, serch hynny, yn rhyfeddol o ddiogel yn y llety gwael hwnnw gyda fy nheulu, ac yn llawn hyder, hyd yn oed, y medrem, gyda'n gilydd, oresgyn pob anghaffael. Mabwysiadodd pob aelod o'r teulu swyddi penodol yn ystod yr wythnosau canlynol a bu'r profiad yn fodd i greu agosatrwydd annileadwy rhyngom ni blant.

Un diwrnod, wedi iddo ef ac Edward ddychwelyd o'r *campo* gyda llwyth o goed tân ar y cart llusg, aeth Tada yn syth i'r tŷ, gan adael y dadlwytho a'r dadharneisio i gyd i Edward, yn hollol groes i'w arfer. Lapiodd ei hun mewn croen dafad ac eistedd ar ei wely dan grynu drwyddo o'i gorun i'w draed ac roedd ei wyneb, er yn chwys diferol, fel y galchen. Pan holodd Mam, yn ei braw, beth oedd yn bod, dywedodd ei fod yn teimlo oerfel dychrynllyd yn ei gefn, rhwng ei ysgwyddau. Troes ei leferydd yn barablu ffwndrus a dechreuodd Eira lefain o weld ei thad yn y fath gyflwr. Rhedodd at fy mam am gysur fel y gwnaeth Ronnie gyda mi. A dyna pryd y llewygodd Tada.

Roedd hi'n ddychrynllyd o oer, y gwynt yn chwipio'r bryniau a glaw cyson yn cadw'r awyrgylch yn llaith. Ninnau ar bennau ein gilydd yn y cwt, yn llwgu. Rhag i Tada ddysychu, byddai Edward yn ymlafnio i'w godi ar ei eistedd er mwyn i Mam roi llwyeidiau o ddŵr rhwng ei wefusau clwyfus. Dyna'r unig ofal meddygol y gellid ei gynnig i'r truan. Ac yna, a ninnau wedi llwyr anobeithio, cerddodd Dewyrth Ifor i mewn i'n lloches. Rwy'n argyhoeddiedig i Dduw ei anfon atom mewn pryd i achub bywyd ei 'frawd mawr', Tomi.

Gweithredodd Ifor ar unwaith. Y peth cyntaf a wnaeth oedd archwilio Tada. Yna gorchmynnodd i Edward ferwi sosbanaid fawr o ddŵr tra âi ef ei hun allan i'r *campo* i chwilio am blanhigion yr oedd ei frodyr brodorol wedi dysgu eu cyfrinachau iddo. Dychwelodd gyda llond cwdyn o ddeiliach a gwreiddiau, gwnaeth drwyth o rai o'r rhain mewn padell fechan a berwi'r gweddill mewn padell fwy. Sychodd y planhigion a fu'n berwi, eu cymysgu ag ychydig o saim tawdd a dodi'r gymysgedd mewn cadach i wneud powltis chwilboeth a osododd ar frest fy nhad i ddechrau ac yna ar ei gefn. Gwnaeth hyn sawl gwaith, gan aildwymo'r powltis bob tro. Wedi dwyawr o'r driniaeth feddygol hynod hon, agorodd fy nhad ei lygaid. Anghofia i fyth mo'i wên lesg, ddiolchgar pan adnabu ei achubwr.

Dyna pryd y trodd Tada at wella ond roedd ymhell o fod yn holliach. Yn ystod y dyddiau nesaf, gan ddilyn cyfarwyddyd Ifor, gwnâi Mam ac Edward iddo yfed y trwyth yr oedd Dewyrth wedi ei baratoi. Roedd hwnnw mor ffiaidd o chwerw

140

– cymerais lymaid fechan ohono ac fe drodd arnaf – nad wyf yn meddwl y buasent wedi llwyddo oni bai ei fod ef mor wan ac mor sychedig ar ôl bod yn anymwybodol am bedwar diwrnod. Cyfogodd Tada fwy nag unwaith ond dad-dysychwyd ef yn raddol, lliniarwyd y dwymyn ac ymhen tridiau roedd wedi cilio'n llwyr.

Wedyn, a gwell trefn ar ein hanhrefn a phawb mewn hwyliau gwell, dywedodd Ifor wrthym am ei helyntion ef yn ystod y dyddiau helbulus blaenorol.

Roedd yr afon wedi torri dros ei glannau yn ardal y Ffos Halen ddeuddydd cyn i'r llifogydd ein bygwth ni, gan orlifo'r lan ogleddol, lle'r oedd cartref Ifor, yn gyntaf. Yn oriau mân y bore y bu hyn a phrin y cawsai amser i ollwng ei ddefaid o'r gorlan a ffoi gyda hwy a'i geffylau ac ychydig o eiddo personol. Teithiodd dros ucheldir y *meseta* tua gwaelod y Dyffryn a gweld, pan wawriodd, y dilyw'n gwibio tua'r ffermydd yn ardaloedd Tir Halen, Bryn Gwyn a Gaiman. Nid oedd y pentref dan ddŵr pan gyrhaeddodd ond digwyddodd hynny ychydig oriau'n ddiweddarach a gorfu i'r trigolion ymuno â'r ecsodus ar y bryniau.

Nod Ifor yn awr oedd croesi i'r lan ddeheuol ac ni fuasai wedi llwyddo oni bai am lewder ei geffyl, Cochyn. Penderfynodd Dewyrth rydio afon Camwy ger Drofa Sandiog, lle nad oedd ar y pryd ond llathen o orlifiad. Darganfu, fodd bynnag, fod chwe neu saith llathen o ddyfnder ynghanol yr afon a bu raid i'r march a'r marchog nofio gyda'i gilydd, ar drugaredd y llif, a'u cludodd, drwy lwc, i'r lan gyferbyn mewn man yr oedd troad siarp ar adegau normal. Roedd degau o deuluoedd yn gwersylla ar gopaon y bryniau erbyn hyn ac nid heb holi amdanom yn y rhan fwyaf o'r pebyll a'r cytiau y daeth Ifor o hyd inni.

Cododd Dewyrth byramid pren o loches iddo'i hun, tebyg i'r un yr oedd Tada wedi ei adeiladu o foncyffion, brigau a llaid ar ein cyfer ni. Gwelwyd gwelliant mawr yn ein hamgylchiadau wedi iddo ef ymuno â ni. Nid aeth yr un ohonon ni na'n cymdogion ar ei gythlwng wedyn, diolch i'w ddoniau helwriaethol ef a'i ddisgybl eiddgar, Edward. Dychwelent o bob un o'u cyrchoedd ar y paith gyda chyflenwad o wanacod, estrysod ac ysgyfarnogod.

Parhâi Tada i wella ond roedd y dwymyn wedi ei wanychu ac roedd ei frest yn gaeth a gorfodwyd ef, yn erbyn ei ewyllys, i aros yn ei wely am dair wythnos arall oherwydd y tywydd gaeafol, didostur.

Deuai cymorth o gyfeiriad arall, o bryd i'w gilydd, sef o gwch yn cynnwys bagiau o flawd a siwgwr a dail te a ddosbarthwyd yn rhad ac am ddim rhwng y ffoaduriaid. Gwasanaeth dyngarol a gwirfoddol oedd hwn gan ddynion caredig a chanddynt gysylltiad â warws ym mhentref Gaiman.

Bu ffoaduriaid y Wladfa'n byw ar y bryniau tan ddechrau mis Tachwedd, yn gaeth i'w llochesi gwael y rhan fwyaf o'r amser oherwydd y tywydd, yn dioddef o newyn a llu o anghyfleusterau ac yn ofni'n ddirfawr y llanast erchyll, anochel a'u disgwyliai pan giliai'r dyfroedd.

Dyma enghraifft nad yw'n rhy ddifrifol o'r math o anhwylustod y gorfu i ni fenywod ei ddioddef yn ystod ein halltudiaeth.

Rhyw hanner canllath o'n lloches deuluol, roedd Ifor ac Edward wedi adeiladu 'tŷ bach' inni. Cwt oedd hwn ac ynddo sedd o gangau dros bydew, a chynfas wely yn ddrws. Yno yr aem pan fyddai raid, weithiau yn nhywyllwch y nos, gyda channwyll fechan i oleuo'n camre. Sylwodd bechgyn o wersylloedd cyfagos ar hyn, ac er mwyn ysgafnhau rhywfaint ar ddiflastod eu seguryd, neu o ddiawledigrwydd llencynnaidd, dechreuasant fy mhlagio drwy achub bob cyfle i weiddi pethau anweddus a sbeio arnaf. Teimlwn yn hollol ddiamddiffyn yn enwedig gan fod eu hymddygiad yn mynd yn fwyfwy trahaus a bygythiol.

Y drydedd neu'r bedwaredd gwaith y digwyddodd hyn imi yn hwyr y nos, clywn y stelcwyr yn dod yn nes ac yn nes dan sibrwd, crechwenu a chynllwynio. Deallais iddynt fod yn disgwyl amdanaf a'u bod yn bwriadu ymosod arnaf. Diffoddais y gannwyll, gan fod parwydydd y lle chwech yn rhydyllog, ac wrth i mi wneud hynny, rhwygwyd y gynfas oddi ar y fynedfa. Rhoddais sgrech a sythu fy nillad a chlywed, yr un pryd, rywrai eraill yn gweiddi mewn braw. A phoen.

Ifor ac Edward oedd wedi sylwi ar y tresbaswyr ac yn eu hymlid o'r cyffiniau â dyrnau a blaenau esgidiau trymion. Yn ôl fy mrawd, bu penolau a chefnau'r giwed yn gleisiau byw am sbel go lew yn dilyn y gosb haeddiannol a gawsant gan Ifor ac yntau. Cefais wybod enwau'r bechgyn hyn yn ddiweddarach ond nid wyf am eu datgelu, o barch at ddisgynyddion na ddylid eu cosbi oherwydd camweddau y cnafon digywilydd.

Aeth tri mis heibio cyn i'r dilyw gilio o lawr y Dyffryn ac inni gael dychwelyd i'r adfail a fuasai'n gartref inni. Anodd coelio inni fyw'n gysurus mewn man a orchuddid gan bentyrrau o rwbel, trawstiau a distiau. Daliai ambell bared i sefyll. Roedd ffrâm ffenest stafell wely fy rhieni yn dal yn ei lle er iddi gael ei bwrw oddi ar ei cholyn. Dyna'r cyfan oedd yn weddill o gartref clyd a chwalwyd yn yfflon gan y cenllif cynddeiriog.

Murddyn hefyd oedd yr hen gapel annwyl yr arferem ymgynnull ynddo o Sul i Sul, i addoli ac i rannu gofidiau, dyheadau a gobeithion, lle y caem nerth i oresgyn pob anhawster. O ddydd Llun tan ddydd Sadwrn, gweithiai'r dynion o fore gwyn tan nos yn ailgodi tai, ysguboriau, beudai a chorlannau, ac ar y Sul aent gyda'i gilydd i adeiladu'r capel newydd. Yr un arddull bensaernïol syml oedd i hwn â'r hen un ond roedd yn gadarnach – wedi ei atgyfnerthu gan ddioddefiadau a dyfalbarhad ei adeiladwyr.

Parhaodd y gwaith o ailgyfaneddu'r Wladfa ac adfer ei thir am flwyddyn a rhagor. Roedd y llifogydd wedi rhychu hafnau dyfnion yn y weryd mewn rhai mannau, wedi anwastadu meysydd ac wedi troi erwau lawer yn llynnoedd ac yn gorsydd. Hacrwyd dolydd a fu gynt yn ir a ffrwythlon gan haenau hyll o'r solpitr.

Rhaid oedd dechrau o'r dechrau eto, o ddim byd. Nid oedd ddewis arall.

Arhosodd Ifor gyda ni gydol y flwyddyn 1900, gan deimlo, rwy'n meddwl, bod dyletswydd arno i helpu ei deulu i oresgyn y cyfyngder. Roedd ef, Tada ac Edward yn dîm ardderchog a godai ben bore a gweithio'n ddiflino drwy'r dydd.

Roeddwn i, ar y pryd, yn mynd drwy un o'r cyfnodau arddegol anodd hynny pan yw rhywun yn tanio fel matsien neu'n sorri'n bwt pan â'r peth lleiaf o'i le. Sylwodd Ifor un tro 'mod i'n flin iawn fy nhymer am fod Mam wedi gofyn imi nithio hadau pwmpen oddi wrth ddarnau o gnawd y ffrwyth yr oedd hi wedi ei blicio a'i dorri ar gyfer ei goginio, a'u gosod i sychu yn yr haul, fel y gellid eu hau y gwanwyn canlynol. Dilynodd Dewyrth fi i'r buarth ac eistedd wrth fy ymyl ar y fainc wrth imi ollwng yr hadau, yn ddrwg iawn fy hwyl, ar ddarn o bapur ar y llawr. Dechreuodd ganu ac yn y man roeddwn innau'n gwenu.

'Pam nad oeddet ti am sychu'r hade, Gladys?' gofynnodd.

'I beth?' atebais innau'n ddiamynedd. 'Mae'r pridd wedi ei ddifetha am byth. Thyfith ddim byd yma eto.'

'Fe aeth y llifogydd â phopeth oddi arnon ni, ond ein ffydd,' meddai yntau a hyder tawel yn ei lais. 'Cofia'r hen ddihareb, "Angor diogel yw gobaith".'

Roedd Ifor yn iawn. Mae ffydd a gobaith wedi ein hangori ni yn y lle hwn am byth, mewn gwlad a fflangellir gan y gwynt, a losgir gan yr haul ac a foddir, weithiau, gan ddyfroedd anhydrin. Mae inni wreiddiau dyfnion yn y tir hwn ac yma y byddwn ni tra gwarchodir y gwreiddiau hynny gan ein mamau a'n tadau yn eu beddrodau tragwyddol.

XXII

Er bod yr haf yn dirwyn i ben, roedd wythnos olaf mis Mawrth 1903 yn un dwym a braf, fel petai Natur yn ceisio gwneud iawn am y ddeufis annhymhorol o wynt a glaw a'i rhagflaenodd. Roedd hi'n grasboeth, ddi-awel yn y Ffos Halen.

Ganol dydd, cyn cinio, arferai Ifor ymdrochi mewn pwll dwfn a llydan yn yr afon, nid nepell o'i fwthyn. Nofiai heb ddim amdano ond oerni hyfryd y dŵr ynghanol distawrwydd maith na tharfai dim arno heblaw trydar yr adar mân a sgrechiadau heidiau o barotiaid amryliw yn hedfan o'r naill helygen i'r llall.

Ar un o'r achlysuron hynny, yn hollol ddisyfyd, teimlodd Ifor ei gyhyrau'n ymdynhau, fel petai rhyw gynneddf yn ei rybuddio o berygl. Efallai mai gwichiadau cynhyrfus yr adar to neu gyfarthiad pell un o'i gŵn draw ar y paith a hysbysodd ei synhwyrau fod bygythiad annelwig yn dynesu. Nofiodd Ifor am y lan a churiadau cledrau ei ddwylo ar y dŵr yn boddi synau'r cŵn a'r adar.

Roedd y rhybuddion yn ddilys. Wrth i Ifor godi o'r dŵr a throedio'r draethell dywodlyd, canfu dri marchog ar rimyn bryn, tua chwarter milltir i'r gogledd-orllewin. Safent yn eu hunfan, fel petaent yn ei wylio a chofiodd Ifor nad oedd cerpyn o ddillad amdano. Rhuthrodd at y goeden eirin gwlanog yr oedd wedi hongian ei ddillad arni, cipio yr hen lodrau gwaith, blêr oddi ar un o'i changau a gwisgo hwnnw'n ffrwcslyd wrth i'r marchogion sbarduno'u meirch a charlamu i lawr y llethr tuag ato.

Nid oedd ymweliadau gan deithwyr ar eu hynt o'r Wladfa i'r Andes, neu'r ffordd arall, yn anarferol ond roedd y triawd hwn yn wahanol i'r rhelyw. Yn unigryw, fel y sylweddolodd Ifor wrth iddynt ddynesu, gan mai menyw oedd un o'r tri. Menyw ifanc. Menyw dlos. Pan ffrwynodd y marchogion eu ceffylau, ryw ddeg llath ar hugain oddi wrtho, sylwodd Ifor ei bod hi'n syllu arno fel pe bai ganddi ddiddordeb mawr a gwerthfawrogol yn ei gorff cymesur, cyhyrog. Gwridodd. Ni chawsai'r fath brofiad erioed o'r blaen.

Cododd un o'r dynion ei law chwith a chyfarch Ifor yn Saesneg. Atebodd yntau yn yr iaith honno.

'Wel, wel. Am lwc!' ebe'r dieithryn. 'Cyfarfod â rhywun sy'n siarad Saesneg yn y rhan hyn o'r byd.'

'Rydw i'n siarad Saesneg er pan oeddwn i'n blentyn,' meddai Ifor. 'Fe ddysgais i hi gartref, yn y Wladfa Gymreig.'

'Yn y Wladfa,' meddai'r gŵr gan droi a gwenu ar ei ddau gydymaith a oedd ychydig gamau y tu ôl iddo. 'Da iawn, wir. Rydym ni ar ein ffordd yno. Ar fusnes.'

Syllodd Ifor ar y tri heb geisio cuddio'i chwilfrydedd. Gwisgent ddillad *cowboy* gyda *sombreros* a chantelau llydain iddynt. Hongiai sgrepanau cynfas, ysgafn o boptu i gefnau'r ddau geffyl pwn a'u dilynai. Nid oedd amheuaeth mai llefarydd hynaws, hyderus y triawd oedd ei arweinydd. Ymddangosai'r dyn arall yn swrth a sarrug. Ac amdani hi . . . roedd hi'n hardd, yn gwybod ei bod hi'n hardd, ac yn mwynhau anghysur cynyddol Ifor wrth iddi syllu'n edmygus ar ei gorff hanner noeth.

'Ifor Thomas ydw i,' meddai dan faglu dros ei eiriau, yn ôl ei arfer pan deimlai'n chwithig. 'Rwy'n byw yma yn y Ffos Halen. Gaf i holi pwy ydych chi?'

'James yw f'enw i,' ebe'r arweinydd gan oedi cyn ychwanegu gyda gwên gynnil. 'James . . . Ryan. A Harry ac Etta Place yw 'nghyfeillion.'

'Brawd a chwaer ydyn nhw?' holodd Ifor.

Chwarddodd y tri dieithryn ac atebodd y gŵr a fu'n cuchio'n fud tan hynny, 'Nage, gyfaill. Nid brawd a chwaer. Dyma 'ngwraig i, Mrs Place.'

Ffug-foesymgrymodd Harry Place at ei wraig a moesymgrymodd Ifor yn ddidwyll ac ymddiheurol at y ddau. 'Esgusodwch fi,' meddai. 'A barnu yn ôl eich acenion, rydw i'n amau nad Prydeinwyr ydych chi?'

'Nage wir,' meddai'r fenyw gan fwrw ciledrychiadau cyflym i gyfeiriad ei chymdeithion. 'Americanwyr. Mewnfudwyr, wyddoch chi. Wedi ymsefydlu fel *rancheros* yn ardal Cholila.'

'Er na fûm i yno erioed, clywais ei fod e'n le braf dros ben,' meddai Ifor. 'Wel, ydych chi ar frys i gyrraedd y Wladfa?'

'Byth ar frys i gyrraedd unman,' ebe James Ryan. 'Chwilio yr oeddem ni am le i aros a chael tamaid o ginio, a gweld y llecyn yma, ger yr afon, yn ddymunol iawn. Oni bai ein bod ni'n tarfu arnoch chi . . . ?'

'Tarfu arna i!' meddai Ifor yn siriol. 'Dim o'r fath beth. Dydych chithe ddim wedi ciniawa? Beth am *asado*, ynteu? Cig oen wedi'i rostio?'

Derbyniwyd y gwahoddiad yn eiddgar gan y tri.

'Mmm. *Asado*. Bendigedig!' meddai Etta Place gan wenu ei diolch i lygaid swil Ifor ond roedd tinc watwarus i'w llais gyddfol a awgrymai y gallai fod yn llai serchus.

'Fe fydd hi'n fraint inni gael mwynhau eich caredigrwydd, Mr Thomas,' meddai Harry Place gyda gorffurfioldeb a gelai ddirmyg nad oedd Ifor yn ei amgyffred.

Wrth ei fodd o gael cwmni, er mai am ysbaid fer y byddai hynny, hebryngodd Ifor y tri tua'r bwthyn a'u gwahodd i eistedd yn yr hoewal gerllaw, a alwai ef yn *veranda*. Roedd gan hwn do o gangau a brigau yn gysgod rhag yr haul, un pared o ystyllod yn gysgod rhag gwyntoedd o'r gorllewin ac, yn ei ganol, lle tân ac offer *asado*. Eisteddodd y gwesteion ar y meinciau pren a saernïwyd gan Ifor ac aeth ef ati ar unwaith i gynnau'r tân coed, cyn diflannu i'r bwthyn am ychydig funudau. Pan ddychwelodd dan fwmial canu sylwasant ei fod wedi newid y crys, llodrau a botasau gwaith am rai newydd, glân ac nid oedd yn anodd dyfalu pam bod gŵr y tŷ yn gwisgo'i ddillad gorau.

Eithr mwy deniadol yng ngolwg y tri Americanwr hyd yn oed na dillad Ifor Thomas oedd yr oen cyfan, newydd ei fwtsiera'r diwrnod cynt, trwy lwc iddynt hwy, a gariai i mewn i'r hoewal.

'Bendigedig!' ebychodd James Ryan gan godi ar ei draed. 'Gadewch imi eich helpu chi, gyfaill.'

Cynorthwyodd yr Americanwr Ifor i osod yr oen ar yr *asador* ac i'w boethoffrymu tra gwyliai Mr a Mrs Place bob symudiad o'u heiddo, ac arogleuon, golwg a synau cig rhost yn blaenllymu eu harchwaeth am y wledd amheuthun ac annisgwyl.

Ymrôdd y tri gwestai i'r pleser o ffroeni, blasu, cnoi a thraflyncu'r *asado* heb siarad fawr ddim ac eithrio ebychiadau a sylwadau gwerthfawrogol i ddatgan eu diolch i roddwr hael y wledd. Wedi i bawb fwyta ei wala aeth Place i ymofyn potel o wisgi o'i sgrepan ac, yn sgil ei hymddangosiad hi, llaciwyd tafodau'r pedwar.

Cymerodd Ifor joch y tro cyntaf y pasiwyd y botel o geg i geg ac ymatal wedyn. Nid oherwydd ei fod yn casáu blas y wirod – wisgi diledryw o'r Alban, yn ôl y label – ond am nad oedd wedi arfer ag yfed diod gadarn ar ôl cinio; llai fyth, yn y fath wres, dros bymtheg gradd ar hugain canradd.

Roedd yn well o lawer gan yr ymwelwyr holi Ifor na sôn amdanynt hwy eu hunain ac, er na sylweddolai ef hynny, roedd eu cwestiynau'n arwyddo diddordebau ac amcanion pendant. Cuddiai Ryan ei chwilfrydedd gyda hynawsedd llwynogaidd a, thrwy lefeinio'i ymgom â chanmoliaeth o geffylau Ifor, edmygedd o'i ffordd o fyw a chwestiynau am ei ddulliau o hela a'i lwyddiant fel masnachwr plu a chrwyn, llwyddodd yn fuan iawn, diolch i natur hoffus, ddi-feddwldrwg Ifor Thomas, i gael ganddo wybodaeth helaeth a manwl am fywyd y Wladfa ac arferion ac anghenion ei thrigolion.

Hollol wahanol oedd ymddygiad Harry Place a'i agwedd at Ifor. Roedd yn oeraidd ac anghwrtais. Slotiai ef a'i gymar hawddgar yn ddi-baid a murmurai ef sylwadau blysiog neu wamal wrthi, gan beri iddi chwerthin yn uchel neu bwdu'n bryfoclyd tra cadwai o leiaf un llygad eofn ar ymateb gŵr y tŷ. Cododd y ddau'n ddisymwth heb ddweud gair a dechrau cerdded yn hamddenol i gyfeiriad yr afon.

'Hei! I ble rydych chi'ch dau'n mynd?' gwaeddodd Ryan ar eu holau'n flin.

Aeth Etta yn ei blaen yn ddi-hid ac roedd ei gŵr fel petai am wneud yr un modd. Yn lle hynny oedodd a lled-droi at yr holwr.

'Mae'n OK, Butch,' meddai'n fyngus. 'Rydyn ni'n mynd am ddowc i'r afon, dyna i gyd.'

Rhythodd Ryan arno yn ei hyll a'i lygaid yn culhau; roedd yr olwg filain ar ei wyneb yn ddigon i ddychryn piwma, meddyliodd Ifor.

'Rwyt ti wedi gwneud dau gamgymeriad difrifol, Harry,' meddai Ryan a thawelwch ei lais yn ategu'r bygythiad yn ei wedd. 'Yn y lle cyntaf, fe alwaist ti fi'n rhyw enw od iawn. Oherwydd dy fod ti wedi meddwi, mae'n debyg. Mae dyn sy'n anghofio enwau ei ffrindiau mewn cyflwr difrifol, Harry, ac fe allai gormod o alcohol andwyo'i iechyd. Wyt ti'n deall?'

Gwelodd y llall a chrynai ei lais a'i wefusau wrth iddo ateb yn wasaidd,

'Ydw, James. Rwyt ti'n iawn.'

Dyna pryd y sylwodd Ifor fod y llawddrylliau a grogai wrth wregysau'r ddau Americanwr yn hongian mewn modd a ganiatâi eu tynnu a'u tanio ar amrantiad.

Anwybyddodd Ryan yr ymddiheuriad a mynd yn ei flaen, 'Ac yn ail, Harry, rydym ni bob amser yn dangos ein bod ni wedi cael magwraeth wareiddiedig drwy esgusodi ein hunain wrth adael y bwrdd bwyd. Sut argraff, wyt ti'n feddwl, mae ymddygiad mor gywilyddus wedi ei chael ar ein cyfaill caredig? Dwed wrtha i!'

'Iawn, James,' ebe Harry Place yn anewyllysgar ostyngedig. 'Ddigwyddith e ddim eto.'

'OK, Harry,' meddai Ryan fymryn yn llai ymosodol. 'Ond dwed wrthi hi beth ddwedais i. Cofia.'

Trodd yr Americanwr i ailgydio yn llinynnau ei sgwrs gydag Ifor gan ddymuno *'Have a nice swim!'* gwatwarus i Place dros ei ysgwydd ac aeth yr ymgom yn ei blaen fel petai'r ffrae heb ddigwydd. Soniodd am y tiroedd yr oedd wedi eu prynu yn yr Andes a'i gynlluniau ar gyfer magu stoc o dda byw yno a mynegodd Ifor syndod bod y tri Americanwr wedi dewis ymsefydlu mewn man mor wyllt ac anghysbell; onid oedd Unol Daleithiau'r Amerig yn wlad fawr, lewyrchus ac ynddi filoedd ar filoedd o erwau toreithiog?

'Digon gwir, Thomas,' meddai'r Americanwr, 'ond mae'r tir sydd gen i ar lethrau'r *cordillera* cystal â dim a welais i yn fy nydd.'

'O ble yn yr Unol Daleithiau rydych chi'n hanu?' gofynnodd Ifor.

'O Carson City, Nevada,' oedd ateb celwyddog yr Americanwr. 'Fuoch chi yn yr Andes erioed, Thomas?'

Bachodd Ifor ar y cyfle i sôn am ymgyrch y *Rifleros* a'i ran ef ynddi a gofyn i Ryan a oedd yn gyfarwydd â 'phorfeydd gwelltog' Dyffryn y Mefus, chwedl y Cymry, a'r *Colonia 16 de Octubre*, chwedl y Sbaenwyr. Atebodd yr Americanwr yn gadarnhaol gan nodi ei fod wedi sylwi ar bosibiliadau'r ardal. 'Ac mae gen i un cyfaill da iawn yno,' honnodd, 'y Comisario Edward Humphreys.'

'Tewch â sôn!' ebe Ifor, wrth ei fodd. 'Mae Edward yn gyfaill i minnau. Bachgen rhagorol. Cofiwch fi ato fe, James.'

'Fe wna i, Ifor,' addawodd yr Americanwr dan wenu'n addfwyn. 'Gynted fyth ag y gwela i'r hen Edward eto.'

Dyna pryd y clywsant weiddi a chwerthin uchel o gyfeiriad yr afon; sŵn Mr a Mrs Place yn mwynhau eu hunain. 'Awn ni i weld beth mae'r plant yn ei wneud, Thomas?' awgrymodd Ryan.

Cerddodd y ddau'n hamddenol tua'r afon a man yr oedd banc o bridd wedi caledu'n llwyfan ddwylath uwchlaw pwll nofio Ifor. Yno gwelent Harry ac Etta yn ymaflyd codwm yn y dŵr, ryw hanner canllath o'r lan, gan gymryd arnynt geisio boddi ei gilydd.

Torrodd Place yn rhydd oddi wrth ei wraig a nofio am y lan bellaf. Dilynodd Etta ef ac yn y man roeddynt yn chwarae'r un gêm ar dir sych, yn noeth lymun groen. Gwibiai Harry Place yn ôl a blaen dros y tywod gan herio'i wraig i'w ddal.

'Dyna iti ddau dwpsyn!' chwarddodd James Ryan wrth Ifor a chodi ei lais i floeddio ar y fenyw a branciai ar y lan bellaf, 'Rhed fymryn cyflymach, Etta, ac fe ddali di e. Does dim llawer o anal ar ôl yn yr hen fustach!'

Trodd y ddau eu pennau a chodi llaw ar Ryan ac Ifor. Codai Etta ddwy fraich a dwy law gan neidio i fyny ac i lawr a gweiddi eu henwau, heb hidio taten bod dau bâr o lygaid gwrywaidd yn syllu ar ysblander ei chorff noeth.

Teimlai Ifor Thomas, fodd bynnag, yn swil iawn, iawn; ac yn ddig at Ryan am hysbysu'r noethlymunwyr eu bod yn eu gwylio. 'Hoffech chi baned o goffi, James?' holodd. 'Fe wn i pa mor hoff o goffi ydych chi'r *norteamericanos*. Rydw i wedi cadw ychydig ar gyfer achlysuron arbennig.'

Ychydig yn ddiweddarach, a hwythau'n ôl yn y *veranda* yn sipian yr hylif du, poeth, persawrus, gofynnodd Ryan a oedd aur wedi ei ddarganfod yn y parthau hynny. Traethodd Ifor yn huawdl gan sôn am ei ymdrechion ef ei hun yn y maes a gweithgareddau cwmnïau fel y Welsh Patagonian Goldfields Syndicate, y Flying Gang ac unigolion fel David Richards, Edwin Roberts a John Nichols yn y diriogaeth rhwng y Dyffryn a'r Andes a chloriannodd lwyddiannau a methiannau'r gwahanol fentrau.

'Oedd hynny o aur gest ti o'r afon a'r nentydd yn werth yr ymdrech?' gofynnodd Ryan.

'Fe gewch chi weld trosoch eich hun,' atebodd Ifor. Aeth i mewn i'r bwthyn a dychwelyd gyda rhywbeth wedi ei lapio mewn cadach ac eistedd ar y sedd agosaf at un yr Americanwr. Bu bron i hwnnw gwympo ar ei gefn pan welodd beth oedd dan y cadach, sef pot jam pwys a gronynnau o aur crai ac un clap bychan o faint pysen yn llenwi dau draean ohono. Gellid tybio bod yr Americanwr sinigaidd wedi ei fesmereiddio gan y llewyrch hudolus a dasgai oddi ar y metel melyn pan droai Ifor y pot gwydr ym mhelydrau haul y prynhawn.

'Dyma gynnyrch dros ugain mlynedd o lafur yng ngwahanol rannau o'r afon,' meddai Ifor a balchder yn ei lais.

Llyncodd Ryan ei boer cyn ymateb, 'Ga i weld sut beth ydyw, Ifor?' meddai'n wylaidd gan estyn ei law.

'Wrth gwrs, James,' meddai'r Cymro a throsglwyddo'r pot jam gwerthfawr i'w ofal.

Wrth i Ryan arllwys y mymryn bach lleiaf o gynnwys y llestr ar gledr ei law, clywsant leisiau llon Harry ac Etta yn dynesu at yr hoewal. Gwgodd eu harweinydd arnynt pan ddaethant i mewn cyn gostwng ei olygon i rythu ar y gronynnau gloywon.

'Beth yw e?' holodd Etta.

'Beth wyt ti'n 'feddwl yw e?' atebodd Ryan yn sarrug gan ymdrechu i reoli'r cynnwrf a'i meddiannai.

Roedd cyffro o fath gwahanol yn cyniwair drwy gorff ac enaid Ifor Thomas wrth iddo ryfeddu at lendid y fenyw ifanc a wyrai'n osgeiddig dros ysgwydd James Ryan. Dotiodd at yr wyneb ifanc, 'gwyn a gwridog' wedi ei fframio gan y llywethau tywyll, llaith a orchuddiai ei hysgwyddau. Roedd hi mor debyg i'r ferch ifanc Roegaidd honno y gwelsai Ifor lun ohoni yn un o'r llyfrau y daeth Megan â hwy gyda hi o Gymru.

'Ydi e'r hyn rydw i'n 'feddwl yw e?' holodd Etta.

Ni choleddai ei chymar unrhyw amheuaeth. 'Aur crai, myn diawl!' ebychodd Harry Place a'i lygaid fel soseri. 'O ble daeth cymaint o'r stwff?'

'Ffrwyth blynyddoedd o wlychu a rhynnu yn nyfroedd afon

Camwy,' eglurodd Ifor, 'fel yr eglurais i wrth James gynnau. Dyma 'nghynilion i ar gyfer fy henaint, pan na fydda i'n abl i hela nac amaethu.'

'Ydi hyn yn werth lot o arian?' holodd Etta.

Ciledrychodd Ryan a Place ar ei gilydd am eiliad, yna dechreuodd yr arweinydd chwerthin yn aflywodraethus. 'Ydi hyn yn werth lot o arian?' gwamalodd. ''Dych chi fenywod yn deall dim yw dim am bethau o'r fath. Petai Ifor yn ddigon ffodus i daro ar rywun a fyddai'n barod i brynu hwn, fe gâi e ddoler neu ddwy. Nid llawer, ond nid ychydig chwaith. Rhaid toddi aur crai a'i buro, a 'does wybod faint o fetel fyddai'n weddill ar ôl gwaredu'r baw.'

'Hoffet ti ei werthu e i ni nawr, i arbed trafferth?' holodd Place mor ddiniwed ag y gallai. Gwelodd Ryan yn cuchio arno, ac ychwanegu, 'Hynny yw . . . Beth rwy'n 'feddwl yw, efallai y byddi di, Ifor, eisiau prynu rhywbeth cyn bo hir a byddai'n fanteisiol iti gael arian parod . . . '

'Wyt ti'n hollol hurt?' arthiodd Ryan. 'Chlywest ti ddim beth ddwedodd e? Dyma gynilion Ifor ac nid yw'n bwriadu gwerthu'r un llwchyn yn awr.'

'OK, James,' ebe Harry Place dan laswenu. 'Paid â gwylltu. Dim ond gofyn wnes i.'

Gyda gofal mawr, arllwysodd James Ryan y gronynnau melyn yn ôl i'r pot jam a thri phâr o lygaid yn gwylio pob symudiad ac ystum o'i eiddo. Yna rhoddodd y llestr yn ôl i Ifor gyda'r anogaeth, 'Rho fe mewn lle diogel, gyfaill. Efallai y bydd ei angen arnot ti'n gynt nag yr wyt ti'n 'feddwl.'

Dododd Ifor y caead yn ôl ar y pot, ei lapio yn y cadach, a mynd ag ef yn ôl i'w guddfan yn y bwthyn.

Roedd James Ryan ar ei ben ei hun yn yr hoewal pan ddychwelodd Ifor; y ddau arall wedi mynd draw i'r ffald, i fwrw golwg dros eu ceffylau, meddai Ryan a datgan eu bwriad i gychwyn am y Dyffryn ben bore.

'Fe ddown ni'n ôl y ffordd hyn wedi cwblhau'n busnes yn y Wladfa,' ychwanegodd. 'Allwn ni alw i dy weld ti bryd hynny?'

'Wrth gwrs!' oedd ateb brwd a diffuant y Cymro. 'Bydd croeso ichi yma bob amser!'

Roedd hi'n noson braf ac awel dyner yn chwythu o'r gogledd wrth iddynt, yng ngolau'r sêr a'r tân coed, swpera ar y cig a oedd yn weddill wedi'r *asado*, gyda reis wedi ei ferwi a thorth anferth a bobwyd gan Ifor ei hun. Agorodd Harry Place botel arall o wisgi ond dim ond ef a'i wraig a yfodd y tro hwn. Pan ddaeth y pryd i ben dechreuasant hwy a'r wirod ganu caneuon cowboi mewn cywair lleddf a sentimental: *Clementine; Oh, Susanna; Billy Boy; Down in the Valley; Yankee Doodle* a hen ffefrynnau eraill.

Wedi iddynt ddihysbyddu eu *repertoire* a bwrw iddi i wneud yr un peth â'r botel, bachodd Ifor ar ei gyfle i berfformio o flaen cynulleidfa. Cafodd ei ddatganiad o *I Bob Un Sy'n Ffyddlon* wrandawiad astud a chymeradwyaeth uchel.

'*Bravo, bravo!*' llefodd Ryan a'r ddau arall yn ei ategu. 'Mae gen ti lais gwych, Ifor. Cana eto, os gweli di'n dda!'

Nid oedd raid pwyso ar Ifor. Bu canu'n gydymaith ac yn gysur iddo gydol ei feudwyaeth yn y diffeithwch a phrofiad amheuthun oedd diddanu pobl eraill â'i lais. Llifodd alawon swynol a geiriau telynegol hen gerddi Cymru o'i enau y naill ar ôl y llall, gan ei lenwi ef ei hun â hiraeth am Ddyffryn Camwy a'i bobl a bwrw hud dros y gwrandawyr. Pefriai edmygedd yn llygaid gwyrdd Etta Place wrth i lais rhyfeddol Ifor Thomas gyffwrdd â'r hydeimledd a lechai dan ei rhyfyg. Parodd y cyngerdd tan oddeutu hanner nos, pan awgrymodd Ryan ei bod hi'n hen bryd iddynt oll glwydo. Dywedodd wrth Ifor ei fod ef a'i gymdeithion am gysgu ar y tywod ar lan yr afon lle'r oedd awel iach yn chwythu ac yno yr aethant ar ôl diolch yn llaes, unwaith eto, i'w gwestywr a dymuno nos da iddo.

Anniddig fu cwsg Ifor y noson honno, oblegid troes yr awel fwyn yn wynt cryf a gystwyai gangau'r coed a amgylchynai'r bwthyn ac a ysgydwai ddistiau to'r adeilad. Deffrodd gyda'r wawr, codi, ymolchi, gwisgo amdano'n gyflym a mynd i lawr at lan yr afon i gynnig brecwast i'w westeion cyn eu bod yn ailgychwyn am y Dyffryn.

Roedd hi'n ddigon golau erbyn hyn i Ifor allu gweld siapiau'r tri'n gorwedd ar y graean ar fin y dŵr; synnodd iddynt aros yno gydol y nos a hithau mor wyntog. Arafodd ei gamre wrth nesu atynt gan sefyll ryw bumllath oddi wrthynt a'u cyfarch gyda 'Good Morning!' hwyliog.

Ni chafodd ateb. Ni syflodd yr un o'r tri, hyd yn oed. Wedi pendroni am ennyd penderfynodd Ifor ddychwelyd i'r bwthyn ond wrth iddo droi am y tŷ, synhwyrodd fod rhywun yn ei wylio. Safodd ac edrych o'i gwmpas a gweld James Ryan ger llwyn o goed eirin gwlanog ryw ugain llath oddi wrth y dorlan. Trodd Ifor i edrych eto ar y tri 'chorff' a orweddai ar fin y dŵr ac yna'n ôl at Ryan ac, fel y gwnâi, ymddangosodd Harry ac Etta o'r llwyn.

'Sut mae hi heddiw, 'rhen gyfaill?' holodd Ryan yn glên. 'Lwyddaist ti i gysgu er gwaetha'r gwynt diawledig yma?'

'Yn weddol,' atebodd Ifor. 'Beth amdanoch chi?'

'Yn weddol,' atebodd yr Americanwr. 'Ond pan ddechreuodd hi chwythu, fe symudon ni i gysgod y coed.'

'Dewch draw i'r tŷ acw am damaid o frecwast!' gwahoddodd Ifor.

'Rwyt ti'n hynod garedig, gyfaill,' ebe James Ryan.

A'r tri ar fin ymadael wedi brecwast brysiog, gofynnodd Ifor pryd y gallai ddisgwyl eu gweld eto yn y Ffos Halen.

'Ymhen rhyw dair wythnos,' meddai Ryan. 'Mae'n dibynnu sut aiff pethau tua'r Wladfa.'

'Mae'n bosib y byddwch chi yma i ddathlu fy mhen-blwydd i, felly.'

'Dy ben-blwydd di? Beth yw'r dyddiad?' holodd yr Americanwr.

'Ebrill y trydydd ar ddeg!'

'Ebrill y trydydd ar ddeg!' adleisiodd Ryan. 'Anhygoel. Dyna ddyddiad fy mhen-blwydd innau. Fe ges i 'ngeni yn 1866. Beth amdanat ti?'

'1866, James! Pwy fyddai'n meddwl!'

'Mae hyn yn golygu ein bod ni'n frodyr o ryw fath, Ifor,' chwarddodd James Ryan. 'Rhaid dathlu'r ffaith! Fe wnawn ni'n gorau i fod yma gyda thi ar y trydydd ar ddeg o Ebrill.'

Ysgydwodd Ifor law yn galonnog â'r ddau ddyn cyn camu'n betrus at Etta Place a oedd eisoes wedi neidio ar ei cheffyl, ac estyn ei law iddi'n llawer llai hyderus.

Pan gydiodd Etta yn llaw fawr, arw Ifor Thomas â'i llaw fechan, feddal hi, gyrrodd wefr drydanol drwyddo a barodd i'w goesau wegian.

'R-roedd h-hi'n b-bleser c-cwrdd â chi, Etta,' ceciodd y Cymro diniwed.

'Pleser i minnau hefyd, Ifor,' meddai'r fenyw yn ei llais gyddfol dan syllu'n ddwys ac yn annwyl i fyw ei lygaid. 'Ddown ni'n ôl yn fuan iawn, rwy'n addo.'

Trawodd Etta ei sbardunau'n ysgafn yn erbyn ystlysau ei cheffyl ac meddai dan wenu, 'Rhaid imi dy glywed di'n canu eto!'

Eiliadau'n ddiweddarach roedd y tri'n carlamu tua'r dwyrain ac yn diflannu yn y cwmwl o lwch a godwyd gan garnau eu meirch ac a chwipiwyd gan wynt cryf i lygaid ac i wyneb Ifor. Safodd ef yn ei unfan, fodd bynnag, am rai munudau, wedi ei feddiannu gan dryblith o deimladau dieithr a'i swynai, ei hurtio, ei lawenhau a'i frawychu yr un pryd. Hiraethai eisoes am Etta Place a bu ond y dim iddo a neidio ar gefn Cochyn a'i dilyn.

Ond gwyddai Ifor mai ffolineb pur oedd syniad o'r fath. Ni allai, serch hynny, ymlid o'i feddyliau na'i freuddwydion ddarlun o'r fenyw honno'n chwarae'n noeth ar y tywod ar lan afon Camwy.

XXIII

Pan oeddwn i'n ifanc, byddwn byth a hefyd yn gofyn i Tada am stori 'pot jam aur Dewyrth Ifor'.

Roedd Ifor wedi sôn wrtho am ymweliadau'r tri Americanwr â'r Ffos Halen ryw ddwy flynedd wedi hynny, pan ddaeth yn wybyddus i'r cyhoedd pwy oeddynt a phresenoldeb Butch Cassidy a'i griw yn y diriogaeth yn bwnc o ddiddordeb cenedlaethol a rhyngwladol. Roedd gan Ifor resymau personol a phreifat dros gadw'r hanes yn gyfrinach deuluol a pharchwyd ei ddymuniad gennym.

Rwy'n falch inni wneud hynny oblegid pan ledaenir stori gyffrous o geg i geg, buan iawn yr ystumir ffeithiau nes ei bod hi'n amhosib gwahaniaethu rhwng y gau a'r gwir. Enghraifft berffaith o hynny yw'r chwedloniaeth a ddeilliodd o'r 'pot jam aur' bondigrybwyll.

Mae i bob myth a chwedl elfen o wirionedd ac roedd carn i'r un am 'Drysor Ifor Thomas', wrth gwrs. Mae'n deg dweud hefyd na fuasai'r stori wedi magu coesau fel y gwnaeth ac argyhoeddi cynifer o drigolion y Dyffryn oni bai am ymddygiad annoeth Ifor ei hun. Gan dybio bod pob dyn mor onest a didwyll ag ef ei hun, byddai'n arferiad ganddo ddangos ei 'gynilion' i'r dieithriaid a alwai yn y Ffos Halen o bryd i'w gilydd, heb ddychmygu y gallai hynny beryglu ei eiddo a'i einioes.

Ond nid oedd Dewyrth yn hollol ddiniwed, chwaith, ac ar

yr adegau pan fyddai'n gadael ei stad fechan am gyfnodau maith, er mwyn hela, neu i ymweld â'i deulu, cuddiai'r pot jam yn ddiogel o afael lladron yn un o nifer o guddfannau.

Sut bynnag, lledodd straeon am gyfoeth tybiedig Dewyrth fel tân gwyllt drwy'r Dyffryn wedi iddo adael y fuchedd hon. Trawsnewidiwyd y pot jam di-nod yn gist ac yna'n goffr mawr â'i lond o glapiau anferthol o aur pur.

Rhai blynyddoedd wedi marwolaeth Dewyrth Ifor, bûm mor ffodus â chael ymweld ag adfeilion ei gartref ac olion ei *rancho* yng nghwmni fy nhad, yn ystod taith i dreflan Esquel, yn yr Andes. Nid amser a'r hin yn unig a fuasai wrthi'n difrodi'r bwthyn; bu dynion hygoelus a oedd wedi llyncu'r chwedl yn ddihalen wrthi yn ogystal, yn tyllu'r parwydydd ac yn cloddio dan y seiliau. Roedd tyllau mawr hwnt ac yma yn y tir a amgylchynai'r murddun, hefyd.

Y ffyliaid gwirion! Sut y gallai'r un ohonynt ddychmygu beth fu tynged 'y pot jam aur'?

XXIV

Llusgai'r dyddiau'n arafach nag erioed yn ystod y tair wythnos nesaf. 'Hir pob ymaros.'

Ymatebodd Ifor Thomas i'r argyfwng emosiynol hwn yn ei hanes yn gymwys fel y gwnaeth pan orfu iddo wynebu'r gwir am ei berthynas ef â Megan; gweithiodd yn galetach hyd yn oed na'i arfer gan ddechrau cyn iddi wawrio a gorffen ymhell wedi iddi nosi. Ond os llwyddodd, i raddau, i gadw meddyliau a theimladau cythryblus o'i ymwybyddiaeth liw dydd trwy ymroi'n llwyr i'w orchwylion amaethyddol a helwriaethol, roedd hi'n amhosib iddo'u hatal rhag tarfu ar ei gwsg. Breuddwydiai bob nos am lygaid gwyrddion, eofn Etta Place a'i chorff lluniaidd, claerwyn, noeth.

Ac waeth pa mor galed yr ymlafniai ni allai huddo'r amheuon a'i cnoai. A fyddai'r Americanwyr yn cadw'r oed? Pam y dylent? Breuddwyd gwrach! A oedd James Ryan hefyd yn cael ei ben-blwydd ar Ebrill y trydydd ar ddeg? Ynteu celwydd golau neu gellwair byrfyfyr wrth ffarwelio oedd ei haeriad?

Ni ddychmygodd Ifor mai dyddiad ei eni oedd un o'r ychydig ffeithiau dilys a glywodd o enau Robert Leroy Parker, gŵr a oedd yn fwy adnabyddus yn ei wlad ei hun fel Butch Cassidy.

Brynhawn y deuddegfed o Ebrill, megis datganiad o'i ffydd yn addewid ei gyfaill newydd, lladdodd a bwtsierodd Ifor oen blwydd o gystal ansawdd â'r un o'r blaen a chododd datws a moron o'r ardd a'u berwi ar gyfer salad. Aeth i'w wely'n gynnar a gorwedd yno'n ddi-gwsg am oriau, wedi ei ysu gan ddisgwylgarwch ac amheuon, a phan hunodd breuddwydiodd amdani hi.

Bore'r trydydd ar ddeg o Ebrill a ddaeth ac a ddarfu'n ddiddigwyddiad gan bylu gobeithion llachar Ifor Thomas a'i lethu â siom. Gan fod segurdod yn hollol anghydnaws â'i anian a gweithio ar ddiwrnod ei ben-blwydd yn groes i'w draddodiad personol aeth i bysgota mewn pwll yn yr afon lle y cawsai lwc yn y gorffennol.

Eithr nid y diwrnod hwnnw. Ar ôl eistedd yn swrth a synfyfyriol ar y graean am ddwyawr cafodd un bachiad – cathbysgodyn a lwyddodd i neidio'n ei ôl i'r dŵr pan oedd o fewn ychydig fodfeddi i'r lan. Bu bron i Ifor â lluchio ei wialen i'r afon a neidio i'r afon ar ôl y pysgodyn haerllug a'i golbio â'i ddyrnau. Yn lle hynny, chwarddodd am ben ei drueni hunandosturiol a dychwelyd adre'n benisel gyda'i geriach.

Wrth iddo gyrraedd y corlannau, amgyffredodd ei glustiau main rhyw dwrf yn y pellter. Clywodd ei gŵn ef yr un pryd a dechrau coethi. Gwrandawodd Ifor yn astud. Sŵn carnau meirch yn dynesu. Craffodd tua'r dwyrain ac yn y man ymddangosodd tri marchog ar ael y bryn agosaf at y *rancho*. Rhoddodd ei galon lam. Gwenodd am y tro cyntaf ers tair wythnos. Chwarddodd yn uchel. Y nhw! Roedden nhw wedi dod yn ôl!

Brasgamodd Ifor am y buarth a chyrraedd mewn pryd i groesawu ei westeion hirddisgwyliedig. Bu'r aduniad yn un llawen a thwymgalon a hyd yn oed Harry Place mewn hwyliau da. Gan hepgor ei fwcheidd-dra arferol, cydiodd yn llaw dde Ifor â'i ddwy law ef, ei gwasgu'n dynn a'i hysgwyd yn egnïol gan ddweud pa mor falch ydoedd o weld ei hen gyfaill eto.

Roedd James Ryan yn fwy cyfeillgar fyth. Cofleidiodd Ifor yn frawdol a dymuno pen-blwydd hapus iawn iddo.

'Ac i tithau, James,' meddai Ifor yn wên o glust i glust.

Sobrodd y Cymro pan welodd Etta Place yn disgyn oddi ar ei cheffyl ac yn rhodio'n osgeiddig tuag ato a gwên addfwyn, amwys ar ei hwyneb. Estynnodd ei law yn beiriannol o ffurfiol pan oedd y fenyw o fewn llathen iddo. Anwybyddodd hi'r ystum a sefyll mor agos ato nes bod eu cyrff yn cyffwrdd. Edrychodd i fyny i fyw ei lygaid, a'i llygaid hi'n llawn anwyldeb a tharo cusan dyner ar ei foch.

'Pen-blwydd hapus dros ben iti, Ifor,' murmurodd a'i hwyneb o fewn chwe modfedd i'w wyneb ef. 'Gobeithio y gwnei di ddathlu diwrnod mor bwysig trwy ganu rhai o dy ganeuon, sy'n rhoi cymaint o bleser imi.'

'Ie. Ar bob cyfri!' llefodd James. 'Canu, yfed, *asado* bendigedig i ddathlu ein pen-blwydd yn dri deg a saith mewn modd teilwng!'

Tra tywysodd y newydd-ddyfodiaid eu ceffylau tua'r corlannau i'w dadlwytho a'u dadgyfrwyo, aeth Ifor ati â deg gewin ac mewn hwyliau rhagorol i arlwyo'r 'parti pen-blwydd'; o fewn ychydig funudau roedd wedi esgyn o waelodion pydew tywyll soriant i entrychion y nef. Methai'n llwyr ag atal ei hun rhag mwmial canu'r alawon y bwriadai eu perfformio i Etta y noswaith honno.

Cafwyd noson ddifyr dros ben. Roedd yr *asado*, fel arfer, yn flasus iawn a'r tro hwn yfodd y pedwar o'r botel wisgi er i Ifor, gan nad oedd yn gyfarwydd â gwirodydd, fod yn fwy cymedrol na'r tri arall. Clywyd unawdau gan Harry, Etta a James, yn ogystal ag Ifor a phedwarawdau bywiog hefyd.

Oherwydd dylanwad y ddiod gadarn yn ddiau, wedi iddi droi hanner nos, gostyngodd safon a chwaeth yr achlysur, pan safodd Mr Place ar y bwrdd i ddatgan cyfres o ganeuon masweddus yr oedd wedi eu clywed a'u dysgu mewn tafarndai a hwrdai yn rhai o borthladdoedd yr Unol Daleithiau. Teimlai Ifor yn annifyr, i ddechrau, o glywed geiriau awgrymog ac anllad yng nghwmni aelod o'r rhyw deg ond o weld ei bod hi'n mwynhau'r adloniant anweddus gymaint â neb ni welai fod ganddo le i achwyn.

Llai fyth at ei ddant a'i stumog oedd y wisgi, ac ychydig cyn un o'r gloch y bore awgrymodd ei bod hi'n bryd iddynt noswylio. Anghytunai'r tri arall ac ymesgusododd yntau a mynd i'w siambr a'i wely yn y bwthyn. Parhaodd yr Americanwyr i glebar a chwerthin a chanu am hanner awr arall cyn iddynt hwythau godi ac ymlwybro'n swnllyd tua'u gwersyll ar lan yr afon.

Roedd llond yr wybren o gymylau llwyd pan wawriodd drannoeth a chwythai gwynt rhynllyd o'r de-ddwyrain. Nid oedd yr hin fawr gwell pan ymunodd yr Americanwyr ag Ifor yng nghegin y bwthyn am wyth o'r gloch ac roeddynt yn falch o'r siwgaid o goffi cryf a phoeth yr oedd wedi ei pharatoi ar eu cyfer i'w helpu i oresgyn y gyfeddach o gig bras a wisgi.

Ni chafwyd gair o sgwrs gan yr un o'r tri nes i Harry Place, y mwyaf dywedwst fel arfer, ofyn, 'Wyt ti'n meddwl, Ifor . . . Hynny yw, oni bai ei fod e'n ormod o drafferth iti . . . Wyt ti'n meddwl y gallet ti ddangos i James a minnau sut i olchi tywod a graean? Yn yr afon, felly . . . ?'

'Dangos ichi sut i chwilio am aur, wyt ti'n 'feddwl?' ebe Ifor gyda gwên.

'Ie. Dyna fe,' ebe Place dan ffalsio. 'Rydyn ni'n gwybod pa mor brysur wyt ti, ond os gallet ti . . . ?'

Ystyriodd Ifor oblygiadau'r cais am ennyd cyn ateb, 'Wel, os ydych chi'n barod i farchogaeth rhyw ddwsin o filltiroedd, fe allwn i fynd â chi i'r fan y cefais i'r mwyaf o lwyddiant ynddo.'

'Chwarae teg iti!' llefodd James. 'Cyfaill cywir os bu un erioed! Harry – cer i wneud y ceffylau'n barod.'

Ufuddhaodd Harry ar unwaith ond cyn gadael y gegin gofynnodd i'w wraig, *'You coming with us, sweetie?'*

Crychodd Etta ei thalcen fel petai'n cloriannu'r cwestiwn cyn ateb, *'I don't feel too good this morning. I need a rest. And I got some chores to do.'*

Gadawodd y tri gwryw hanner awr yn ddiweddarach, ar ôl canu'n iach ag Etta a oedd ar ei ffordd at yr afon, ar y pryd, gyda phentwr mawr o ddillad budr yn ei chôl. Roedd y gwynt wedi gostwng erbyn hyn, yr awyr yn las a'r haul yn tywynnu ar y paith. Diolch i arweinyddiaeth sicr Ifor a'i adnabyddiaeth ddihafal o'r diriogaeth, ei bryniau a'i phantiau, ei llechweddau a'u hafnau, cyraeddasant ben y daith rhwng hanner awr wedi hanner dydd ac un, fel yr oedd ef wedi rhag-weld.

'Dyma ni, fwy neu lai,' meddai'r Cymro gan edrych i lawr o ben y clogwyn y safai'r ceffylau arno ar yr afon werdd yn nadreddu drwy'r ceunant cul ddeugain llathen islaw.

'Y fan yna?' ebychodd Harry. 'Sut ddiawl awn ni i lawr i'r fan yna?'

'Dilynwch y diawl yma,' ebe Ifor dan chwerthin ac annog Cochyn i gerdded hyd ymyl y dibyn nes cyrraedd llethr a arweiniai at hafn gul – dyfnant a ffurfiwyd gan lifeiriant glawogydd y canrifoedd – a ddisgynnai hyd at draethell fechan, ugain llathen o hyd ac ychydig droedfeddi o led, ar fin y dŵr. Y rhan olaf un o'r daith oedd y beryclaf oherwydd serthedd y llwybr ac ansefydlogrwydd ei arwynebedd o gerrig mân a gro.

'Hwn yw'r lle,' cyhoeddodd Ifor. 'Beth 'ych chi'n 'feddwl?'

'Dim llawer!' oedd yr ateb ar wynebau siomedig y ddau Americanwr nes i'r Cymro roi gwybod iddynt eu bod yn edrych ar un o'r mannau prin lle'r oedd haen o dywod a graean yn gorchuddio caenen o waddodion eurog a orweddai o dan wely'r afon. Eglurodd Ifor sut y bu iddo daro ar y lle yn hollol ddamweiniol tra oedd yn hela estrysod a'i bod yn arferiad ganddo wersylla yno o bryd i'w gilydd oherwydd ei bod yn gilfach mor gysgodol. Un tro, gan fod ei ddysgl bren yn digwydd bod ganddo, rhoddodd gynnig ar olchi a hidlo'r graean a chael llwyddiant annisgwyl.

Terfynodd Ifor ei eglurhad gyda'r geiriau, 'Hyd at heddiw, dim ond fi a ŵyr am y lle hwn.'

'Rwyt ti'n gyfaill gwerth ei gael,' sylwodd James.

'Wyt,' cydsyniodd Harry dan laswenu. 'Da iawn ti. Beth wnawn ni nawr?'

'Dadlwytho'r ceffylau a'u dadgyfrwyo, golchi'n hwynebau

a'n dwylo a bwyta rhywfaint o'r cig oer y daethon ni ag e gyda ni,' meddai Ryan. 'Wyt ti'n cytuno, Ifor?'

Atebodd Ifor yn gadarnhaol ac wedi iddynt gwblhau'r gorchwylion a restrodd James, eisteddodd y tri i bicnica ar y tywod. Cnodd Harry Place yn egnïol dan rythu ar lif yr afon tra ymgomiai Ifor a James am helwriaeth gan adrodd hanesion am anturiaethau a throeon trwstan a chymharu'r dulliau a'r ystrywiau a ddysgasant gan y Brodorion – James, yn ystod ei grwydriadau yn y *Rockies* ac Ifor gan Tehuelches y paith. Nid ymunodd Harry unwaith yn y sgwrs. Dim ond un peth oedd ar ei feddwl ef.

O'r diwedd, cafodd Harry Place ei ddymuniad a dangosodd Ifor iddo ef a James sut i olchi'r graean yn y ddysgl a'i hidlo â chledr llaw tra cadwai lygad barcud ar y gwaddod ar waelod y llestr; ac er mawr lawenydd i'r Americanwyr, wedi i'r meistr fod wrthi am ryw ugain munud, wele ronyn bychan gloyw ynghanol y baw. Tynnodd Harry flwch snyff bychan arian o'i boced a chyda gofal mawr cododd y mymryn aur o'r ddysgl a'i drosglwyddo i'r blwch, gystal â dweud 'Fi piau hwn', heb sylwi ar wenau dilornus ei ddau gydymaith.

Pan awgrymodd Ifor ei bod hi'n bryd iddynt hwy ill dau fwrw iddi, mynnai Harry mai ef a âi gyntaf; eithr oerodd ei frwdfrydedd pan ddyfarnodd James y cymerent droeon o hanner awr yr un ac mai ef ei hun fyddai'n dechrau. A hynny a fu, ac Ifor yn bwrw golwg arbenigol dros y gwaddodion cyntaf. Ond blinodd ar hynny'n fuan iawn. Un peth yw chwilio am aur; peth llawer mwy diflas yw gwylio rhywun arall yn gwneud hynny.

'Am faint ydych chi'n bwriadu aros yma, James?' gofynnodd Ifor wrth i'r Americanwr eistedd wrth ei ymyl ar y tywod ar ddiwedd ei stem aflwyddiannus gyntaf, a dechrau rhowlio sigarét.

'Heddiw ac yfory, o leiaf,' meddai Ryan, 'a ninnau wedi dod mor bell. Tridiau efallai.'

'Beth am Etta?' holodd Ifor. 'Wnaiff hi ddim pryderu?'

'Mae honna'n gallu edrych ar ôl ei hun yn burion,' ebe James gyda gwên. 'Faint o amser elli di'i dreulio yma?'

'Mae hi'n brysur acw ar hyn o bryd,' meddai Ifor yn ymddiheurol. 'Doeddwn i ddim wedi bwriadu bod i ffwrdd o'r *rancho* am hir. Mae rhai o'r anifeiliaid, yr ardd a'r tir âr yn gofyn am sylw ac ar ben hynny rwy' am hel rhagor o grwyn a phlu at ei gilydd ar gyfer f'ymweliad nesaf â'r Dyffryn, i brynu popeth fydd arna i ei angen dros y gaeaf.'

'Popeth yn iawn,' meddai James. 'Cer di.'

Taniodd yr Americanwr ei sigarét, sugno'r mwg melys i ddyfnderoedd ei ysgyfaint a'i ollwng yn ddioglyd drwy ei ffroenau a'i geg cyn awgrymu gyda gwên slei, 'Fe fydd Etta'n falch o dy weld di. Er ein bod ni wedi gadael hen ddigon o fwyd iddi, rwy'n siŵr y byddai'n mwynhau *asado* hyfryd arall gen ti.'

Trodd James ei olygon i gyfeiriad ei gydwladwr a safai yn ei gwman yn nŵr yr afon yn rhythu ar gynnwys llwyd y ddysgl bren a gweiddi, 'Arhoswn ni yma am ychydig ddyddiau, Harry?'

Anwybyddodd Harry Place y cwestiwn. Roedd ei olchad cyntaf wedi esgor ar ddau ronyn bychan gloyw.

'Drychwch ar y rhain! Drychwch ar y rhain!' bloeddiodd yn orfoleddus. 'Dyma ichi ddyn sy'n deall sut i ddefnyddio'r hen ddysgl yma!'

Wrth iddo ef a James gamu i'r dŵr at Harry ac edrych dros ei ysgwydd ar y ddau ronyn euraid, ofnai y byddai Ryan yn ailfeddwl, ac yn datgan nad oedd hi'n weddus iddo ef a gwraig briod ei gyfaill fod gyda'i gilydd, ar eu pen eu hunain, am ddyddiau, efallai; hanner gobeithiai y byddai'n dweud hynny. Ond beth fyddai ymateb y gŵr?

Roedd hwnnw yn awr yn ymbalfalu am y blwch snyff yn un o'i bocedi, ac ar ôl dod o hyd iddo, yn codi'r ddau euryn ac yn eu dodi'n garcus yn y blwch gyda'r un arall.

Ailadroddodd James ei gwestiwn ac ychwanegu bod Ifor yn bwriadu dychwelyd adref rhag blaen.

'Ie, ie. Gaiff e fynd ac arhoswn ni,' meddai Place gan ddodi'r blwch yn ôl yn ei boced. 'Siwrnai saff iti, gyfaill,' meddai wrth Ifor heb edrych arno a mynd ati i olchi mwy o raean.

Ar ôl rhoi cyfarwyddyd i James ynglŷn â'r ffordd yn ôl i'r Ffos Halen a sicrhau bod gan y ddau Americanwr ddigon o fara, bisgedi, cig oer a selsig i'w cynnal am ychydig ddyddiau, ffarweliodd Ifor â hwy a thywys Cochyn i fyny llethr serth a garw'r ceunant i ben y clogwyn.

Erbyn iddo farchogaeth, roedd ei galon eisoes yn carlamu tua'r Ffos Halen a menyw hudolus, beryglus, dlos ddiawledig o'r enw Etta Place.

XXV

Roedd hi wedi saith a'r haul yn machlud erbyn iddo gyrraedd adref. Yn groes i'w ddisgwyl a'i obaith, nid oedd Etta ar gyfyl y lle ac aeth i chwilio amdani yn yr ardd ac yng nghyffiniau'r ffaldiau a'r corlannau, eithr yn ofer. Nid oedd argoel ohoni ger yr afon chwaith a dechreuodd Ifor ofni bod rhyw aflwydd wedi digwydd. Cerddodd i fyny ac i lawr y dorlan dan weiddi ei henw a chraffu ar y graean ar fin y dŵr am ryw arwydd o'i phresenoldeb diweddar. Tybiodd iddo weld ôl ei throed ar draethell dywodlyd ac, fel yr oedd ar fedr mynd i lawr i astudio'r argoel, clywodd chwerthiniad ysgafn, drygionus y tu ôl i'w gefn.

Trodd a gwelodd hi, Etta, yn cerdded yn araf tuag ato o lwyn o helyg a hesg a dyfai o amgylch pwll llonydd a ffurfid gan dro yn yr afon. Rhodiai gyda'r fath osgeiddrwydd hudolus fel y gellid tybio na chyffyrddai ei thraed â'r ddaear oddi tan y manwellt a dyfai ar y dorlan. Ofnodd Ifor ei fod am lesmeirio.

Am ychydig eiliadau'n unig y diymadferthwyd Ifor. Lledodd gwres eirias o'i lwynau drwy bob modfedd o'i gorff mawr, cyhyrog. Cyflymodd curiad ei galon yn orffwyll a throes ei anadlu'n ochneidio blysiog. Ac roedd hi'n dal i nesu ato, a'r wên ddireidus wedi troi'n edrychiad heriol, traserchus.

Nid oedd angen geiriau arnynt i draethu yr hyn a geisient, yr hyn y bu'r ddau'n dyheu amdano ers tair wythnos faith. Roedd y gusan gyntaf yn ffrwydrad a daniodd gyfres felys, eirias a feddwodd Ifor Thomas yn chwil ulw gaib. Ni fu ei ddiffyg profiad yn llestair o gwbl wrth iddo ildio'n llwyr i gyfarwyddiadau ei gyneddfau ac angerdd ei serch at y fenyw ryfeddol hon. Trwy ryfedd a bendithiol wyrth, gwyddai ei wefusau, ei freichiau a'i ddwylo yn gymwys beth i'w wneud pan sugnwyd ef a hwy i drobwll o nwydau dilyffethair.

Dyna'r tro cyntaf erioed y bu menyw yng ngwely Ifor Thomas ond, yn awr, dan hyfforddiant athrawes dra hyddysg yn nulliau a chyfrinion serch, profodd wynfyd rhywiol ac emosiynol a seriodd ei nod arno am weddill ei ddyddiau. Roedd hon yn bencampwraig ar bob chwarae a roddai bleser angerddol i'r gwryw a oedd gyda hi ac iddi hi ei hun. Ni chysgodd y naill na'r llall am eiliad y noson honno, a dreuliwyd yn cusanu, cofleidio, mwytho, llyfu, cripio, crafangu a charu yng ngolau cannwyll fechan a daflai ar bared foel y siambr eu cysgodion yn gwingo, yn pangu, yn hyrddio yn erbyn ei gilydd, yn ymdawelu, dro, ac yna'n ymdoddi i'w gilydd eto.

Ychydig cyn y wawr a chyn i ludded eu trechu, meddai Etta, yn ei llais melfedaidd, cryg, 'Cana imi, Ifor. Cana imi, 'nghariad i, os gweli di'n dda.'

Er mor hynod ac annisgwyl y cais, ufuddhaodd Ifor yn llawen gyda hwiangerdd a ddysgodd gan Gwen, ei fam a'i famgu annwyl,

Si hei-lwli 'mabi,
Mae'r llong yn mynd i ffwrdd.
Si hei-lwli 'mabi,
Mae'r Capten ar y bwrdd.
Si-hei-lwli, lwli-lws,
Cysga, cysga 'mabi tlws . . .

'*Again*,' murmurodd y fenyw mewn llais plentynnaidd, cysglyd a chanodd Ifor yr un hwiangerdd a thair arall nes i'w gywely huno. Yn y man, ar ôl syllu am hydoedd yn ddiwahardd ar gorff noeth, hardd ei gariad, cysgodd yntau.

Wedi iddynt godi, ganol dydd, paratôdd Ifor stiw o gig a llysiau i ginio tra cymerai Etta arni dwtio'r bwthyn a thynnu llwch. Nid oedd y *gaucho* meudwyaidd erioed wedi profi'r fath ddiddanwch; serch hynny, llechai pryder ac euogrwydd yng nghilfachau ei gydwybod biwritanaidd a thybiai y byddai un edrychiad yn ddigon i Harry ddeall beth oedd wedi digwydd a dial yn llofruddiaethol.

Pan soniodd am ei ofnau wrth Etta tawelodd hi hwy gyda chusan a sylw dilornus am ei gŵr. Ffŵl na welai ymhellach na'i drwyn oedd Harry Place, meddai; dau ddiddordeb oedd ganddo mewn bywyd – gwneud pres a slotian wisgi. Roedd hynny'n gysur i Ifor ond enynnwyd ynddo'r un pryd atgasedd eiddigus at yr Americanwr. Roedd yn ddigon o realydd, fodd bynnag, i sylweddoli nad oedd dyfodol i'w berthynas ag Etta. Am ba hyd y gallai hi ddygymod â bywyd mewn lle mor anial, ymhell o fwynderau a chyfleusterau 'Gwareiddiad'? Ac eto . . . efallai . . .

Treuliasant y prynhawn ar y draethell ger yr afon, yn cusanu ac yn cofleidio'n nerfus ac ysbeidiol, rhag cael eu dal gan ei gŵr a'i gyfaill.

Ni chyrhaeddodd y rheini nes iddi nosi. Roedd Etta'n gwagsymera'n anniddig yn y buarth ar y pryd ac Ifor yn bwydo'r anifeiliaid yn y ffaldiau. Yno yr aeth James a Harry gyntaf a golwg flin a siomedig ar eu hwynebau, yn enwedig Harry Place.

Nid oedd Ifor Thomas wedi arfer dweud celwydd, a chyda chryn anhawster y gwastrodai'r dymestl dufewnol wrth holi 'Sut hwyl gaethoch chi?' gan osgoi llygaid y gŵr y bu'n trin ei wraig.

'Diawledig!' rhuodd Place. 'O'r funud y gadewaist ti ni tan inni roi'r gorau iddi, dim ond pedwar llwchyn arall gawson ni. A'r cythraul yma,' cellweiriodd yn ffuantus gydag amnaid i gyfeiriad James Ryan, 'ffeindiodd y mwyaf o'r rheini.'

Tra oedd yr Americanwyr yn dadlwytho eu ceffylau, aeth

Ifor am y tŷ i baratoi pryd o fwyd ar eu cyfer – gorchwyl na ddaethai'n agos at ei feddwl gydol y dydd, ac yntau'n glaf o serch. Gan nad oedd ganddo gig oen y gellid gwneud *asado* neu stiw ohono, penderfynodd boethoffrymu dau ffowlyn.

Dilynodd Etta Ifor i mewn i'r gegin fach a chynnig ei helpu.

'O'r gore. Cer i mofyn dŵr i'w ferwi ar gyfer pluo'r ffowls, os gweli di'n dda,' atebodd Ifor, 'tra bydda i'n cynnau'r tân.'

Aeth hithau at yr afon a dychwelyd yn y man gyda phwced lawn a arllwysodd i'r crochan a osododd Ifor ar y tân. Yna'n frawychus o ddirybudd, taflodd Etta ei breichiau am ei wddf a chusanu ei wefusau gyda'r un rhyferthwy ysgytwol â phan oeddynt yn y gwely y noson cynt. A'i ollwng wedyn yr un mor ddisymwth a rhedeg allan i'r buarth dan chwerthin fel geneth fach newydd wneud rhyw ddrygioni.

Arswydodd Ifor. Petai Harry Place wedi gweld hynna, buasai ef ac Etta'n gelanedd.

Ni fu swper y noswaith honno fel y rhai blaenorol; dim canu a fawr o sgwrsio; roedd James a Harry wedi ymlâdd ac mewn hwyliau melltigedig ac Ifor ac Etta gyda'u rhesymau eu hunain dros fod yn dawedog. Pan ddaeth y pryd i ben, barnodd James y dylent fynd i glwydo rhag blaen, er mwyn gallu cychwyn am yr Andes yn gynnar drannoeth.

Noson ddi-gwsg arall fu honno i Ifor a gadwyd ar ddihun gan atgofion byw am ei neithiwr nwydwyllt a thristwch oherwydd ymadawiad anorfod y fenyw a garai. Cododd am bump i wneud te iddo'i hun a disgwyl i'r haul a'i westeion godi. Roedd yn fore rhynllyd a ias gaeafol yn addo bod eira ar y ffordd.

Pan glywodd Ifor garnau eu meirch yn tuthian tua'r buarth, oddeutu chwech o'r gloch, aeth ati i falu ei ffa coffi olaf ac i ferwi rhagor o ddŵr, i'w cynhesu ar ddechrau eu hirdaith.

Cuddiai Ifor y meddyliau a'r teimladau anghyfarwydd a gyniweiriai drwyddo gyda syrthni annodweddiadol. Tristâi oherwydd bod ei anwylyd ar fin ymadael tra digiai wrthi yr un pryd am ymddangos mor ddihidio, fel pe na bai'r hyn a fu rhyngddynt erioed wedi digwydd. Efallai bod arni ofn Harri, meddyliodd. Ac efallai nad oedd ganddi lawer o feddwl ohono ef wedi'r cwbl . . .

Daeth yr awr anochel. Ffarweliodd James gyda'i hynawsedd arferol a chan gofleidio ei 'frawd' o Gymro yn wresog. Bodlonodd Harry Place ar ysgwyd llaw'n llipa a mwmial diolchiadau aneglur, heb geisio celu ei awydd i adael y Ffos Halen.

Yn olaf, nesaodd Etta at eu gwestywr ac edrych, o'r diwedd, i'w lygaid. 'Fe fuost ti'n garedig iawn wrthyn ni, Ifor,' meddai. 'Diolch o galon iti. Rwy'n gobeitho y bydd modd imi ddod yn ôl i dy weld di cyn bo hir.'

Tawodd Etta Place a chusanu Ifor ar ei foch cyn troi a cherdded at ei cheffyl a safai gerllaw, heb edrych unwaith dros ei hysgwydd.

Syllodd Ifor yn syn a mud arnynt yn marchogaeth.

'*Adiós*. Diolch yn fawr am y gwmnïaeth,' llefodd a'i lais yn cwafro, er ei waethaf. 'Gobeithio y gwelwn ni'n gilydd yn o fuan, gyfeillion. Peidiwch â bod yn ddieithr!'

'*So long*, Ifor!' gwaeddodd James Ryan.

Yna sbardunodd y tri eu meirch a gadael ar garlam tua'r gorllewin tra syllai Ifor Thomas yn hiraethus ar eu holau.

Nid oedd yr Americanwyr wedi teithio hanner milltir o'r *rancho* pan arafodd Harry Place gamre ei geffyl a dechrau chwerthin nerth ei ben.

'Gawn ni wybod beth sy mor ddigri, y penci?' holodd James Ryan gan arafu hynt ei farch yntau.

'Beth sy mor ddigri?' adleisiodd y llall, yn ei ddyblau. 'Hwn!' llefodd Place yn orfoleddus wrth ymbalfalu yn ei sgrepan a thynnu ohoni y cwdyn lliain ac ynddo drysorfa Ifor Thomas. Agorodd geg y cwdyn ac arddangos y pot jam aur yn fuddugoliaethus. 'Wyt ti'n cofio hwn, Butch?'

Ffrwynodd Butch Cassidy ei farch i wylio ymateb Etta Place, a oedd newydd ymuno â hwy, i orchest ei gŵr. Gwelodd syndod a braw ar ei hwyneb.

'Paid di â mynd gam ymhellach!' gwaeddodd Cassidy ar ôl y Sundance Kid a oedd eisoes wedi ailgychwyn. 'Wyt ti'n 'y nghlywed i? Aros lle'r wyt ti!'

'Beth sy'n bod, Butch?' cwynodd y llall. 'Dwyt ti ddim yn falch ein bod ni wedi cael ein bachau ar hwn? Gawn ni ddoler neu ddwy am ei gynnwys, 'rhen gyfaill!'

Yn y cyfamser, daliai Ifor i syllu ar eu holau, gan ddyfalu beth allai fod wedi eu cymell i oedi. Nid oedd ganddo unrhyw amcan eu bod yn taeru ynglŷn â mater oedd o'r pwys mwyaf iddo ef a synnodd pan ganfu eu bod yn dychwelyd tuag ato, eithr nid mor gyflym ag yr ymadawsant.

Place oedd ar y blaen, gyda Ryan yn dilyn dan guchio ac Etta rai llathenni ar ei ôl ef.

Ofnai Ifor y gwaethaf. Mae'n rhaid bod Etta wedi sôn wrth y ddau arall am eu carwriaeth ac y byddai'r dial yn chwim ac yn chwyrn.

Pan arhosodd y tri marchog ryw ddwylath o'r fan y safai, cyfarchodd yr arweinydd ef gyda'r geiriau, 'Mae gan Harry rywbeth i'w ddweud wrthyt ti, Ifor.' Trodd y siaradwr at ei gydymaith a'i annog, 'Dwed beth sydd gen ti i'w ddweud wrtho fe, Harry.'

Gollyngodd Harry Place o'i law rywbeth a gwympodd gyda chlec ar lawr caled y buarth ger carnau ei geffyl. Adnabu Ifor y cwdyn ar unwaith. Edrychodd i lygaid yr Americanwr am ennyd cyn camu ymlaen a gwyro i gydio yn ei eiddo. Gan fod Butch Cassidy y tu ôl i'r Sundance Kid, manteisiodd hwnnw ar agosrwydd Ifor i roi cic giaidd iddo yn ei feingefn. Ymsythodd y Cymro fel petai heb deimlo dim, ond heb godi'r cwdyn. Yna, gydag un symudiad llyfn, diymdrech, cydiodd â'i law dde ym mwcwl y gwregys lledr oedd am ganol y Kid a'i blycio, a bwrw gên yr herwr â'i ddwrn chwith wrth iddi gwympo. Syrthiodd y Kid ar ei wyneb ar y buarth, mor ddiymadferth â phwped â phwped â torrwyd ei linynnau.

Cododd Ifor y cwdyn a chanfod, er mawr syndod iddo, fod ei gynnwys fel y dylai fod. Edrychodd draw at Etta ond nid oedd nac euogrwydd na chydymdeimlad ar ei hwyneb tlws. Dyna pryd y clywodd Ifor lais y gŵr a adwaenai fel James Ryan yn rhybuddio'i gydymaith,

'*Don't even think about it, Harry. Unless you want me to blow what brains you've got out of your head!*'

Edrychodd Ifor ar y penbandit ac yna ar ei ddeiliad. Roedd llawddryll 'James Ryan' wedi'i anelu at 'Harry Place' ac un Place ato ef ei hun.

Ildiodd y Sundance Kid i'r bygythiad heb air ymhellach, dodi ei ddryll yn ôl yn y wain, neidio ar ei geffyl, sbarduno'r creadur hwnnw'n giaidd ac ymadael.

Winciodd a gwenodd Butch Cassidy ar Ifor, cyffyrddodd ymyl cantel lydan ei *sombrero* â blaen ei law dde ac i ffwrdd ag yntau.

Anogodd Etta Place ei cheffyl yn nes at y fan y safai Ifor a'i ffrwyno ychydig droedfeddi oddi wrtho. Yna gwelodd ef hi'n tynnu rhywbeth oddi ar fynwes ei blows ac yn ei gynnig iddo. Petrusodd Ifor am rai eiliadau cyn derbyn y rhodd. Tlws opal ydoedd ac arno *cameo* o ben rhiain Roegaidd, drom ei llywethau.

'Efallai y dof i i chwilio amdano, ryw ddydd,' addawodd Etta.

Sbardunodd ei cheffyl a mynd ar garlam ar ôl ei chydwladwyr.

Ni wyliodd Ifor hwy'n ymadael y tro hwn. Syllai, yn hytrach, ar y tlws a orweddai ar gledr ei law dde gan ei anwylo â bysedd geirwon y llaw arall. Yna agorodd gaead y pot jam a gosod anrheg ei anwylyd ar wely o aur.

Wrth ddychwelyd i'r tŷ, ceisiai feddwl am fan diogelach i guddio'i 'gynilion' rhag dwylo blewog ymwelwyr anonest. Ystyriai, serch hynny, fod yn ei galon drysor mwy gwerthfawr nag 'aur y byd a'i berlau mân'.

XXVI

Bore cynnes, braf ym mis Rhagfyr 1905 ac awel ddwyreiniol, dyner yn anadlu persawr blodau'r paith ar drigolion Trelew a phawb a rodiai strydoedd y dreflan yn cael eu llonni a'u bywiocáu gan swyn y bore newydd hwn. Pawb ond un. Pawb ond y gŵr canol oed a ymlusgai'n boenus o araf tua'r orsaf.

Roedd y llegach hwn newydd adael tŷ carreg, deulawr a safai tua chanllath o'r orsaf, yr ochr draw i'r ffordd. Cymerodd y siwrnai fer fwy o amser ac o ymdrech nag y dylai i ddyn o'i oedran ef oherwydd bod pigyn arteithiol dan asennau Ifor Thomas yn gwneud pob cam a gymerai wrth groesi'r stryd lychlyd yn benyd iddo.

Roedd Ifor newydd fod yn gweld Dr Canavesio, y tro cyntaf erioed iddo ofyn am sylw a barn meddyg trwyddedig. Hyd yma, nid oedd ei iechyd wedi achosi unrhyw broblem o bwys iddo. Yr anhwylder mwyaf difrifol a ddioddefasai oedd y dwymyn goch, pan oedd yn grwt, ac ar ôl hynny cawsai fân anafiadau wrth gwympo oddi ar geffyl, anwydau gaeafol ac ambell bwl o gamdreuliad.

Er mai dim ond ers chwe mis yr ymsefydlodd Dr Canavesio yn Nhrelew, roedd ei ymroddiad a'i ofal cydwybodol am ei gleifion eisoes wedi ennyn parch y gymdogaeth ond mae'n amheus a fyddai Ifor wedi mynd ato oni bai i'w 'frawd mawr', Tomi, ei annog.

Eisteddodd Ifor yn y stafell aros am rai munudau tra bu'r

meddyg yn gwrando ar gwynion hen wraig a'i merch cyn camu drwodd i'r stafell ymgynghori fechan a oedd yn llawn o'r arogleuon cemegol a ddeilliai o'r silffeidiau o boteli mawr a mân a jariau o bob siâp a guddiai ei pharwydydd a rhan helaeth o'r bwrdd y sgriffiai'r meddyg ei nodiadau arno.

Holodd Dr Canavesio enw, oedran a gwaith Ifor cyn gofyn iddo ddinoethi rhan uchaf ei gorff ac yna ei archwilio'n drylwyr. Ni fu wrthi'n hir cyn deall natur yr anhwylder; roedd y darfodedigaeth yn ddychrynllyd o gyffredin ymhlith trigolion yr ardal y dyddiau hynny.

Nid oedd angen barn ategol ar y meddyg. Tynnodd ei sbectol rimyn aur oddi ar ei drwyn ac edrych i lygaid y claf wrth gyhoeddi canlyniad ei archwiliad. Gwrandawodd Ifor ar y ddedfryd yn ddigyffro, er ei fod yn deall ei harwyddocâd i'r dim. Difawyd nifer sylweddol o'i gyd-wladfawyr gan y diciáu yn ystod y blynyddoedd diwethaf. Gwyddai'n union beth fyddai ei dynged.

Heb holi'r meddyg ymhellach na dangos unrhyw gyffro emosiynol, gwisgodd Ifor amdano a thalu, gyda diolch, dri *peso* am yr ymgynghoriad. Yna gadawodd y feddygfa a mynd draw i'r orsaf lle'r oedd prysurdeb mawr yng nghyffiniau'r trên a fyddai'n cychwyn am Borth Madryn yn y man.

Camodd Ifor drwy'r dorf fechan a sefylliai'n grwpiau bychan ac unigolion ar y platfform ac at yr injan, yr anghenfil haearn a fu ers dau ddegawd yn croesi'r ucheldir diffaith rhwng Trelew a'r Golfo Nuevo dan chwythu mwg ac ager dros y paith a brawychu anifeiliaid ac adar gwylltion â'i glindarddach metalig. Manteisiodd y gwladwr ar gyfle prin i geisio deall cyfrinachau'r peiriant pwerus ac i edmygu'r ddawn beirianegol a'i lluniodd tra safai'r 'march haearn' yn llonydd ar y cledrau a gwasanaethyddion y Cwmni yn ei ymgeleddu ac yn darparu'r ymborth a'i cynhaliai ar y siwrnai tua'r Bae Newydd.

Cyfareddid Ifor gan athrylith gwyddonwyr a dyfeisgarwch technegwyr yr oes. Y diwrnod cynt yr oedd wedi dotio ar ddatblygiad trafnidiol, diweddarach a welsai'n teithio'n swnllyd ar hyd stryd fawr Trelew, sef car modur cyntaf yr ardal. Gwefreiddiwyd Ifor a'r fforddolion eraill gan y cerbyd hunanyredig a fedrai symud yn gyflymach nag unrhyw geffyl ac y gellid llywio ei hynt â throad olwyn fechan.

'Fe ddaw newidiade mawr i'r byd yn sgil y dyfeisiade hyn,' meddyliodd Ifor wrth graffu ar gyhyrau dur yr injan. 'Ond fydda i ddim yma i'w gweld nhw, gwaetha'r modd.'

Rhoddodd y gorau i synfyfyrio pan wyniodd ei ystlys fel petai rhywun wedi ei drywanu. Bu bron â llewygu a phan leddfodd y boen fymryn crynai drosto. Cywilyddiai ei fod ef, a fu gynt mor gryf a heini, yn dadlennu ei drueni i'r byd a'r betws.

Eithr ni sylwodd neb o'r bobl a safai hwnt ac yma ar y platfform ar ei nychdod. Yn sicr ddigon, ni sylwodd y creadur od a oedd newydd groesi'r stryd o westy *El Globo*. Gŵr canol oed o daldra cymedrol oedd hwn; het silc ar ei ben, sbectol dywyll ar ei drwyn, a barf ddu, drwchus yn cuddio'r rhan fwyaf o'i wyneb. Gwisgai gôt fawr laes, lwyd ac iddi labedi culion, cariai gês lledr brown yn ei law chwith a cherddai â'i bwys ar y ffon a gydiai yn ei law arall, oherwydd cloffni ei droed dde.

Safodd y gŵr ger ffenest y swyddfa docynnau ychydig droedfeddi oddi wrth Ifor a'i clywodd yn siarad gyda'r dyn y tu ôl i'r ddesg. Sylwodd Ifor yn ogystal ar ddalen fach o bapur yn syrthio ar y palmant wrth i'r dieithryn dynnu waled o boced fewnol ei gôt i dalu am ei docyn; gydag ymdrech arwrol cododd y ddalen a'i dychwelyd i'w pherchennog a rhywbeth tebyg i wên ar ei wyneb curiedig.

Diolchodd y gŵr barfog i'w gymwynaswr ac, wrth iddo wneud hynny, adnabu'r ddau ei gilydd.

Agorodd Ifor ei enau i ebychu 'James Ryan!' eithr cyn iddo yngan y geiriau roedd hwnnw wedi gwasgu bôn ei fraich chwith nes bod honno'n brifo.

'Cau dy geg! Paid â dweud dim!' gorchmynnodd yr Americanwr dan ei wynt. Edrychodd o'u hamgylch yn ochelgar ac ychwanegu, 'Awn ni i rywle ble gallwn ni siarad. Tyrd.'

Ufuddhaodd Ifor yn syfrdan a dilyn 'James Ryan' i iard y tu ôl i brif adeilad yr orsaf, lle y cedwid wageni a cherbydau nwyddau gan sylwi fod cerddediad ei gyfaill cystal ag erioed ac yntau o olwg y cyhoedd. Ymlaen yr aeth yr Americanwr nes cyrraedd wagen a adawyd ar ei phen ei hun ar ddarn enciliedig o drac. Yno dododd ei gês ar lawr a thynnu'r sbectol dywyll.

'Beth sydd wedi digwydd, James?' holodd Ifor gynted ag y cyrhaeddodd yntau'r fan.

Edrychodd y llall o'i gwmpas yn nerfus cyn ateb mewn llais isel, 'Mae gen i broblemau, gyfaill. Problemau mawr, gwaetha'r modd.'

'Sut fath o broblemau?' holodd Ifor.

'Ta' waeth am hynny nawr,' atebodd Butch Cassidy. 'Mae 'mywyd i mewn perygl.' Tawodd ennyd cyn ychwanegu â thinc fygythiol i'w lais. 'Ac felly, mae arna i ofn, d'un dithau.'

'Beth yn union . . . '

'Bydd ddistaw a gwranda,' archodd y llall. 'Mae hi'n ddiawledig arna i. Llawer o bethau drwg a chelwyddog yn cael eu dweud amdana i ac mae'n rhaid imi adael y wlad hon yn fuan iawn, ac am byth. Yr hyn rwy' am wybod yn awr yw, alla i ymddiried ynddot ti, Ifor?'

'Wrth gwrs, James!' oedd ateb parod a diffuant y Cymro. 'Ond dwed wrtha i pam . . . '

'Paid â holi gormod, gyfaill,' meddai'r Americanwr gan dorri ar ei draws. 'Fe aeth popeth o chwith ac mae 'na bobol am fy ngwaed i. Lle ofnadwy yw'r byd yma, Ifor. Mae'n rhaid imi gael d'addewid di na sonni di air wrth neb am y cyfarfyddiad hwn. Neu, fe fydda i mewn sefyllfa anodd a diflas iawn.'

'Dyna ddigon, James,' meddai Ifor yn dawel a digyffro. 'Rwyt ti'n fy nabod i'n o lew, ac yn gwybod 'mod i'n teimlo yn dy ddyled di. Fe wnest ti gymwynas fawr â mi, un tro . . . '

'Gad hynny'n awr,' meddai'r Americanwr. 'Mae amser yn brin. Rhaid iti anghofio ein bod ni'n adnabod ein gilydd ac, yn enwedig, ein bod ni wedi cwrdd heddiw. Wyt ti'n deall?'

Cyn y medrai Ifor ateb ysigwyd ef gan frathiad yr afiechyd a gorfu iddo gydio yn ochr y wagen rhag cwympo. Poerodd waed ar y cerrig budron ar fin y cledrau.

'Beth ddiawl sy'n bod arnot ti, ddyn?' holodd Butch Cassidy wrth sylwi, am y tro cyntaf, ar ddirywiad corfforol ei gyfaill.

'Dim . . . dim byd,' atebodd Ifor yn floesg gan sychu'r glafoerion coch oddi ar ei weflau gyda ffunen boced. 'Paid â phoeni amdana i. Fe fydda innau'n gadael Patagonia cyn bo hir.'

Deallodd yr Americanwr ergyd y gwamalu chwerw ar unwaith. Cysgod yr heliwr cydnerth, heini a adwaenai ddwy flynedd yn ôl oedd yr eiddilyn hwn.

'Mae'n ddrwg gen i, Ifor,' meddai'r herwr gyda chipolwg ar ei oriawr aur. 'Clyw. Fe fydd fy nhrên i'n 'madael mewn ychydig funudau, a fy llong i heno. Tan hynny . . . '

'Welais i monot ti erioed, James,' ebe Ifor dan stumio'i geg i ddynwared gwên.

'Diolch iti, frawd,' ebe'r Americanwr a'i lygaid yn llenwi er ei waethaf. 'Rhaid i tithau ddal i gredu. Gei di weld . . . efallai . . . '

Tawodd yr herwr ar ganol brawddeg y gwyddai ef a'i wrandawr ei bod yn ddiystyr. Dododd ei sbectol dywyll yn ôl ar ei drwyn i guddio'i deimladau a gofyn cwestiwn oedd lawn mor hurt, 'Fyddi di'n iawn, Ifor?'

'Byddaf,' meddai Ifor. 'Cer di. Da bo ti, James.'

'Da bo ti, frawd,' meddai Butch Cassidy a chychwyn am yr orsaf. Nid oedd wedi hercian mwy na decllath pan glywodd lais Ifor yn holi'n gryglyd,

'Beth yw ei hanes hi, James?'

Safodd yr herwr ac edrych ar y cyfaill truan a oedd wedi mentro gam neu ddau oddi wrth y wagen a fu'n ei gynnal. Roedd yn ddigon agos ato i allu gweld y pelydryn bychan, bach o obaith a oleuai lygaid gleision y Cymro.

'Ei hanes hi?' adleisiodd yr Americanwr a thro dilornus yn ei wefusau. 'Anghofia amdani hi, gyfaill annwyl. Y peth calla yw iti feddwl mai breuddwyd oedd y cwbwl. Dyw hi ddim yn haeddu munud o ofid dyn fel ti . . . '

Nid atebodd Ifor na datgelu ei deimladau mewn unrhyw fodd arall ond daeth chwa o wynt o rywle a chwythu llwch i'w wyneb a'i lygaid gan ychwanegu at y lleithder a gymhellwyd gan hiraeth a thorcalon.

Trodd Butch Cassidy ac aeth i ddal ei drên gan adael Ifor Thomas yn gwasgu ei gefn yn erbyn ochr y wagen mewn ymgais i liniaru'r boen. Yn y man, clywodd Ifor chwib y giard, siffrwd cras yr ager yn llifo o'r falfiau, hwffian yr injan, clencian lifrau a chlecian olwynion ar gledrau wrth i'r trên bach gychwyn ar ei siwrnai tua'r arfordir.

Wrth ffenest agored un o'r cerbydau, syllai teithiwr barfog am y tro olaf ar y *gaucho* unig o'r Ffos Halen.

Yn ddiweddarach y prynhawn hwnnw, 7fed Rhagfyr 1905, o dan drwynau ei ymlidwyr, dihangodd Butch Cassidy o'r Ariannin ar fwrdd y llong gargo, *Argos*, a'i cludodd o Borth Madryn i Frasil. Oddi yno aeth yr herwr i Venezuela. Ni wyddys i sicrwydd beth fu ei hanes wedyn heblaw i'w anturiaethau esgor ar lu o chwedlau.

Dim ond dyrnaid a wyddai fod yr *outlaw* Americanaidd enwog, cyn ymadael â Phatagonia am byth, wedi taro ar hen gyfaill yng ngorsaf Trelew.

XXVII

Digwyddodd rhywbeth y prynhawn hwnnw o Ragfyr nad anghofiaf fyth.

Roedd Edward a Ronald wrthi'n dyfrio un o'r caeau tatws, Tada ac Eira wedi mynd i Gaiman mewn trol â cheffyl i ymofyn y cyflenwad wythnosol o fwydydd a nwyddau ynghyd â dwy sachaid o siwgwr ar gyfer gwneud jam, a Mam a minnau yn digaregu'r ceirios a fyddai yn y jam ac a gafodd eu hel oddi ar y coed ar lan y gamlas ddyfrhau y diwrnod cynt.

Tra berwai crochenaid anferth o ddŵr ar danllwyth ynghanol y buarth, roeddem ni wedi gosod ein hunain a phwceidiau o'r aeron coch yn y sièd fawr, man cysgodol, claear i weithio ynddo ar ddiwrnod twym o haf, ac wedi bod wrthi am ryw hanner awr pan rybuddiwyd ni gan gyfarth Jack a Prince, y ddau gi defaid, fod marchog yn dynesu at y *chacra*. Es at fynedfa'r sièd mewn pryd i'w weld yn disgyn oddi ar ei geffyl, a'r cŵn, a oedd wedi ei adnabod erbyn hyn, yn sboncio o'i gwmpas dan ei ffroeni a'i lyfu ac erfyn am fwythau.

'Dewyrth Ifor sy 'na,' meddwn wrth Mam yn falch o'i weld ond yn synnu at yr ymweliad annisgwyl. Dododd Mam y fowlennaid o geirios oedd ar ei harffed ar lawr ac aethom allan i'r buarth i'w groesawu.

Bradychodd yr olwg ar ein hwynebau ein teimladau pan welsom welwder afiach ei wyneb a'r cylchoedd tywyll o amgylch ei lygaid, oblegid ei eiriau cyntaf oedd, 'Nac ofnwch, rianedd mwyn. Rydw i'n iawn. Wedi blino fymryn, dyna i gyd. Dywedodd y doctor wrtha i y bydda i'n holliach mewn dim o dro ar ôl cymryd y ffisig roddodd e imi, ac y bydda i mor sionc fel na fydd yr un gwanaco nac estrys o fewn pum can milltir i'r Ffos Halen yn saff!'

Gorfododd Dewyrth ei hun i chwerthin a gwnaethom ninnau'r un fath i geisio llacio tyndra'r achlysur. Gwasgodd ni'n dynn, dynn wrth ein cofleidio a'n cusanu. Beth yn union oedd yn mynd drwy ei feddwl ef ar y pryd? 'Mod i'n edrych mor debyg i Megan pan oedd hi'n ferch ifanc, efallai, fel y dywedai pawb?

Gwrthododd y mate a gynigiodd Mam iddo – rhag heintio'r *bombilla*, y 'gwelltyn' sy'n mynd o geg i geg, yn ddiau – a gofyn am baned o de. Wedyn daeth gyda ni i'r sièd i'n helpu i ddigerigo'r ceirios ond heb fwmial canu, yn ôl ei arfer wrth gyflawni gorchwyl undonog a diflas o'r fath. Buom yn sgwrsio am bob dim a dim byd. Os cyfeiriodd Dewyrth at ei ymweliad â Gaiman o gwbl, ni chlywsom yr un gair o'r hyn yr oedd Dr Canavesio wedi ei ddweud wrtho. Ond holai'n gyson am ei 'frawd mawr', Tomi. Roedd hi'n amlwg ei fod yn awyddus iawn i siarad â Tada a hynny cyn cychwyn am y Ffos Halen y prynhawn hwnnw, meddai ef, oherwydd bod cymaint o waith yn aros amdano yn yr ardd a chyda'r anifeiliaid. Esgus, bid sicr, rhag aros ym Maes Helyg a lledaenu'r haint. Aeth yn dawedog iawn, yn y man, gan ateb ein cwestiynau gyda brawddegau cwta neu eiriau unsill. Roedd ei feddyliau yn rhywle arall.

Roedd fy mrodyr Edward a Ronald wedi gweld Dewyrth Ifor yn cyrraedd a gynted ag y gallent roi'r gorau i'w dyletswyddau dyfriol daethant i'w gyfarch ac i darfu ar dawelwch annifyr y sièd. Roedd y cyfarfyddiad hwnnw hefyd yn un rhyfedd a theimladwy tu hwnt, ac meddai Ifor, wedi iddo gofleidio a chusanu'r bechgyn, 'Rhoswch funud. Mae gen i rywbeth i chi.' Ac allan ag ef at ei geffyl.

'Beth sydd wedi digwydd i Dewyrth, Mam?' gofynnodd Edward. 'Mae'n edrych mor wael. Mor wan . . . '

'Wn i ddim,' meddai Mam yn llawn pryder.

Cyn y gellid trafod y pwnc ymhellach dychwelodd Ifor gyda chwdyn lliain yn ei law. 'Dyma chi,' meddai a thynnu o'r cwdyn ddwy wain ledr a brodwaith cywrain, lliwgar o gareiau main yn eu hymylu. 'Fi fy hunan wnaeth y rhain, fechgyn. Hen gyfrwywr fyddai'n arfer galw heibio'r Ffos Halen ddysgodd y grefft imi. Rwy'n eu rhoi nhw i chi er mwyn ichi gofio mai un o amodau heddwch yw cadw'r gyllell yn y wain.'

Yna trosglwyddodd Ifor ei roddion i Edward a Ronald gyda'r gri Orseddol, 'A oes Heddwch?'

'Heddwch!' bloeddiodd y pedwar ohonom nes bod y sièd yn diasbedain.

Chwarddodd Dewyrth yn uchel fel yr hen Dewyrth Ifor am rai eiliadau cyn i'w chwerthin iach droi'n beswch a'i hysgytwodd i'r fath raddau y buasai wedi cwympo oni bai iddo eistedd ar un o'r stolion dan lapio'i freichiau am ei asennau. Roedd ei wyneb yn goch a chwyslyd yn awr a'i lygaid yn dyfrio.

'Beth am inni fynd i ddadgyfrwyo Cochyn?' awgrymodd Ronald wrth Edward gan adael Mam a minnau i wylio Ifor yn araf ddod ato'i hun.

Ychydig yn ddiweddarach clywsom sŵn carnau'r gaseg ac olwynion y drol ar y buarth a mynd allan i gyfarch Tada ac Eira. Gwelais negeseuon dieiriau'n mynd yn ôl a blaen rhwng llygaid fy rhieni ac wedi tipyn o fân siarad, meddai Tada wrth Ifor, 'Beth am i ti a minne fynd i baratoi *asado* bach tra bydd y merched yn trin y ceirios?'

Cydsyniodd Ifor ar unwaith ac aethant allan i rostio'r cig a rhoi'r byd yn ei le am y tro olaf un.

Cinio hwyr iawn a gafwyd y diwrnod hwnnw; roedd hi wedi tri arnom yn dechrau bwyta. Pryd diffrwt ydoedd, tra gwahanol i'r rhai swnllyd, hwyliog yr arferem eu mwynhau pan ddeuai'r teulu ynghyd. Pan ddaeth i ben, a minnau'n helpu Mam i glirio'r llestri, gofynnodd Dewyrth imi fynd am dro gydag ef ar hyd y rhodfa helyg – lle cysgodol braf ar ddiwrnod poeth.

'Fe helpith ni i dreulio'r wledd ardderchog yna,' meddai'n gellweirus fel petai'n teimlo rheidrwydd i gyfiawnhau'r gwahoddiad. Deallai pawb ei fod am ymgom breifat â'i 'anwylaf nith' fel y galwai fi.

'Esgusoda fi am eiliad,' meddai pan adawsom y tŷ, ac aeth draw i'r sgubor lle y gadawsid ei sgrepan a'i gêr. Cerddais innau'n hamddenol tua'r rhodfa ac ymunodd yntau â mi yn y man a rhywbeth yn bochio poced ei got. Cofiaf fod yr haul yn ei anterth yn crasu'r ddaear a'r deiliach a'r brigau a orweddai arni, a bod eu persawr noddlyd yn codi i'm ffroenau wrth inni gerdded fraich ym mraich. Cofiaf hefyd ei fod yn edrych o'i amgylch ar adeiladau, caeau, ffosydd, dolydd a choed, fel petai'n ceisio argraffu eu lluniau ar ei feddwl. Maes Helyg oedd ei loches yn y Dyffryn. Ei ail gartref. Aelwyd gynnes ei anwyliaid. Amgueddfa deuluol lle y cedwid gweddillion tlawd ein treftadaeth – yr hen harmoniwm, y Beibl treuliedig a groesodd Fôr Iwerydd gyda Mam-gu a Dad-cu, hen lythyrau, ffotograffau wedi melynu, ychydig o gelfi'r cartref cyntaf.

Ni ddywedodd air nes inni gyrraedd canol y rhodfa pan safodd a phwyso'i gefn yn erbyn helygen fawr. Yna meddai'n dawel, 'Mae'n rhaid imi ddweud ffarwél wrthyt ti'n awr.'

Allwn i ddim ateb. Roedd fy nghalon yn fy llwnc a'm llygaid yn llawn o ddagrau a lifai'n ddiwahardd i lawr fy ngruddiau.

'Paid â thorri dy galon, 'nghariad i,' meddai. 'Arhosith cerbyd amser yn ei unfan i neb ac mae pob diwrnod yn garreg filltir na welwn ni fyth moni eto. Rydych chi fel teulu wedi teithio gyda mi am y rhan fwyaf dymunol o'r siwrnai ond rhaid imi'ch gadael chi'n awr. Ac mae rhywbeth yn nwfn fy nghalon yn dweud wrtha i am drosglwyddo i d'ofal di ryw fymryn o 'ngorffennol i. Dim byd arbennig. Dim ond ychydig o atgofion y byddi di, efallai, am eu gwarchod . . .'

Camodd oddi wrth y goeden dan rwbio'i feingefn ag un law tra dodai'r llall ar y boncyff, i'w gynnal, cyn mynd rhagddo, a'i lygaid ynghau, fel petai hynny'n gymorth iddo ddod o hyd i'r geiriau priodol, 'Mae 'na rywbeth arall rydw i am ei ddweud wrthyt ti. Rhywbeth pwysig, yn fy ngolwg i. A thi yw'r un rydw i wedi ei dewis i draddodi'r neges hon i dy genhedlaeth di a'r rhai sydd i ddod. Fel y gwyddost ti, fe ddaeth ein tadau ni â gobaith i'r wlad newydd hon, sydd mor bell o'r Hen Wlad. Roedd ganddyn nhw weledigaeth sydd heb ei chyflawni eto. Efallai mai'n disgynyddion ni, dy blant di a'u plant nhw, a gaiff y fraint honno o sicrhau nad yn ofer y bu aberth ein tadau a'n mamau. Dy ddyletswydd di yw cadw'r fflam ynghynn. Rwy'n gwbl argyhoeddiedig y bydd olion gwaed y Cymry ar ddaear Patagonia hyd byth gan mai o gariad ati y collwyd y gwaed hwnnw. Ydw i'n dweud y gwir?'

Gan wylo, dodais fy mreichiau amdano a 'mhen i orffwyso ar ei fynwes. Aeth yntau yn ei flaen a'i lais yn tawelu'n raddol,

'Fe fydda i'n teimlo'n gymysglyd iawn weithiau. Hon yw'n gwlad ni, oherwydd i'n rhieni ddewis dod yma i fyw ac Archentwyr ydyn ni, heb os nac oni bai. Serch hynny, mae yn ein gwythiennau adleisiau o draddodiadau sy'n perthyn i wlad arall, gwlad wahanol iawn i hon. Wrth grwydro'r paith rydw i wedi clywed lleisiau pobol o sawl gwlad a chenedl a heriodd ei anialdiroedd caregog ond rydyn ni'n wahanol. Daeth ein tadau ni yma i aros. I garu'r wlad a'i pharchu a'i datblygu. Ac fe ddaethant â rhywbeth prin a gwerthfawr iawn gyda nhw – cariad at gerdd a barddoniaeth.

'Hon yw'n hetifeddiaeth fawr, ysbrydol ni, Gladys. Os gwnei di draddodi'r etifeddiaeth honno i dy blant, mae'n bosib y clywir lleisiau ein tadau ni yma ym Mhatagonia hyd yn oed pan fyddwn ni wedi hen ymadael. Mae'n bwysig nad aiff hyn oll yn angof, on'd yw hi?'

Dyna pryd y rhoddodd imi'r pecyn a fuasai ym mhoced ei gôt. Dodais gusan ar ei foch, cusanodd yntau fi a heb air yn rhagor dychwelodd i'r tŷ dan fwmial canu. Er na chofiaf y geiriau na'r alaw, gwn mai cân ffarwél ydoedd.

XXVIII

Rhai misoedd yn ôl, 28 Gorffennaf eleni, 1965, fe wnaeth ein cymuned ni goffáu glaniad y Gwladfawyr Cymreig yn nhiriogaeth Chubut. Cafwyd dathliad ardderchog, poblogaidd ac un bythgofiadwy, rwy'n siŵr, ym meddyliau'r tyrfaoedd a fu'n bresennol.

Oblegid fy oedran, o bosib – rwy'n bedwar ugain – cefais i gymryd rhan yn yr orymdaith liwgar, afieithus a ymlwybrodd drwy heolydd y dreflan mewn trol a oedd bron cyn hyned â'r Wladfa. Bwriodd sigl a swae'r cerbyd arnaf hud a'm dygodd yn ôl i ddyddiau fy mhlentyndod. Dychmygwn mai Dewyrth Ifor oedd un o'r marchogion mewn dillad o'r oes o'r blaen a duthiai o boptu i'r orymdaith. Ifor Thomas, y *'gaucho* pryd golau', cefnsyth, balch, yn mwmial canu un o hen alawon Cymru.

Mae heddiw'n ddiwrnod bendigedig ym mis Hydref. Oherwydd breuder fy iechyd, go brin y gwelaf wanwyn arall, eithr nid yw hynny'n flinder imi oblegid cefais y fraint o fod yn dyst i anturiaeth heddychlon, ddiymffrost, arwrol, unigryw. Gallaf ymlawenhau hefyd fod dyhead Ifor yn ffaith a'r traddodiadau a'r diwylliant Cymreig yn parhau'n llewyrchus yn y diriogaeth hon.

Rwy'n meddwl y gallaf orffwys mewn hedd yn awr a bod gen i hawl i encilio i fyd fy atgofion a minnau wedi cofnodi cymaint ar bapur.

Ar y ddesg o'm blaen mae'r hen 'bot jam aur' a ysgogodd gynifer o ddynion barus i chwysu'n ofer. Yn fy marn i, nid trachwant materol yn gymaint ag ysbryd anturus, chwilfrydedd, ac awydd i gymryd o'r ddaear rywbeth mwy parhaol na lludded, a gymhellodd Ifor i 'olchi' y metal melyn o ddyfroedd afon Camwy a'i nentydd anghysbell, a'i fod felly'n fynegiant diriaethol o'r freuddwyd a roes fod i'r ymgyrch wladfaol.

Gwisgaf ar fy mynwes y *cameo* opal. Gorffwysa ger fy nghalon lesg a adfywir, er hyned yw, gan yr ynni cariadus a dywynna o'r tlws. Carwriaeth gyfrinachol, fyrhoedlog fu hon ond ni ellir amau ei dwyster na'i hangerdd. Ni ddylai dynion fyth ddilorni na chollfarnu cariad didwyll.

Y diwrnod hwnnw, dros drigain mlynedd yn ôl, wedi iddo fy anrhegu â'r llestr dinod a'i gynnwys gwerthfawr, aeth Dewyrth Ifor i'r tŷ i ffarwelio â gweddill y teulu. Wedyn, gyda chryn anhawster a chymorth Tada a'r bechgyn, marchogodd Cochyn ac ymaith â hwy tua'r gorllewin. Ni ŵyr neb beth ddigwyddodd iddynt wedyn. Ni ddaethpwyd o hyd i gorff Ifor Randal Thomas na'i geffyl hyd y dydd heddiw.

Mae gen i ddamcaniaeth ond nid yw'n un a berchir gan aelodau eraill y teulu pan drafodir diflaniad Dewyrth Ifor, a chan ei bod wastad yn ennyn gwenau tosturiol a distawrwydd annifyr, rwyf bellach wedi rhoi'r gorau i'w lleisio.

Dywed rhyw reddf gyntefig wrthyf fod Ifor, yn ystod ei daith olaf ar draws y paith, wedi cwrdd, trwy un o wyrthiau'r Cread, â rhywun a fu'n disgwyl amdano. Credaf iddo grwydro drwy'r anialwch creigiog nes darganfod trywydd y gŵr hwnnw a'i ddilyn nes iddynt ddod wyneb yn wyneb â'i gilydd mewn rhyw gilfach garegog, a chofleidio ei gilydd â llawenydd yn eu calonnau.

Mae'n gysur imi gredu bod y tad a aeth ar gyfeiliorn wedi ei achub gan ei *gaucho* o fab a bod eu lleisiau bendigedig wedi cydganu'r hen emynau ynghanol y diffeithwch.

Fel yna y mae hi. Ar ddyddiau fel heddiw, a minnau'n llawn

hiraeth, rwy'n hoffi meddwl am *gaucho*'r Ffos Halen a'i geffyl yn carlamu dros y paith.

Darluniaf yn fy nychymyg amlinelliad arwrol yr heliwr breuddwydion yn marchogaeth tua'r machlud haul.

Cyfrol am arweinydd yr anturiaethwyr cynnar yn y Wladfa:

BYWYD A GWAITH
John Daniel Evans
El Baqueano

Golygydd: Paul W. Birt

Pris: £8.50